馔

书信奇缘
A Novella Collection

[美]劳丽·艾丽斯·艾克斯　安·肖雷
阿曼达·卡伯特　简·柯克帕特里克 著
燕　宁译

中国友谊出版公司

图书在版编目（CIP）数据

书信奇缘 /（美）劳丽·艾丽斯·艾克斯等著 ；燕宁译. -- 北京：中国友谊出版公司，2018.11

书名原文：Sincerely Yours：A Novella Collection

ISBN 978-7-5057-4564-3

Ⅰ. ①书… Ⅱ. ①劳… ②燕… Ⅲ. ①中篇小说-小说集-美国-现代 Ⅳ. ①I712.45

中国版本图书馆CIP数据核字(2018)第266441号
著作权合同登记号 图字：01-2018-9055

Copyright: A Saving Grace 2014 by Jane Kirkpatrick; One Little Word 2014 by Amanda Cabot; A Moonlight Promise 2014 by Laurie Alice Eakes; Lessons in Love 2014 by Ann Shorey
Originally published in English under the title Sincerely Yours
by Revell, a division of Baker Publishing Group,
Grand Rapids, Michigan, 49516, U.S.A.
All rights reserved.
Simplified Chinese rights arranged through CA-LINK International LLC

书名	书信奇缘
作者	[美]劳丽·艾丽斯·艾克斯 安·肖雷 阿曼达·卡伯特 简·柯克帕特里克
译者	燕宁
出版	中国友谊出版公司
发行	中国友谊出版公司
经销	新华书店
印刷	天津旭丰源印刷有限公司
规格	880×1230毫米 32开 13.75印张 265千字
版次	2019年5月第1版
印次	2019年5月第1次印刷
书号	ISBN 978-7-5057-4564-3
定价	45.00元
地址	北京市朝阳区西坝河南里17号楼
邮编	100028
电话	（010）64678009

版权所有，翻版必究
如发现印装质量问题，可联系调换
电话 （010）59799930-601

爱情无药可医,
唯有爱得更深。

目 录 | CONTENTS

月光下的承诺
...... 9

钢琴之恋
...... 123

小小世界
...... 231

格雷斯的解救计划
...... 333

A Moonlight Promise

月光下的承诺

劳丽·艾丽斯·艾克斯

致我的中学好友S.C.卡米拉

自十五岁起,我就觉得你的名字如你本人一般可爱,

一定适合做小说女主角的名字。

✉ 书信奇缘

他却对我说:"我的恩典是够你用的,因为我的能力在人的软弱上显得完全。"所以,我更喜欢夸自己的软弱,好让基督的能力临到我的身上。

——《哥林多后书》①

---

① 此译文选自 1976 年《圣经》新译本。

序

1825年5月23日
纽约

亲爱的卡米拉：

　　我看了我丈夫订的那些伦敦报纸，才知道你的哥哥永远地离开了人世。请接受我最深切的慰问。我想责怪你为什么不亲自告诉我，偏要等我从报纸上看到这个消息？但此刻我更想给你安慰，以减轻你现在可能正遭受的痛苦。

　　10月26日那一天，我和外子将要启程，经伊利运河去五大湖，伊利运河那一天刚好开放。我们俩将在一片荒野上开始新生活的探险，因此十分渴望有贤友的陪伴。而在我所有的朋友中，没有人比你——我青春时代的挚友，更文明、优雅的了。

　　我恳求你，到纽约来与我们一起出发。如果时间紧迫赶不到美国，你可以顺河而上，到奥尔巴尼与我们会合，我们可以从那儿一起启程。你那里每天都有许多北上的轮船，港务长会为你推荐港口上可靠的船长。

  真心希望你能答应我的邀请。若不能应邀，我也能完全理解。

祝好！

乔安娜

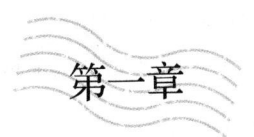

第一章

1825 年 10 月 24 日

纽约

"等一下,等一下!"卡米拉·兰菲沿着巴克莱街一路狂奔,一边跑一边朝着坞边那个孤零零的身影挥舞雨伞 —— 那艘船是这段东河岸上停泊的最后一艘了,"求求你,别走!"

船长远远地望了她一眼,说了点什么,声音却淹没在轮船"隆隆"的引擎声和雨点落在伞上的"滴答"声中,淹没在她的皮鞋底踩在码头木板上的"咯吱"声中。那是纳撒尼尔·布莱克船长,先前别人指给她看过。其实无须知道他说了什么。卡米拉看着他转过身向舷梯走去,他的一头黑发随风飘起,就像一块方巾在大西洋凛冽的冷风中悲哀地向她告别。这一切仿佛用震天的声音对她说:"他不会等你!"这时,上层甲板传来"当当"的钟声,似乎有些冷酷地进一步明确 —— 他不会等她!

卡米拉一直跑,跑向那艘孤零零的船和那个宽阔、冷漠的背影。

"哦,不,求求你,再等一下就好!"在雨中,她跑掉了帽子,却毫不在意。她收起伞夹在胳膊下,以便腾出一只手来提起裙摆,如果没有那层层叠叠的裙子碍事,她能跑得更快。

她的脚刚一碰到甲板,舷梯就升了起来。

钟声"当当"地响,桨轮慵懒地发出"咿咿呀呀"的声音。

她往后扫了一眼,看到码头离船越来越远。随后,她深深地吸了口气,使劲儿跳上了舷梯。

她脚下的舷梯开始剧烈地摇晃,如狂风中摇曳的树枝。有个船员对她吼了一句什么,两个船员正忙着把帆布系在桶上,这会儿也扔下帆布冲向她。可他们都退了回去,因为布莱克船长摆出了一副凶狠的姿势,那气势仿佛能把两个船员推倒在地。布莱克船长怒冲冲地向卡米拉走去,问道:"你胡闹什么?"

"上……船啊!"卡米拉奔跑着,脚下有时会打滑,气喘吁吁的。她离船长更近了。

一个巨浪猛地扑来,船一下子倾斜起来,卡米拉滑倒在他脚边的船板上。她紧紧抓住船长的胳膊。她戴着手套的手指一抓,船长的胳膊肌肉马上僵硬起来,像铁栏杆似的。

她抬头看了眼船长,一下子呆住了。船长的眼光透着家乡格洛斯特郡[①]春天青草的淡绿色,像象牙编织针一般直直地穿入她的眼睛。他的眼神如此锐利,这种眼神只有年轻人才有。她二十五岁,他应该比她大不了两三岁。

---

① 英国英格兰郡名。

"你，"他冷冷地说，"你为什么非要做这样危险的事？如果掉进河里，水流将直接把你卷进桨轮！"

卡米拉深深地吸了一大口气。她觉得胃里像船尾巨大的桨轮在翻滚。即使在这下着大雨的昏暗的下午，桨叶还在以一种致命的优雅闪现着。如果她被卷进桨轮里，这些桨叶就会像制革工人敲打动物皮那样猛击她了。

她把布莱克的胳膊抓得更紧了，虽然手指总是滑下他淋湿的皮夹克。她吞了三次口水，才鼓起勇气说："我还是要上船。"

听了她的话，布莱克将胳膊从她紧握的手里抽了出来，离她远点。他的脸变得冷冰冰的，脸上的棱角看起来更分明。"我帮不了你。"

布莱克身后，闲下来的船员们看着这一切，表情从慌张变成饶有兴味。

船员们的好奇让卡米拉有了勇气，她继续苦苦哀求道："你必须帮助我。"她定了定神，下巴不再颤抖，声音突兀而尖厉，她担心自己的声音听起来太歇斯底里了。"其他船都开了，我必须在10月26日之前赶到奥尔巴尼！"

"这种情况不只你一个。"他半转过身说，"这不是客船，明天会有很多客船的。"

"但是我不能……"

她连一个晚上都不愿再待在这城市了。她没有告诉他这些。过去六个月她失去了所有，但曾经拥有的那些仍是她的骄傲，谁都无法剥夺。

她掂量了一下手提袋。那个饰有珠子的绣花天鹅绒手提袋瘪瘪的，装着几个可怜的英镑和美元零钱，还有五美元的硬币。她不相信这些钱能让她在这座城市再待一天。

她努力克制自己，但下巴还是止不住地颤抖。"求求你了。"

"我们回头就把你送到岸上。"他从她身边走开，经过一个喷着烟的黑塔，那黑塔正散发着暖人的热气。他走上阶梯。

卡米拉说："先生，你不明白。我必须马上赶到奥尔巴尼，这很重要！"

他在阶梯最上头停了下来。"我不能再耽搁了，这也很重要。"他大步从上层甲板跨到另一个阶梯上，阶梯尽头是一个似乎挡不住多少雨的地方，三面竖着的木板还不到一码高。

卡米拉渴望地看着船尾那一排客舱，跟着他上去了。屋顶下面，一个男人站在齐肩高的舵轮一侧，那男人足有五尺半①高。他一只手抓紧舵轮一侧伸出的套索栓②，一只手伸高，拉住挂在顶板上晃荡着的环儿。底舱机器的齿轮发出"嘎"的一声，船不再后退了。他又拉了一下绳子，船颠簸了一下，开始往前走。

卡米拉趔趄了一下，她扔掉手里的旅行袋，紧紧抓住木头船的船帮。

"坐下，你会掉下去的。"布莱克指了指拴在地板上的一条长凳，然后转身问领航员问道："能见度怎么样？"

---

① 五尺半约等于 183 厘米。
② 可插入船栏的洞内以固定船只的一种短的、可移动的木栓或金属栓。

"只要不起雾就没事。"男人拉下另一个控制杆。此时，一阵悠长的汽笛声响起，声音低沉而刺耳。

船摇摆着驶入了航道，竖在船头中央的旗杆指引着方向。卡米拉一屁股坐到板凳上，双手抱紧身体，咬紧牙关，尽量不让牙齿打战。驾驶室的地板往外散着热气，但不足以抵挡从敞着的船头钻进来的一阵阵潮湿的冷风。

她瞥了一眼船长，用眼神祈求他能重新考虑一下带着她去河上游。他却压根儿没往她这儿看。他和船员一直面朝船头和眼前的河流，无边无际的黑色河水翻滚着，岸边矗立着码头、仓库和绵延的城市，航行着的帆船、汽艇和渡船穿过河面，钟声、汽笛声汇在一起，无休无止，数百个锅炉里冒出的烟使得整个河面都雾蒙蒙的。

她的内心渴望科茨沃尔德干净、新鲜的空气和她的家，但是那家已经不再属于她了。

她咽了咽口水。"你们多久可以返程？"她的声音带着公司社交中那种轻快的语调。面对这两个魁梧的男人，她的声音很微弱，几乎要被河流上的嘈杂声吞没。

"根据现在的交通情况和雨势，十分钟，也许二十分钟。"船长简短地回答。

"我也许可以做些事情，帮帮忙。"

"你会做饭吗？"领航员问道。

卡米拉做了个鬼脸。"淑女们可没有学过做饭的。"

布莱克鼻子里"哼"了一声。

船员嫌弃地瞅了她一眼，虽然他自己缺了颗虎牙，嘴唇上还有疤。"你是英国人，对吗？"

"对，我是英国人。我两天前到的这儿，本来要到纽约见朋友。但是耽搁了旅程，我的朋友已经去河上游了。"趁着男人的注意力还在她身上——假设真在她身上，她一股脑儿把事情都说了出来，"要是运河开之前我赶不到奥尔巴尼的话，她和她丈夫就要往西去了。我就要孤身一人留在陌生的地方了。"

"我……一定不能被落下。"她弱弱地说完最后一句。

"明天早晨就有其他船起航了。"布莱克说。

卡米拉摇摇头说："不可能有船航行得那么远那么快。"

两个男人被逗乐了，打量了她一下。

"任何一个河船船长用半支桨就能驶到奥尔巴尼，只要花一天或者一天多点儿的工夫。"布莱克说。

"我担心的就是多的那一点儿。"卡米拉低头盯着她的手提袋。如果，她最后没有把每个子儿花在跨越大西洋的奔跑、躲藏和航行上该多好！

她全身又起了一阵寒战。"求求你。"她哽咽着凝视布莱克船长，船长宽阔的背看上去稳稳的，像支撑着大舵轮的木杆一样，"港务长说您为人可靠、值得信赖，与大多数河船水手不一样。"

这话说得不太合适。向别人求助这事儿她还不娴熟老练，把自己的想法全说了出来。

没一个人应声。男人们讨论着水深、航行方向、绕开对面船只的最佳方法，还有关于船货和热咖啡的事情。

她更喜欢喝茶，但是热咖啡听上去好极了。

她用舌头舔了舔干裂的嘴唇，又一次试探着开口说："没有乘客的话，船上怎么有客舱呢？"

"这船本来就有。"

"我要是不住客舱，只住甲板上的一小块儿地呢？就一小块儿地方。"

"听我解释，这位……"

"兰……"

"我不关心你叫什么！"他举起一只手强调，然后握住船顶上挂着的一根绳子，猛地一拉，"我不会让一位孤身一人、毫无保护的女人在我船上待着的。"

"我穿越大西洋的时候也没人保护，现在也是毫发无损啊！"

布莱克没有回答。他的注意力似乎都在一条条绳子、舵轮还有河道交通状况上。

她的下巴缩进了大衣领子里，双手抱紧身体问道："你为什么这么反对明天船上有一个乘客呢？"

男人耸耸肩膀。

"布莱克船长，那差点就……"

她刚想像学校老师一样给他训话，就被靴子踩在楼梯上的"砰砰"声打断了。一个船员拿着一些锡杯和一个有凹痕的壶，带着咖啡香味的蒸汽从壶嘴儿里喷出。"喝点儿能更暖和，纳撒尼尔。"

"先给这位小姐倒一点。"布莱克说。

"我没有头衔。我的父亲是……"卡米拉闭上眼，抿着嘴。

当她觉察到那男人在羞辱她，没有一点礼节，几天来她第一回觉得脸颊发热，"给我来点咖啡吧，谢谢。"

"服侍漂亮女士是我的荣幸。"船员把壶和杯子放在卡米拉旁边的凳子上，给她倒了杯咖啡，"我们煮得很难喝，不适合给小姐喝，但起码是热的。"

像汽油一般颜色的咖啡又热又浓。她把咖啡喝了。味道像污泥，闻起来像烧焦的袜子，但是热乎乎的咖啡让人舒服。舵轮室里，久在城市喧嚣中的人得到了片刻的宁静。

她往前瞥了一眼，看到有一个码头离她越来越近，在这个似乎只在乎钱的陌生国家，又来到了一个不熟悉的地方。她离开公寓来找她的朋友 —— 她的新老板，回去时却发现房东已经把房间租给别人了。

"我不知道你回不回来。"房东是这么解释的。

卡米拉使劲儿攥住了杯子，她那么使劲儿，差点把厚实的锡杯给捏碎了。她把杯子搁在凳子上，手揣进大衣里，免得又冻着。

"这你也能喝下去？"布莱克让船员掌舵，瞥了一眼卡米拉，她蜷成一团，活像伦敦贫民窟里的老太婆。"你看着很柔弱，实际上一定很坚强。"

"咖啡挺热。我又很冷。"

船板升起来，又往下降了降，倾斜着搭在她脚下的港口。咖啡灼烧着她的胃，直往嗓子眼儿涌。接着咖啡像结成了块，她都快喘不过气了。

布莱克又往她那儿瞥了一眼。"我们会在华盛顿街停泊。我记得那儿有位妇人向体面的女士出租房间。"

"恐怕我看起来不是很体面。"

船长从头到尾扫了她一眼,从她那耷拉着的帽子到皱巴巴的黑裙子,再到沾满泥点的半长筒靴。他摇了摇头,翻了翻他那头厚厚的、过长的黑发。"的确不体面。"

像一个过去并不光彩的已过世的姐姐,她过得也的确不体面。

主,你说过你会满足我们所有的需要。

不过,最近主似乎并未如此对她。

"比利,给引擎室发减速信号!"伴着引擎轰鸣声,布莱克低沉的男中音穿过舵手室。"我们会停泊在……"他的声音戛然而止,接着骂了几句。

卡米拉顺着他的眼光望去,连连低声地谢天谢地。上帝听到了她的祈求,它又派了一艘船。只要那艘船也是驶向河上游的,不是回家的方向,只要船上还能装得下她,只要她的钱还足够付船费……

她抱了抱自己,然后穿过舵手室向楼梯走去。她再也不用放低身段,不断地向冷漠的船长说情、祈求。另外一艘船就在码头等待着,像是专门为她而来。

她向纳撒尼尔·布莱克船长抛去一个胜利的笑容。"显然我不用再求你留我在船上了。"

"不用,"他咬紧牙关说,"你不用了。"然后他转向一个船员。"我们再丢下她一次吧!我不会去靠近赖利·兰开斯特的任何一个地方。"

第二章

玛丽安娜号再一次启程了,渐渐驶离另一艘船。纳撒尼尔·布莱克自十四岁起就在这船上工作了,他的视线又落在那个英国女人身上。她站在舵手室的楼梯上,一只手紧紧抓住小提箱,另一只手腕上挂着一个怪异的钉珠包。看上去很瘦弱,而且全身湿透,满是泥污,不禁让人同情。但他不想同情她。她的帽子垂在一边,金棕色的鬈发没能完全夹在发卡里,有些蓬散在外面,脸形太尖,称不上美女,但她就是引起了他过多的关注。

而且,事实证明这个女人确实是个麻烦精,跳上船的时候像个杂技演员。要是她掉到了水里……

纳撒尼尔打了个寒战。"不是所有河上的东西都值得信任,女士……"他闭上了嘴,以防自己询问她的名字。

她朝后看着他道:"我叫兰菲。格洛斯特郡的兰菲家。"

的确。只有史密斯或者琼斯这种无名地方的大众名字,才符合她的言行举止。他不由自主地开始好奇她的教名。也许是西奥多西亚或者扎布丽娜?

"兰菲小姐，"他又说了一遍，"我带你去奥尔巴尼。别管为什么。"

"谢谢。"她放下了小提箱，一只手摸着帽子，"我能住客舱吗？"

纳撒尼尔叹了口气。"可以。只剩一间空客舱在左侧。不是很暖和，但比较干燥。"

要不是她帽子湿透，楚楚可怜，他也不会觉得有义务要照顾她。也许在布鲁克林高地就推她上岸了，那里比曼哈顿更适合一个独居女性生活。

"谢谢。"她轻抚着斗篷边缘，脸颊被雨淋湿，"我得看看这帽子还能不能恢复原状。"

"我看似乎不行。"

"我得试试。"她那性感的下唇似乎在颤抖，"这是我唯一的帽子了。"

那一瞬间，他觉得一定是自己搞错了，她的下唇透露出了一种脆弱感。如此丰满柔软的嘴唇，应该因伤心、快乐或者等待亲吻而颤抖。

他把视线突然移到她上方，赖利·兰开斯特的船正朝他们驶来，情况不妙。非常不妙。

"如果可以，先行一步了，我有事要忙。"他刚想要走开，但从小培育的绅士教养让他提起了她的小提箱，"我先帮你把这个拿下去。"他沿着舵手室楼梯向下走到住舱甲板，"你的房间就在桨轮前面。"

就在桨轮前面？她努了努嘴，皱皱鼻子。

纳撒尼尔点头。"是的，发动机上方。"

"是不是很吵？"

"是的，但那边最安全。"

她盯着他说："最安全，为什么？"

他微笑道："如果锅炉爆炸，你还有一线生机。"

她的瞳孔开始放大，这一次他没看错，卡米拉的下唇真的在颤抖。"这，这不常发生，对吧？"

"对。"他温和地说，碰了碰她的手背，"没有频繁到吓跑我们的地步。进去吧，里面挺干的，就是不暖和。"他打开了最后一间客舱的门。一股陈旧潮湿的味道扑面而来，自从纳撒尼尔关系最亲密悠久的生意伙伴两月前去世后，这儿就没人住过了。

他把兰菲小姐的箱子放在地上就走了。"别挡别人的路。路途很短，一旦我们到了能停靠的小镇，我就给你找个客船。"

"那我就去另外那艘船上，如果它也往北的话。"她嘲弄地从帽子下扫了他一眼。

"我觉得你去那艘船不安全。"

"他们是你的敌人吗？布莱克船长？"

"这不是我能选择的。"为了避免她问更多问题，布莱克匆匆向后转，准备走开。

"所以别的客舱里都是什么？"她问。

他没有向后看。

"我想问的是，什么东西比人还贵重？"

几乎所有的东西都比人贵重。

这个答案她不会喜欢的,于是他回头说了实话,不过这不是她该关心的事儿。"右舷第一个客舱是我的。另外六个舱放了糖,糖浆,还有肉桂、肉豆蔻和黑胡椒粒这些香料,其他东西我还是尽可能少透露点信息吧!向上游运输这些东西可比载人利润高多了。"

"那你的船员住哪儿?"她问。

纳撒尼尔耸了耸肩。"随便找地儿睡。"

"他们没有住的地方?"她提高了嗓门,难以置信。

"他们有工作,还有机会赚钱。其他的重要吗?"

她捏着鼻子,像是他身上有怪味儿一样,不过应该是没有的。"我很惊讶你竟然空着这间客舱。"

"随你惊讶吧,这客舱属于……"他戛然而止。

她不需要知道拉夫和玛丽安娜的事儿,他们对他比亲生父母还亲。

她移开了视线。"对不起!我不应该说这个。"

确实不应该,但她承认错误了,让人没法恼火。

"我不是不关心朋友,"他柔声说。他把手插到大衣口袋里。"别拘束,晚饭会有人送过来。"

她一直注视着他穿过两排客舱之间的通道。至少,他觉得她一直在看,因为直到他走上舵手室,才听到关门的声音。

"安顿好了?"比利问道。

纳撒尼尔点点头。"差不多就那样了。"

"她要么是太勇敢,要么就是太愚蠢。"

"我怀疑是后者。"

"嗯，这就是你让她上船的原因。"

纳撒尼尔向后瞥了一眼。"等我们甩掉兰开斯特，我就让她下去。但我看兰开斯特还在那儿。"

"从我们路过华盛顿街码头，他就一直跟着了。"比利拿起口哨吹了一下，提示旁边一艘速度较慢的船他们正在超越，"你为什么不让她上那艘船？兰开斯特干别的不行，但听说他对女士很绅士。"

"他要是看见那位女士从玛丽安娜号下来，你觉得他还会绅士吗？"

比利的沉默说明了一切。那天早上在律师办公室开完合作会以后，赖利·兰开斯特已经很清楚地说了，他希望合作在一个月内终止。一旦终止，纳撒尼尔的船就不属于他了。

不过，这种事情不会发生。纳撒尼尔三十天不眠不休，也是为了买下斯普拉格和兰开斯特的股权。

他该去睡了，白天比利可以掌舵。睡上一两小时，纳撒尼尔就可以整夜向北驾驶。

他走到了下甲板和发动机区域。发动机声音听起来有一些粗糙，他想找到问题所在，下一站就能修理了。自从他们离开城市附近的水域，兰开斯特就一直试图在水上制造麻烦，得时刻提防着。不过，现在他需要睡眠。

他回到客舱，坐在桌前的椅子上。账簿打开着放在桌上，上面要求的每趟利润是无法完成的。他需要一个奇迹来挽回他的公司，他的未来，以及找到自己存在的意义。

他的思绪全是未来如何赚钱盈利，一想到这个良心就有些不安。但他不能做父亲和兄弟口中的失败者，就像当初选择离家时他们称呼他的一样。他要证明他们是错的。

无法入睡的他又走出了客舱，到载货甲板吃了唯一能吃得下的东西——浓粥，船上唯一一个敢尝试做饭的伙计做的。夜幕降临，纳撒尼尔走上了舵手室。比利没有夜晚掌舵的经验。

纳撒尼尔对舵手室顶上挂着的拉绳位置了如指掌，河上的每一处弯曲他也轻车熟路。虽然他在自己这艘船上只待了两年，但在水上闯荡十五年，掌舵也有十年了。

说得好像玛丽安娜号是他的船似的。的确，他拥有这艘船四分之一的股权。八年来，他终日攒钱、祷告，投资、祷告，才有足够的钱买下这些股权。他的驾驶技术吸引了投资者，他能让最古怪的发动机运作这一点就不必说了。他找到了斯普拉格、哈里曼和兰开斯特，觉得自己终于能从无名小卒变成有钱人的仆从。他的父亲和哥哥，每日把马养肥，通过伊利运河卖给游艇船员，很快就不再嘲笑他对蒸汽发动机和航海的热情。他再独立干几年，就可以买断生意伙伴的股权，在奥尔巴尼买栋房子，娶妻生子。

后来，拉夫·斯普拉格中风去世。纳撒尼尔的梦想破碎了，就像一个过热的锅炉似的。

"上帝，你说会满足我的所有需求，也许这在你眼中不是一个需求，但也请满足我吧！"他痛苦地祷告着。听起来自私又贪婪，但其实不是。

斯普拉格夫人无法承担继续合作的费用。她的丈夫已经在这次合伙中花掉了大量的积蓄，这些都是他们生活所需的钱。玛丽安娜号的运营利润够他们舒舒服服地生活了，但如果合伙关系解散，斯普拉格夫人就没有分红。纳撒尼尔也没钱再投资另一艘蒸汽船，他可以回去给别人当舵手。三十岁的生日很快就要到了，在一年半以后，他希望自己的人生实现里程碑式的跨越，有房子、有家，在他结束航程之后归来，妻子会在家张着双臂迎接他。

脑海中出现了兰菲小姐的画面：挑起的眼睛，皱起的鼻子，颤抖的下唇，都在他眼前跳跃，让他无法聚精会神关注前方的水路。他摇了摇头，脑海中又浮现了另一幅英国女人的画面——鬓发遮住了她的脸，令她尖瘦的脸显得柔和些，一缕柔亮的头发搭在脖子上，等待一个男人用手轻轻提起……

纳撒尼尔咧嘴笑了，因为自己显得太愚蠢了。不管她有什么急事儿不要命地跳到船上，他只要把这位女士带到奥尔巴尼，之后就可以忘记她了。他没有时间和女人相处，除非，兰开斯特配合并同意继续合作。如果兰开斯特决定解除合同，那么他也许要等到头发斑白，双手粗糙，因常年掌舵落下风湿病的时候，才能想想女人吧！

他叹了口气，胃里发出了咕噜声。与此同时，舵手室的台阶也开始嘎吱嘎吱地响。

比利大步踏进舵手室，胳膊夹着一根纸包着的面包。"我猜你可能想吃点什么，纳特。"

"你怎么搞到这个的？"纳撒尼尔忍着抢过密友手中面包吞

下去的冲动。

"在市里买的，一直藏着呢！"比利撕开一侧的纸，掰了一大块面包，"可惜你带的姑娘不会做饭。"

"不是我带她上来的，她自个跳上来的！你忘了吗？"

"怎么可能忘？我们一大把年纪，不好意思看她。"比利把面包递给纳撒尼尔，又给自己掰了一块，"你觉得兰开斯特想让我们停下吗？"

"他知道，如果我周三到不了奥尔巴尼，那么这趟的利润远不够我买下斯普拉格的股权。"他嚼着面包，但没什么胃口，"听着，要想在最后期限之前赚够钱是不可能的，没戏！"

"如果我们装卸货能更高效，说不定每十天就能跑一趟生意。现在每次装船要花五十二小时。"

"嗯。"纳撒尼尔发现船正在经过弯曲河道时，将发动机速度减慢，然后，听到了提醒往来船只此处有弯道的钟声。

"当当当"的钟声在山间回响，没有其他钟声或哨声的回应。这条河就像一条黑色丝带，在薄薄的被满月照亮的云雾下流动。

如果每十天跑一趟，那么在11月25日之前就能多接三单，他们要么买下斯普拉格或者兰开斯特的股权，维持合作关系，要么解散，任由这艘船在拍卖会上售卖。

"怎么加速装卸货，有想法吗？"纳撒尼尔问。

"两个舷梯，或者雇更多船员。"

纳撒尼尔摇了摇头。"甲板没有空间增加舷梯了，加人手也不可能。不过我们可以保留……"舵手室下方有动静，他停了下来，看到了一个模糊的身影,很瘦小,不是船员。"兰菲小姐?"

"是我。"她走到舵手室最下方的台阶,"不,不好意思。我醒了以后就睡不着了。"她走到楼梯中间。"有没有可能……"她轻咳了几声,"给我点热的东西喝?"

她要是用命令的语气询问,纳撒尼尔会干脆地拒绝,即使咖啡总在供应。但她说话小心翼翼的,还伴随那几声紧张的咳嗽,打动了他的心,比那几缕柔软的卷发带来的柔弱感更能软化他对她的态度。

"上来坐坐吧!比利会给你拿点咖啡的。"

比利挑眉看了看他。"这位女士也许更喜欢你房间里藏着的茶。"

"是的。"她的头发用蝴蝶结别在了脖子后面。她走上了舵手室,柔弱的剪影映在下甲板上。"但我不是一位女士。我是一位子爵的女儿,只是兰菲小姐而已。"她微倾着脑袋说,"我是一位子爵的女儿。"

"我们不知道英国头衔那些细节。"纳撒尼尔忍住了拉她站到自己身边的冲动——只想保护她,给她温暖,当然不是想要碰她。

"但我们知道你更倾向茶而不是咖啡。"比利又说。

"尤其是不喜欢我们的咖啡。"纳撒尼尔微笑着说。

兰菲女士的牙齿,在几近漆黑的舵手室闪了闪。"很难喝,你们应该知道!"

"是很难喝,但不管怎么样,我们还是要喝。"比利从她身边走过,刚准备下楼又回身说,"我们有糖,没有牛奶。这趟没载母牛。"

兰菲小姐说："你们还载母牛？"

"这是经常的，不过只有去下游才行。"纳撒尼尔凝神注视着水面。夜晚航行太危险了，不能再让一个女人分散他的注意力。"谷物、水果、牲口运到下游，衣服、香料和其他东西运到上游。"

"你们平时就吃今晚那种食物？"在他身后，她的衣服"沙沙"作响，薰衣草香混合着木材的刺鼻味道，"要是只吃这些的话，似乎大家不太愿意为你工作吧？"

"中途我们会有一两次靠岸送货，到时候会吃顿好的。"

"但这不会耽误你赶路吗？"舵手室用来遮挡下方光线的背板嘎吱作响，像是她靠着背板坐在了横坐板上。

突然，他希望自己也能坐下来靠着什么东西，最好是比木头隔板舒服点的东西。纳撒尼尔承认她说得对。"每次靠岸招呼大家吃饭，确实会耽误一小时。"他补充说。

"你要是有个厨师，他们肯定会留下来。"

"我想过这个问题。"他全神贯注地留意夜色下的水面，以及天空和船头的方向，就是不想注意身后女人轻快的声音。

在他自由完整地拥有一艘船之前，女人是想都不能想的。尽管他很渴望有一个家，渴望有个女人陪他上船靠岸，但每一次身边有美丽的女士时，他都在提醒自己这是失败后不能拥有的东西。

她在横坐板上动了动。"原谅我跳上船！我只是急着想到我去的地方。"

"奥尔巴尼有什么，兰菲小姐？"他轻声问。

"工作。"她笑了，带着一点点颤音，试图让自己听起来不那么顽皮，"我的先人签署了大宪章，我必须给一个城商的女儿做管家，她嫁给了一个美国投机商。"

"我们大部分人都工作，兰菲小姐。这不是什么羞耻的事儿。"纳撒尼尔犹豫了一会儿，问道："什么是城商？"

"城市商人，中产阶级的一员。"

她的声音中流露出对没有继承财产的人的不屑，他又产生了心被软化的感觉。"在皇室的统治下，钱在自己手里才是好的。"

比利站在舵手室最上面的台阶上，屏住了呼吸。兰菲小姐沉默地坐在坐板上，一动不动。

"给你拿了点茶，兰菲小姐，"比利说，"你没说要糖，不过我还是放了点。"

"这样挺好的，谢谢你。"她说话的语气像是在招呼一位下属。

或许是她太有礼貌，比利不太习惯。

"呃，我是不是该离开？"比利问。

"我需要你帮我看着点，"纳撒尼尔说，"我们到高地了，也许山间会有雾。"

"我们走了多远了？"兰菲小姐问。

纳撒尼尔从大衣口袋掏出一只手表，在昏暗的灯光下瞥了一眼时间。"大约四十英里。白天走得快。现在是半夜，就慢一些。"

"半夜了。那我们开了八小时了？"她的声音里透露着一丝兴奋，"如果保持这个速度，那到奥尔巴尼肯定没问题了。"

"的确没问题。"纳撒尼尔说。

"只要我们在西点军校别逗留太久就行。"比利补充说。

背板又"嘎吱嘎吱"响了，好像兰菲小姐在上面跳似的。"停？半夜停靠？"

"我们有一单是给学校的人带一些细瓷。"纳撒尼尔脑子里琢磨了一下派谁在靠岸前确保找到放置细瓷的正确地方。"我们到了以后他们收货。有时会在半夜。"

"如果上帝保佑的话，"比利说，"旅馆也许还开着，能给我们点儿吃的东西。"

"可……可这听起来会耽误好多时间。"她的声音又一次变得恐慌、犹疑和脆弱。

纳撒尼尔脑海中浮现出许多种回应，但都不太礼貌。所以他什么都没说，继续注意着西点军校的灯光和码头。透过河上的雾气可以看到小镇温和的灯光，码头几乎空了。纳撒尼尔给出信号示意船要减速了，船和码头轻蹭着，他紧紧踩住脚下的踏板，让发动机停止。桨轮开始减速，然后停止了转动。发动机发出低沉的轰隆声，就不再作响了。锅炉排出蒸汽发出"咝咝"声，像是松了口气。

"我得回我房间了。"兰菲小姐站起身。她下楼准备走向客舱甲板。

纳撒尼尔为自己无礼的行为感到一丝罪恶，他抓住了她的手。"我会给你带点比粥好吃的东西，如果你想要的话。"

"好的，我……"她盯着之前自己挂包的地方，"我房间的手提袋里有点钱。我去拿过来吧？呃，我还欠你路费。"

那声"呃"透露出的犹豫不定，与她平时体现出的傲慢搅和在一起。对钱的犹豫。

"你钱包里有多少钱？"问题虽然很粗鲁，但他想知道。

那一瞬间，她耸了耸肩膀，眼神看向了别处。"路费肯定够了，如果你担心这个的话。"

"路费是两美元，食物另算。不管你是只吃船上的东西，还是路边小镇里的。当然船上的便宜些，我要是一碗粥收一美分，还有人会控诉我打劫。"

对他尝试的幽默之举，她笑道："虽然很难吃，但我还是在船上吃吧！"

"可我的良心不能容忍你吃这些。"

如果，对上帝的脆弱可怜的孩子慷慨，那上帝就会对他慷慨。

"我送你下去。"他说着，然后向她伸出手臂。

她挽着他的胳膊，她的手很小，冰凉的。指尖的凉意透过他的大衣和衬衫袖子。他要是跟她熟悉一点，就会用另一只手握住她的手，温暖她……

他不让自己继续想下去了，停在了客舱通道的入口。"很快又能见面了。也许一个多小时。"

"到时候我把路费给你。"她歪着脑袋，转身走进了通道，头发披在肩上，波浪鬈发像被风吹皱的河，充满诱惑。

他离开了甲板，向下走到货舱。比利正大声询问两名船员哪些是装瓷器的箱子。两人都用迷茫的眼神看着他。

比利怒吼道："五分钟内，你们找不到正确的箱子，就不能上岸吃顿好的了。"

"也许吃完饭我们能想起来。"其中一个嘟囔着。

"或者你在岸上待着别回来了。"纳撒尼尔走进发动机前的货舱，"找到瓷器后，比利和我负责看着交货，这样你们能直接去吃饭。"

虽然还在抱怨，但两位船员依然照做了，两分钟内就找到了箱子。四个人用力把箱子拖到了码头上，随后那两个船员就消失在了昏沉但还没完全沉睡的小镇里。

"我们需要一辆马车。"比利瞪着箱子说。

又耽误了很多工夫，他们叫醒了一个租马车的人，向他要了一辆马车运箱子。到了警官的家里，又费了会儿时间，叫醒了一个仆人，仆人又叫醒主人，最后确认货物并付款。等他们到旅馆时已经过去一小时了，不过老板已经习惯了他们没规律的工作时间，给他们端来了美味的浓汤，还有几乎是新鲜的蛋糕卷和更新鲜的苹果派。他们吃完，给兰菲小姐装了一篮子，已经差不多过去两小时了。另一艘蒸汽船靠岸，停在了他们的船边。

赖利·兰开斯特又找到他们了。

第三章

卡米拉焦躁不安无法入睡,站立着感觉太冷,于是,在载货甲板上走来走去暖身。男人们卸货用了太长时间了。他们找不到货的问题容易解决,但是如果西点到奥尔巴尼之间再多停几次,她就来不及了。

但是上帝让她上了船,就一定会让她及时找到乔安娜,成为她的管家,这样一来就能够及时摆脱马库斯的放债者。况且,她的兄弟现在也逃出了他们掌控的范围。

同时,她不想欠布莱克船长钱。虽然他一开始不想让她上船,但后来的确值得感激。

卡米拉开始在甲板上绕圈,记下箱子、滚筒和捆绑包裹的位置。怪不得船员找不到东西呢!从容器侧面的标记来看,所有的东西都没有按秩序摆放。之前,兰菲大厅下方的储存室也装了许多东西,要是那里头也这么乱的话,仆人大部分时间都得用来找需要的家什物件。

货品摆放毫无秩序,看不出下一站要停在哪儿。卡米拉返回了房间。房间又冷又黑,散发出一股恶心的浓粥的味道,她刚才因为太饿就吃了这些粥。船上的男人们需要一个厨师,这样也节省了上岸吃饭的时间。

时间。时间。时间。就像一双沉重的靴子压着她的脊柱。上帝肯定不会让她上了船,却又不能抵达最终的目标。

哦,是的!上帝也有可能这样干。自从父亲去世,马库斯开始挥霍家里的财产,上帝就不再眷顾她了。但根据她所接受的教导,她还是觉得上帝只眷顾一半是不对的。上帝会好事做到底的。

"那么,上帝,你对我的赐福呢?"

卡米拉又回到了甲板上,正好看到一个身体健壮、穿着考究的男人从玛丽安娜号的舷梯走向兰开斯特的船。玛丽安娜号的一位船员环视了一下,随后急着跑回了船上。兰开斯特的船渐渐驶离码头,而布莱克船长正朝舷梯走来。

他的一位船员跟兰开斯特谈过话了。

布莱克向上扫了她一眼。"兰菲小姐,我给你带了吃的。"

他上楼的时候,她就闻到了香味。她双手抱臂,以免胃发出声响,也防止自己的手一把抓过他提着的盒子。

"来舵手室吃吧!那边的锅炉热气比较大,比你的房间暖和。"他走在她前面,上了第二个台阶,把盒子放在横坐板上。

"我的房间不算太冷,温度足够我的帽子晾干了。"

"但你没戴帽子。"

"我觉得不戴更好看。"

"是的,我们能看见你美丽的头发。"

美丽的头发！她用手指理了理纠缠在一起的鬈发，缎带已经系不住头发了。"我，呃，好吧……"她的嘴唇突然很干。她应该谢谢他，那是回应赞美最合适的做法，但是她词穷了。

船长低笑了一声道："所以，兰菲小姐不总是那么冷静的。"他碰了碰她的手，那儿还保留了头发的温度，"坐下来吃吧！我们得赶紧上路了，不然兰开斯特就要超过我们了。"他转向巨大的船舵。

卡米拉坐在坐板上。手、脸和整个人都比前几天感觉暖和多了。她伸手去拿食盒。新鲜的蛋糕卷、黄油、苹果馅饼。如果是六个月前，她会轻蔑地认为这些食物太普通了。但现在她觉得这是场盛宴，太丰盛了！以至于她的手颤抖得无法拿起食物。

她的状态有点可笑，仅仅是碰了一下她的指甲，就让她如此眩晕。过去，在伦敦度过了灾难性的九个月，被触碰了很多次，也有许多人称赞她的头发、她的眼睛和温和的肤色，甚至还有大胆夸她身材的。这些男人都是想要跟兰菲家攀亲，其实那时候就是想要她的嫁妆。

对布莱克船长来说，她除了是个麻烦，什么都不是。而且刚才的触碰，他好像完全不受影响。他的注意力全都放在船上，操控着船驶离码头，对比利吼着别让兰开斯特超过他们。

但是，兰开斯特的船已经在他们前面了，顶着小雨和雾色在水上航行。

"我们可以开得再快点。"布莱克嘟囔着，拉起口哨的线，响起了一声嘶哑的哨声。

"他怎么了?"卡米拉的声音又恢复了正常。

"他想让我减速。"布莱克弄出两声哨响,打算绕过前面的船。兰开斯特的船横穿过他们的航线。

卡米拉突然站起来。"他在干什么?"

"玩一个危险的游戏。"布莱克的脚重重地踏在地面的一个踏板上。

过了一会儿,船突然停了。

兰开斯特的船又领先了,引擎一直"嘎嘎"作响,越来越快,侧面的船桨翻动着水面,溅起白色的泡沫。伴着隆隆作响的引擎,传来一个男人的笑声。

"他为什么要这么做?"卡米拉问,她坐回到了坐板上。

"他希望我这趟没赚到钱,还有一些别的原因。"布莱克拉下了天花板上挂着的一个把手,玛丽安娜号又启程了。"他希望解除合伙关系,但如果我有足够的钱,我就可以买下拉夫·斯普拉格的股份。"

卡米拉从盒子里挑了一个蛋糕卷,没费太多力气就在完全黑暗的环境下抹上了黄油。"不好意思,我好像没听懂。"

布莱克耸了耸肩。"这个不是特别有趣。"

"如果他阻止你实现目标,那就有趣了。"卡米拉咬了一口蛋卷,闭上眼睛品味了一会儿,又咬了一口,"尤其是如果他试图阻止你周三到达奥尔巴尼,那我也要担心了。另外,我除了听你说话,没别的事可做。"

好长一段时间里,布莱克不发一言,她以为他不会继续说话了。

最后，他摇了摇头，对她笑道："自从上次拜访斯普拉格夫人后，我没有跟女人说过话。"

"谁是斯普拉格夫人？"

"一位合伙人的寡妇。拉夫·斯普拉格几月前去世了。根据合作协议，我们其他三个合伙人可以选择11月之前买下他的股份，或是解散把船卖掉。"

卡米拉挺直了后背。"包括你的船？"

"包括玛丽安娜号。"

"没有了船，你怎么办？"

他耸了耸肩。"给别人开船，试着重新来过。"

"太可怕了！"卡米拉知道卖掉自己珍贵东西，看着别人拥有它的感受。比如马库斯死后，却让表兄弟继承了财产。"兰开斯特先生为什么不买下斯普拉格先生的股份？"

"我猜他没钱，或者没办法赚钱。他酗赌。"

卡米拉打了个战栗。"对世界的诅咒！"

"的确。"

"但如果他需要钱，你为什么不买下他的股份？"

"我和另一个合伙人试图攒钱，但兰开斯特想拿到卖船的钱，所以他阻止我们赚到足够的钱。"

"就是阻碍延迟我们向北的航行？"

"就是延迟我们向北的航行。"

"所以，除了刚才那个小游戏之外，他还会做别的？"

"恐怕是的。如果我们不超过他，他还会尝试别的。"

"他……"卡米拉吞了吞口水，缓解嗓子又一次的干涩，"他还能做什么？"

"你要是渴了的话，盒子里有一罐新鲜的苹果汁。"布莱克身子向前倾，好像努力靠近看清前方的水面，但几乎看不见，"果汁还没有变质。"

"谢谢！"她伸手去拿陶瓷罐，拉开软木塞。

苹果汁滑过她干燥的嘴唇和舌头，凉爽酸甜的味道。这种愉悦让她全身一颤。

"你想得真周到，布莱克船长。我确信自己欠了你不少。"

他耸了一边的肩。"不多。"他拉下了头顶另一根绳子。

"这些绳子是干什么用的？"卡米拉问。

"用来给引擎室发信号。"

"下头一直有人在吗？"

"引擎运转的时候是的。"他开始一个一个指给她认。卡米拉也是白天的时候看到才知道有绳子的。"减速、加速、后退、前进。还有这些——"他轻点着地板，"意思是停船。"

"太棒了！"她站起身，把陶瓷罐递给他，"你想来点吗？"

他快速扫了她一眼。"好的，谢谢！"语气里透着惊讶。

"这里恐怕没有杯子，所以你也许不想喝我喝过的。"

"为什么不？"他从她手里拿过陶瓷罐，举到嘴边。

锅炉的热气在舵手室上方发散，但也不能解释她为什么突然感觉外套又沉又热。

他把果汁罐递回给她："谢谢！这是秋天里最美好的事物

之一。"

"落下？（英文中秋天 fall 一词也有落下之意）"她吮吸着清爽的果汁，意识到他的嘴唇也触碰过瓶口。"什么东西落下来了？"

"叶子、雨、雪。"他大笑着，"是秋天！"

"哦！我真可笑。我喜欢秋天。丰收，空气的味道，期待着打猎。骑马去追猎，虽然妈妈不同意我那么做，但是爸爸说没关系，我特别喜欢骑马。"

"你喜欢马？"他听上去很吃惊。

"是的。我有一匹可爱的母马……"她的喉咙哽住了。那匹母马，和所有珍贵的东西一样，都消失了。"你不喜欢马吗？"

他重重地摇了摇头。"我父亲和哥哥靠养马和卖马给运河船上的人为生。他们每天就只谈马，也只在乎马……"他突然停了下来，举起了一只手，"你听见那个声音了吗？"

她向前倾身，肩膀蹭过他的胳膊。"我只听到前面另一个发动机的声音。"

"我觉得我听到了什么东西在敲打……"

这时，她也听到了"砰"的一声，像木头和木头敲打的声音。

"出什么问题了吗？"

"可能是。"他拉下头顶的一根绳子。"你能跑下去帮我叫一下比利吗？他应该在楼梯底下睡觉。"

"你……"他让她去跑腿，像对待船员一样，不过手中的果汁瓶提醒她不应该介意。

她把果汁放回盒子里,快速下楼梯走过住舱甲板,然后到了下甲板上。"比利先生?"她不知道比利姓什么,"布莱克船长想……"

"来了。"声音因困意有点粗糙,比利从她身边挤过去,上了楼梯,"听到了,纳特。"

载货甲板上,男人们从毯子里起身,开始低声抱怨着,漫无目的地乱转,在甲板边缘危险地带走动,那儿还没有栏杆防止他们摔下去。

卡米拉紧抓着楼梯扶手,听着男人的动静,听着船体的"砰砰"声,听着发动机连杆越来越慢,越来越慢。很快桨轮彻底停止了,发出一声尖锐的噼啪声,像是一个巨型椅子的腿被扯下来的声音。

"那是什么声音?"卡米拉提起裙子,跑上楼梯,猛冲过上甲板,到了舵手室楼梯上。

比利撞到了她,差点把她撞倒在地上。她靠在墙上,已经知道了答案。比利的行动说明了一切。"糟了!"

卡米拉还是继续走上了舵手室,又问了一遍:"发生了什么?"

"似乎,"布莱克船长粗暴的声音让卡米拉定在楼梯上不敢动,"河里漂来了一些不明物体,弄坏了桨轮。"

第四章

纳撒尼尔在上层甲板上伸直手臂,然后在不会头朝下摔下去的前提下,尽可能向下探身查看静止的桨轮。两名船员躺在他身边,举着灯笼,照着损坏的地方。

其中两个桨,原本应该像浅的水桶一样,现在看上去却像引火柴。不管是被什么东西打到,都绝对不是水面上正常的杂物。桨轮可能是被那种木头打到了,暴风雨天之后,水手最怕这种木头。尤其是春天,山上的雪融化,把杂物冲入河流导致水位升高,江面上漂浮着从山上冲下来的木头。但是,即使是那天的雨……不,现在应该说是前一天……也不可能有木头漂在河上毁了他的桨。

"看上去怎么样?"比利在纳撒尼尔身后问。

"不好。"他开始清理钢架上的垃圾。"两个桨坏了。"他又往前滑了点,听到了一声女人的喘息。

公主应该待在自己的房间,不应该在这么冷的雾色里看他倒挂在桨轮上。尽管他的五脏六腑冻得快跟桨轮一样碎裂了,但她的在场让他体内蹿过一丝暖流。也许,她不像他认为的那么自私。

可爱！

但是不可企及，和他的未来一样。

他将一片小臂大小的杂物从钉子上猛地扯了下来，好像这样他就能轻易地把兰菲小姐和她美丽的秀发从他脑海中抹去。"等我清理完，我们不能任由这些碎片像弹片一样飞来飞去了，我们得慢慢开到冷泉港区修理。"他把残破的木头摔到甲板上，又使劲抓起一块碎木片，木片锋利的边缘刺透他的手套，扎进手掌。他咬牙痛苦地发出了"嗞嗞"声，但仍继续清理桨上的剩余垃圾。

他带着备用桨，因为航行总有意外事故发生的。但是这次显然不是意外，虽然他没有证据。秋天水位较低，很难发生这种意外事故，再加上前方没什么船，只有兰开斯特的船离得很近。

近得足够从船上向后甩点东西，正好落在玛丽安娜号的航线上。不过，要损坏一艘船，这不是个可靠的方法，因为即使是在夜间，纳撒尼尔也能看到水上的碎片，但是，事故发生的时候，甲板上曾经出现不止一声"砰"的响声。兰开斯特的嫌疑还是最大。

纳撒尼尔取下了最后一片损坏的桨，然后，退回到甲板上。"好吧，我们上路回冷泉港吧！"

比利疑惑地看着他问道："我们不应该继续向前吗……"

"两片桨坏了，向下游航行比继续向前更容易。"纳撒尼尔没有试图掩饰他的急躁。

兰菲小姐的脸在灯笼黄色的灯光下变得苍白。"是一个半小时之前经过的那个村庄吗？"

"是的，差不多往回走六英里。"纳撒尼尔告诉了她这个残忍的现实，"我们本来就比往常慢，现在又得耽误更多时间，而且还得等到早上才能修理。"

"那是必要的。"她的发音比往常更清楚。"但你的手受伤了，需要处理一下。"

"没时间了。"他的手在抽动，但他们需要将他们的锚从河道中间移走，以免下一艘船经过时引发事故。

"但是，布莱克船长……"

"不好意思，兰菲小姐，我要工作了。"他向她走近了一步。

她让开了路。"好吧，那我也该回房间休息了。"她的下巴抬得很高很坚决，转身就走了。

比利咧嘴笑道："你惹她生气了，她不喜欢别人不顺从她的意思。"

"是不喜欢。"纳撒尼尔盯着她的背影。他的胸口一紧，不是因为船被破坏，而是因为那个消失在客舱的女人。

"我们出发吧！"纳撒尼尔严厉地命令道，好像大家从前都在敷衍他混日子似的。

他大步走上舵手室楼梯，一步并作两步。他不信任任何人在他的指令下掌舵，即使是在发动机还正常的时候。他抓住方向盘，发动机发出嗞嗞声和隆隆声，船桨还是转动了。他感觉右手一阵疼痛，可能碎木头还在伤口里。现在没时间关心这个了。现在船上没有灯光，他不能取出碎木头。他只能运用自己的夜视能力掌舵。

慢慢地，慢慢地，船开始向回开。桨轮的铁架发出咕咕声。纳撒尼尔紧咬牙关，凝视着雾色。船首旗杆倒向了右舷，倾斜的尖端指着一棵山顶的老橡树。如果他能一直关注着旗杆，把它当作指南针的尖端……

热气从他靴子底端向上蔓延。太热了！肯定有人把锅炉烧得太热了。兰菲小姐肯定希望这些热气能传到她的房间，但锅炉别烧炸了就行。不能再想她和她那比灯笼还明亮的大眼睛了，她冷酷又自私，不会因为船只延误而哭的。她……

船随着水流晃动，右舷猛地歪了一下，纳撒尼尔将注意力转移到船上，而不是那位公主，他一生的真爱。

如果再多一个月，他就有办法了。

主啊！我违背意愿让她上船算是做了件好事，你一定会奖励我吧？

也许会。也许不会。这次的延误看起来不像是上帝眷顾。

如果说在到达冷泉港之前，没有更多麻烦是上帝眷顾的证明，那可能上帝在关注他吧？掉头向下游航行以后，玛丽安娜号就缓慢地回到了冷泉港。他们停在了码头，关掉发动机和锅炉。锅炉还会有足够的热气遗留下来，保证船员取暖，不过，也有几个船员决定上岸找个有床的地方睡。

纳撒尼尔回到自己的客舱。他几乎二十四小时没合眼，白天的紧张让他的四肢像锚一样沉重。但是，兰菲小姐的舱门开着，透出一束光。他继续沿着通道向里走，到了兰菲小姐的舱门口。

"兰菲小姐？"

她正坐在桌前看书，扫了他一眼就起身了，顺手脱去包在肩上的被子，每个动作都很优雅。"布莱克船长，我等着确认你处理过自己的手了。"

"你真是……很善良。"他盯着她困意蒙眬的双眼,感觉船在他脚下移动了一英里,"只是划伤了,你不用坐着不睡等我。"

"我睡不着。"她噘着嘴,一会儿就移开了视线,"我担心延误。我要是不能按时到达奥尔巴尼……"她动了动肩膀,动作太快,称不上是耸肩,然后对他笑了,"所以,不如让我看看你的手吧!"她伸出手。

纳撒尼尔把手给他。这只手掌至少是她的两倍宽,手指比她的长一英寸多。她手上的皮肤就像他摸过的最细致的中国丝绸一样光滑,相比之下他的皮肤像金刚砂。但她稳稳地握着他的手,朝着灯笼的方向举着。

"我觉得里面有碎木头,但是有血渍看不清楚。"

血没让公主觉得作呕。

他的手放在她手上,她身上散发薰衣草香。她看到这么深的伤口,没像大多数女人一样尖叫着躲开,而是十分冷静,这让他的内心颤抖得好似发动机下的甲板。

"我能帮你洗一洗吗?"她抬眼瞥他,眼神和客舱里的温度一样冷酷,好似对他们之间的亲近毫无所觉。只是,她的手在他手下轻轻地颤抖着。

他抽回了手。"我自己去洗,不想把你房间弄脏。"

他希望洗手池距他四十英里远而不是四十英尺。他觉得和这个镇定的女人之间拉开距离是个好主意,他对她唯一的感觉就是她太冷静了。

"主啊！我不应该让她上船。"他喃喃自语道。他把水壶里的冰水倒进水盆，用海绵蘸水抹掉伤口上的血，碰到伤口的疼痛令他咬牙发出"嘶嘶"声。伤口里肯定有碎木头，他应该自己取出来。

他应该这样做的。要是他伤的是左手，就会离那位女士远一点。但他伤的是右手，左手不够灵敏地处理伤口。

他回去找到了正在等待的她，见她手里还拿着一个金属物体，看上去像是酷刑室的道具——小的金属钳。

"那个，"他问，"是什么？"问的是那个金属钳。

她笑了，真正开怀的笑。"镊子。"她用指头摸了摸弧度完美的脸庞。"你不会以为这是自己长成这样的吧？"

"现在我看到了，应该不是自己长的。"他控制不住地说。

她的脸红了，又一次大笑起来。"你是在警示我吗？"她抓过他的手，力气惊人得大，远远超出了必要的劲道，"我可以开始了吗？"

"如果我夸你眼睛漂亮，你能保证处理的时候别让我太疼吗？"

"没必要。你已经夸过我的头发了。"

他夸过，这是事实。她低头凑近他的手，头发在灯笼照射下像蜂蜜瀑布。他举起了左手。如果不是她突然用镊子夹起他伤口里的一个碎木头，也许他就伸出左手触摸她光亮的发丝了。

他把另一只手插进大衣口袋。"所以你能处理伤口，但是不能煮饭？"

"庄园里的女士都要扮演药师的角色，但是烹饪是下等人做的。"语气里流露出一丝讥讽。

纳撒尼尔表情很痛苦。"你是庄园里的女士？"

"显然不是，否则我就不会在这里了。"她又夹出了一片更长的碎木头。

他躲了一下。

"非常抱歉。我想只剩一个了。"

真可惜。

不，他一定是脑子出问题了！居然觉得只剩一片碎木头是件不可喜的事儿。不是因为处理伤口的是一个迷人的女人带着温柔的强势和善意抓着他的手；是因为一个想法，这个女人就是他需要的能力相当、温柔迷人的妻子。

她用镊子在伤口检查。他很喜欢那个刺痛感，这让他的思绪从愚蠢的想法中脱离出来。

"从小他们就希望把你培养成庄园的女士？"他问。

"然后，忍受三个伦敦社交季所谓的快乐。"

"伦敦……麻烦轻点。我还想完整地留住这只手。什么……什么是伦敦社交季？"

"就是被人拉出去炫耀，就像在贵族竞标者面前吹捧一匹母马。"她用手指替代了镊子，轻柔地检查着，"婚姻市场。"

他缩了缩手。"所以你是寡妇？"

"不，我没参加过。之后我父亲去世了，我又错过了下一个社交季；然后母亲去世，之后我就被束之高阁了。因为没有嫁妆弥补我欠缺的外表。"

她语气冷漠地说着这段话。纳撒尼尔觉得她的话语背后,隐藏着深深的痛苦和绝望。他想告诉她,她的外表已经很好了。不,她不是传统的美女,但是那双美丽的眼睛和柔软的嘴唇让人着迷。

但也许此时并不适合赞美。只说些类似调戏的话太轻浮了。

"所以你现在是孤身一人吗?"他问。

"我有亲戚。表亲继承了头衔和土地,但是我待在他身边不是明智的决定。我的母亲、父亲和兄弟都相继去世了。"她猛然放开了手,他的手就像和手臂脱离了一样。"这样就好了。"她还是低着头,像是在检查他的伤口,"应该要包扎的,但是我猜你需要用那只手,所以你尽量保持干净吧!"

她的口气就像女庄园主让一个仆人回去工作。

半天前,他还想把她扔在冷泉港,让她自己去奥尔巴尼。而现在,他想说几句安慰她的话。

"一个有勇气从水上跳到船上的女士,想要去世上任何地方都不是难事。"

"勇气?"她对他笑了笑,"你不是想说愚蠢吧?"

"好吧,也有点愚蠢。"他咧嘴冲她笑了。

她眨了眨眼,眼泪在长长的睫毛上闪烁。"现在,让我们祈祷当时的冒险一跳并非徒然吧!你……"她的下唇颤抖着,"你觉得我们还会遭遇其他灾难吗?"

"这不是灾难,只是个小麻烦。我们周三应该能到奥尔巴尼。"

"那我就祈祷我们不会有任何麻烦了,不论是小的还是灾难性的。"

"你祈祷吧！我也祈祷。"

要不是担心利润损失，再多花几天和这位女士共处也丝毫不会让他烦恼。

到了早晨，他意识到他的愿望实现了。他说错了，桨轮坏了不只是个小麻烦，而是个灾难，因为备用桨轮不在储藏室里！

第五章

卡米拉在一种奇怪的感觉中醒来，好一会儿她才发现那是温暖的感觉。几天来，她都觉得自己像一罐需要保鲜的黄油被塞进了冷藏室。阳光穿过舷窗，像一团从天而降的火。在这奢侈的几分钟里，她静静地躺着，品味着太阳的温暖，随着水流拍打船体，她也慢慢地晃动着，想起了那天早上客舱里的一些画面：她握着纳撒尼尔·布莱克船长的手，听他说她的眼睛很漂亮。

"你真傻，少女，"她听到自己的老家庭教师这么说，那时她十七岁。当时，她决定冒险和一位助理牧师在一起。"他没有未来。"

纳撒尼尔·布莱克也没有未来。除非某些未知力量的眷顾，他一定会失去自己的船，他为之奋斗的东西，就像那个助理牧师一样，不过是别人的工具。

她还不如跟那个助理牧师在一起呢！他现在干得不错，能吸引教区居民来听布道；而她被困在一艘船上，逗留在纽约和奥尔巴尼中间的某个地方，她的未来无法预知，就像船体下面的水一样。

快五年了，甚至连假装追求她的男人都没有了。

纳撒尼尔·布莱克觉得她头发很美。

她收起手指，似乎还握着他的手，那只手布满伤疤和老茧，但有种充满力量的美。如果她的手能有他的一半才能，她就能像他一样创造自己的未来：即使合伙关系解散了，他还能再次创造未来。但是，她只知道如何管理和使唤仆人，如何聪明得体地交谈，还有就是乔安娜需要她拥有的技能，虽然她在信里没写。

纳撒尼尔·布莱克沉静地修着船。忽然，有个声音令她起身，找到声音的源头。她看见他危险地倒挂在甲板末端，灵巧的手指在不停地工作着，头发冻得竖起来，像是鸟儿被爱抚时惊得竖起的羽毛。

她真蠢。她一点都不了解他，只知道他跟仪表不整的自己调情。她是一个老姑娘了，很容易意乱情迷。如果他知道自己身后追的债主，他会把她丢在冷泉港的码头上，然后离她远远的。

她从床侧下来，拿下身上的毛毯和被子。穆斯林长裙皱得无可救药，她多想有个熨斗或者洗衣盆，自从她没钱雇保姆以后，就学会了这些生活技能。她的斗篷挂在椅子上晾着，比长裙看上去更糟。

她把头发梳顺后编成辫子，然后，把斗篷放在凳子上，从小提箱里拽出一条披肩。过去，横穿大西洋的时候，有一个老夫人教会了她织毛衣。虽然刚开始针脚不平，但她后来进步越来越快，这样一来不仅学会了一项新的技能，还收获了一件暖和的衣服。她的这件披肩接近黑色，但其实是深红色。

她把披肩裹在肩膀上,用一个蝴蝶结形状、边缘光滑的金属胸针固定住,就走出了客舱。快要踏上甲板时,她停下了脚步,用手拍了拍脑袋。晚上不戴帽子在船上到处走动并不奇怪,她曾经不戴帽子参加过晚宴。但现在是白天,她的头发和皮肤从没有完全暴晒在阳光下。

纳撒尼尔·布莱克认为她的头发很美。

这个想法萦绕在脑海中,她嘴边闪过一丝微笑,漫步走上甲板。船长俯卧在甲板上,努力向下探身,看上去似乎快要头朝下掉进水里了。他没注意到卡米拉。即使别人注意到了,也没人跟她说话。没人主动给她拿咖啡或是凳子,或是跟她解释修理的进度。她还是觉得不受注目比较自在。

她已经习惯了这种感觉。不论乔安娜怎么称呼她,同伴或是管家,她在别人眼里都是无足轻重的人。

如果她嫁给了那个助理牧师,熬到成为牧师夫人,她就备受瞩目了。

那也不是她想要的生活。她想要……一种介于两者之间的生活。也许是舒适的生活。孩子,一个爱她的丈夫,就像父亲爱母亲那样。

但在北部的荒原里,不太可能有那样的生活。

她决定自己去拿杯咖啡,或者吃点什么当早餐。卡米拉穿过住舱甲板,走上舵手室楼梯。昨晚,她的食盒还放在坐板上,几乎没有挪动。她又吃了一个抹黄油的蛋糕卷,喝了点苹果汁,然后漫步走到船舵前。既然她一个人站在这儿,她想看看船舵。她被船舵的尺寸吓到了：高度和她差不多，五英尺两英寸，下面没入地板中。她抓住船舵边沿的把手，这么大的船舵，得需要多大的力气才能转动？需要多大的力气，才能操控这艘和海军护卫舰一样长的船。她闭起一只眼睛，挡住左侧城镇的景象，假装自己在水上驾驶这艘船。她闻到了锅炉里木头燃烧的味道，听到发动机的轰隆声。如果一个人能开船去冒险，谁还需要赌博呢……

"你在自娱自乐吗？"

卡米拉从船舵旁边跳开，被刹车踏板绊到，向布莱克船长的胸膛靠去。

他用手接住她，让她站稳。"你看起来玩儿得很开心。"

"是的，很开心！"阳光温暖着她的脸，"我希望自己没做错什么。"

"没有，没做错。"他放开了她，她面向他站着。

"我在想这就是开船的乐趣。"

"我喜欢河流。永远都在变化。"他叹了口气，然后看向她的头顶上方，"但是我今天不开船了。"

"什么？"她向上凝视着他，"出什么事了？"

"我通常会带着备用桨轮，以防损坏。"他的手攥成拳头放在大腿边，"但是，它们离奇地消失了。"

卡米拉用手捂着嘴，她开始浑身发抖。"怎么回事？我的意思是谁……"

"有个船员夜里溜了，我猜是他干的。"他的眼睛像绿色的冰片。

卡米拉颤抖着。"为什么？"

"为了钱，我猜。但我们不需要知道谁干的，兰开斯特不知怎么找上了他。"

"什么时候？……"她停顿了一下，像被打了一拳似的，肺里的空气突然被抽离了。她的手紧握腰间，快要窒息似的吐出了后面的话："我看见他们了。我的意思是，我没看到他们交谈，但是，我看到一个男人从兰开斯特的船上走回来，那时，你的一个船员正从码头上船。我应该告诉你的。我没看见他们谈话，而且那时你刚好就回来了，所以我没多想，但是……"她用力伸出一只手，想要抓住船舵撑住自己的身体。

布莱克紧紧抓住了她的手，稳住了她。"没关系，你本来就不知情。我应该猜到兰开斯特会干出这种事的。"

"那我们怎么办？"她悄声说。

"等下一艘船来，我们可以买他们的桨轮。"

"码头没有吗？"

"应该有的。但是运河一开放，码头就特别忙。"

"明天，"她的下唇不受控制地颤抖着，阳光和蓝天在她眼前变得模糊，"我们到不了奥尔巴尼了，对吗？"

"我……不知道。也许，我可以让你上另一艘船。"

"这也是你一直想做的。"如利爪一般的恐惧让她的语气变得粗暴，尽管她不想这样，"对不起。"她用力眨眼想止住眼泪。

"我也很抱歉。"他用大拇指擦去她脸上的一滴眼泪，"有时候，我也会出错。"他放开她的手，"你想上岸吗？那儿有一些店铺,你可以给自己买顶新帽子。"

她不能买,尤其是她现在没有工作。她也不会有家,有……

"我得回我的房间了。"

她要么是要生病了,要么就是想尖叫,或是两者都有。

船长又抓住她的手,把她拉过来。"兰菲小姐,等等!"

"我不能,我不能,我……"她的话语中有一声啜泣,眼泪瞬时涌出眼眶。

布莱克嘀咕了几句什么,像是"兰开斯特要为此付出代价"。然后,让她靠在自己身上。

第六章

爸爸去世那天,她也是这样在妈妈的怀里哭的。那时,马库斯忙着在外挥霍钱财,妈妈对生活很绝望。自那以后,就没有人这样安慰过卡米拉了。但是,这个有些粗鲁但总是很善良的陌生人,外套有股皮料、木头和船上载着的香料的混合味道,他的言谈举止很平凡,生活方式与上层社会的高雅迥然不同,和以前她身边的人都不一样。他用大手搂着她脖子后面,手臂环绕她的肩膀,将她抱在怀里。直到她控制住了脆弱无助的情绪,他还抱着她;她停止啜泣,呼吸恢复正常以后,他还抱着她;当她因为被他长时间抱着感到羞涩,想跑到别处躲起来时,他还抱着她。她只是心里想要跑开,但脚却不肯动,贪恋着被人关怀的温暖。

驾驶舱楼梯传来的"嘎吱嘎吱"声,吸引了她的注意力。发动机和桨轮停止运作后,船上一直很安静。船上的每个人应该都听到她的哭声了,任何附近的人都能看到她被布莱克船长抱着。

也许,她可以钻进船舵底下,然后在那里藏上五十年。到时候,她的羞耻感也许会消退。

她退开了，拉起披肩的一角挡住脸。"对不起！我不知道自己怎么了。"

"你不知道吗？"布莱克用手托起她的下巴，让她的脸抬起来。他眼里的善意差点让她又哭出来，"你一心想到奥尔巴尼，现在看上去似乎没戏了。"

"不仅如此。"她瞥了眼台阶，正好看到比利下楼。"我把我的未来都押在奥尔巴尼了。即使是我兄弟继承了家族财产以后，妈妈还总说上帝会眷顾我们的。但是，似乎他索取的比给予的多，我对他的信念也逐渐消失了。"

他将一束湿发从她脸颊上拨开，别在她的耳后。"我希望自己听不懂，但我听得懂。兰开斯特的小把戏破坏了我们俩的计划。"

"那么应该怎么做？我的意思是，没人教我怎么照顾自己，说实在的。"

他笑道："我觉得你似乎做得不错，或者说英国庄园的女士都学习过为达目的跳上一艘行驶中的船吗？"

"走进奥尔马克的船比这糟糕多了，相信我。"

"奥尔马克？"

"我……呃，之前的社交圈里最高价的妻子市场。"

"但你依然坚持了下来，以后也可以的。你不知道将来会发生什么，也许你的朋友不在奥尔巴尼，或者另一艘船会从这儿及时经过，明天就送你到了奥尔巴尼。"

"那是不是得赶紧上船？"

"接下来三到六小时会有船经过，这是我的希望。"他翠绿的眼睛有一层迷雾,"如果没有的话,我们也得保持信念等待,即使希望已经变得跟水上的雾一样稀薄。"

"为什么呢?船长,那完全不现实。"

他咧嘴笑了,晒黑的脸上皮肤下透出一抹淡淡的红晕。"我,呃,虽然十四岁就离开家了,但我还在继续读书。有时候在船上没什么事情干。说起没什么事情干,我觉得应该带你上岸逛逛。"

"那如果有一艘船到了,我们不会错过吗?"

"我们会听到哨声,然后及时赶回来。"

"我看起来很狼狈。"

"去洗把脸吧!洗完就好了。"

不会好的。她不用看倒影就知道自己的眼睛肿了,长袍也无可救药,还没戴帽子。但是,她洗了脸,穿上褶皱的斗篷,这样可以把斗篷的帽子戴在头上。

她就不该在雨天戴帽子,但是,小提箱已经满得要爆开了,头上要是没戴东西她会受不了的。这是证明她淑女身份的最后一个物件了。

现在,她的身份和社会地位都毁了。在船长的陪同下上岸,她很期待:"你不用陪我,我确信你一定还有活儿要做。"

"我和你一样确信,我没事干了。"他声音紧绷着,有点生硬。"没有合适的零件,我没办法修船。文书工作也都完成了。如果我待在这里,也许会想想怎么让赖利·兰开斯特沉船。"他们到了下甲板,他挽着她的胳膊。"总之,兰菲小姐,我需要转移注意力。"突然,他爽朗地大笑起来。

两名站着观望的船员，转过身来注视他们，目瞪口呆的，好像听到船长的笑声极不寻常。

卡米拉看了他一眼："我能知道你在笑什么吗？"

"我之前不想让你上船是觉得女人让人分心，还惹麻烦。"

"惹麻烦？"她傲慢地颔首。

"的确。"他带着她走过摇晃的跳板来到码头上，"你看到比利缺了颗牙吗？就是因为一个女乘客。她是个卖弄风骚的女人，不但把男人嘲笑得体无完肤，还惹得两个男人为她开战。比利一辈子都带着疤痕，我还失去了一个好船员。"

"死……死了？"

"不是，他和那个女人一起离开了。那趟航行，我还短暂地接替了工程师的位置。"

她歪着头，从眼角扫了他一眼。"我不跟船员调情。"

也许不是船员，但她和船长调情了。这技巧是从观察一百个其他女人的时候学会的。她不是故意要与船长眉来眼去的，而是自然而然地、兴奋地挑逗，跟一个刚认识的人这样做，有点太亲密了。

但是，刚才靠在他胸前哭过以后，她感觉自己和他距离拉近了很多，不再是陌路人了。

他和她对视了好长一段时间，然后把她的手放进自己的臂弯，带她上了岸。绕过一排仓库后，他停下脚步，皱眉低头看她说："你不需要为了让我帮你，对我使把戏，兰菲……"他叹气道，"你的教名是什么？"

"卡……卡米拉。"嗓子突然很干涩,她咽了咽,又顺畅地说了一遍,"卡米拉·兰菲。"

"当然,你的名字不会像简或者玛丽那么普通又好听。"

"卡米拉怎么了?"

"没怎么。刚好适合你。"

他们快到小镇了,镇上有旅馆、商店和干净的房屋,卡米拉说:"现在是谁调戏谁?"

"我不和女人调情。"他在一家面包店的橱窗前停下脚步,里面的点心看起来很软,"我最不需要的事,就是让一个女人觉得我对她有意思。"

"你难道不是到了结婚的年龄了吗?"她屏住呼吸,"对不起!这跟我没关系。"

"是没关系,但我希望自己三十岁结婚。可是,如果我三十天必须有二十五天都在水上,我不会和任何人结婚。我认为那对妻子或家庭不公平。"

"除非你的妻子和你一起航行。你想进商店还是站在这一直看着?"

作为回应,他推开了门,糖、肉桂、黄油和苹果的香味在空中飘荡。卡米拉感觉有点晕眩。

"布莱克船长,有些日子没见你了。"一个相貌端庄的女人匆忙出来站在柜台前,"你带了个乘客?"

"更像是个偷渡者。"他嘟囔着,语气虽重,脸上却全然不符地挂着笑容,"你的炸苹果饼是刚做的吗?"

"你要是现在吃下去，会烫到你的嘴。我给你包一些？"

"好的，还有一杯咖啡。"

女人包了一些圆的点心，用纸把两边拧紧，眼睛始终在看卡米拉。船长没吱声。卡米拉只是冷漠地注视着她，以前，她不想嫁给任何自己看不上的男人时，发现冷漠比话语更能赶走他们，这种眼神也是在那时掌握的。

布莱克问了那个女人关于几艘船的事儿，向她询问最近有没有看见那几艘船。她看见了……就在几天前。大家都往上游走，很少有人回来。很多船继续向上航行到特洛伊。那个女人还盯着卡米拉，卡米拉保持着双手抱臂的姿势，也盯着她。

东西一包完，布莱克付了钱，随后抄起柜台上的食物就告别了。卡米拉在他前面跨出店铺，帮他扶着门。直到他们来到街上，卡米拉都没再挽着他的手。

"刚才，"她问，"都是怎么回事？"

"她从来没见过我带着女人，除了玛丽安娜·斯普拉格，她比我母亲都老。"

"你妈妈还在世，你怎么还离开家？"

他低头笑着看她："来，我们去斯普拉格夫人的花园享受这些东西。"

"她不介意？"

"她在奥尔巴尼拜访她的姐妹，房子是空的。"

不只是空的。一层窗户用栅木围着，秋日下，花园没有任何绿色植物，像是被遗弃了。一周前花园也许还很漂亮，树上有各色的树叶。现在树枝几乎秃了，伸向浅蓝色的天空，地上铺着厚厚一层潮湿的叶子。

卡米拉坐在上面的台阶上，长裙像扇子一样散开，好似一个保护层，船长不得不坐在她脚下的台阶上。

"太合适了，"他嘟囔着，坐在下面的台阶上，"你有没有想过有男人在你脚边屈尊？"

只有她的兄弟在痛苦忏悔时才这样做过，那也是她最后一次见他。

"我要是想过，你觉得我还会出现在这儿吗？"她把斗篷帽子扯下，这样，阳光就能晒到她的头。

布莱克递给她一个还热乎乎的甜点。"咬的时候小心点，里面都是苹果。"

"我们的炸饼是放蘑菇的。"

他嫌弃地看着她："我更喜欢苹果。"

她咬了一下，表示同意。

"所以告诉我，卡米拉·兰菲小姐，"她嘴里还塞满东西的时候，布莱克问道，"你来这里干什么？"

她吞下嘴里的东西，然后，清了清嗓子。"我告诉你了。接受一份工作，因为我兄弟……"

"是的，你说过没人愿意娶一个长相还过得去的落魄公主。但是，为什么你提过的那个表兄不照顾你呢？"

"为什么你的家人不帮助你买下合伙人的股份呢，如果他们卖马的生意很好的话？"

"巧妙的还击。"他递给她一杯咖啡。

她品了品口感顺滑的咖啡，里面加了热牛奶。

"我可能勉强算漂亮的，而且二十五岁了，而表兄还没结婚，他要是没有女伴，我绝对不会跟他在同一个屋檐下生活。但他不愿意找女伴。"

"我一路上也没有女伴。"他一边喝咖啡，一边盯着她的脸，似乎没有意识到他们彼此分享的亲密。

她耸了耸肩，假装冷漠地注视着他的嘴触碰银色的杯沿。"我在英国是个淑女，在这里我什么都不是！"

"你有很多身份，兰菲小姐。"他的声音很沙哑，"一个偷渡者，仆人，探险者……但你永远不会什么都不是。"

那一刻，她有种感觉——像是一只鹰准备飞往最近的橡树，或是一只兔子准备逃离养兔场。

他不应该让她产生这种感觉。他们几乎互不了解。但是，比起那些下定决心追求她的男人，她跟他相处的时间更长。不过，她在认识那些男人之前，已经了解他们的家族——他们的血统和谣传的缺点，坏到令父亲拒婚。这个男人没有血统。

说得好像她的血统给她带来什么好处一样。

"我觉得，"她说，"我需要走一走。"

"我觉得……"

突然，蒸汽船的哨声响起，打断了他的话。

卡米拉猛地起身。"有船。如果他们能载上我，而且还是往上游走的话，我就能按时到达奥尔巴尼了。"

然后甩掉那些萦绕在她脑海和心头的奇怪想法。

她快步跑出花园,斗篷忘了拿,长裙左右摇摆。她又以不淑女的速度迅速折回楼梯。没关系,她不是淑女。不过,她是享受特权长大的。这么一想,她突然就释怀了,不再觉得失去身份是个负担。她还是可以按照自己从小被灌输的道德准则生活,也可以保持高贵矜持,但不必在紧急情况下还优雅地慢吞吞走路。

一艘蒸汽船停在玛丽安娜号旁边,刷白的船身和船首旗杆上飘扬的三面旗帜,衬得玛丽安娜号越发矮小。

甲板上挤满乘客,男人、女人、孩子和一堆家禽,从猫到母牛,挤满了两层甲板的每一寸空间。

在她发现船长从仓库里搬了一箱东西之前,她就知道他会怎么回答。

"对不起,小姐。"他摇了摇斑白的头,"一点空间都没有了。"

"你有多余的桨轮吗?"布莱克船长来到卡米拉身后。

"我看到你的桨轮坏了。发生了什么?"

"有人故意往水里扔了木头碎片。"布莱克简单地说,"你有吗?"

"没有,但是托德的船就在我后面。他也许有。"

那个男人和船员把箱子滑到岸上后,船驶离码头,开向河中心。

卡米拉边看边用手压着嘴唇。

"我能透过你的手指,看到你的下唇在颤抖。"船长把她的手从脸上拿开,抓住她的手,"你知道吗?要是错过你朋友的工作,还会有其他的工作。"

别的工作能让她远离债主吗?那个人声称自己欠了他一万英镑,发誓他不顾一切都要把钱追回来!

她不能将这个告诉布莱克。他有可能因为不想蹚这个浑水就丢下她。

"我们到玛丽安娜号上去,等下一艘船吧!"布莱克抓着她的手,带她回到船上,"我房间里有一些书,如果你想看的话。"

"想看。我只带了一本《圣经》和一册莎士比亚,几乎都能背诵福音书和莎士比亚先生的十四行诗了。"

留船望风的船员冲他们心照不宣地咧嘴一笑,然后快速转过身去。布莱克没理会他们,继续走到自己的客舱。

空间只比卡米拉的大一点,也有桌子和椅子。桌子上的架子上摆放着一排破旧的书,一边是《圣经》,另一边是塞缪尔·约翰逊字典的破旧的复印本。

"你是怎么得到这个的?"她拉出固定书的金属板,拿出了一本书。

他耸了耸肩。"很久以前,在一家二手商店找到的。其他的书也差不多是这种情况。"

"你都读过吗?"

"很多次。"他抽出一本复印版的《奥特朗托城堡》,霍勒斯·沃波尔写的哥特小说,"这本是我最喜欢的。"

"我也喜欢,尽管这是很多年前的书了。"

他把书放在她手中。"不用谢我。"他在门口迟疑了一会儿,然后眼睛瞄向她的客舱。"我能读一读你的莎士比亚吗?我,呃,从没读过莎士比亚。"

　　他从没读过莎士比亚！卡米拉的胸口一揪，为这个年纪轻轻就离家但仍努力学习文化的男孩感到忧伤。

　　"当然可以借给你。"她把书拿走了，等她回来的时候已经下定了决心，"不过，诗词应该大声朗读。"

　　他的眼中闪过一丝恐慌。"我从没有大声朗读过。"

　　"而且，你的发音都是错的。"她咧嘴一笑，"我给你读吧！"

　　等他们在舵手室坐好，书摊开放在她的膝盖上，她才想到了巴德诗词的本质。

第七章

这声音柔和悦耳，语调抑扬顿挫，抚慰人心，让人欲罢不能。念了一阵后，她的嗓音略带沙哑。他离开操舵室，给她冲了一杯茶，这茶是给不爱喝咖啡的斯普拉格先生专门留的。她微笑着道谢，那笑容融化了他心里某个冰冻的角落，他自己都没有意识到的地方。她接着念这既柔美又充满讽刺意味并洋溢着热情的诗句。

他们很有礼节地坐在操舵室里，晒着太阳。直到肚子轻轻叫了，白日的温暖逐渐退去，他才意识到距离他们上一次看到詹姆斯·托德的船已经过去了多久。

"我想"，他趁她停下来喝茶的时候说，"我们该吃晚饭了。"

"天色已晚"。她看了看窗外的落日余晖和空荡荡的河流，柔软的下嘴唇轻轻颤抖着，"那艘船还没有回来。"

"对。"

"为什么呢？"她合上书，将书放在长椅上，"为什么？上帝为什么要这样对待我，对待我们？我相信你一定因为这个损失了不少，而乔安娜也不会就这么一直等着我。"

"我也不知道为什么，我尽量不去想这个问题。"

他起身走向船舵，眼睛注视着暮色中闪着光，逐渐暗淡下去的河面。"我选择以航行为生，本不是一条容易的路，但我始终相信上帝和我的父亲一样陪伴着我，关心、爱护我。直到拉尔夫·斯普拉格死了。从那以后，我好像干什么都不顺。先是得凑钱把斯普拉格的股份买下来，后来兰开斯特又决定放弃合伙。他说要按他说的来，到现在我才相信他真的这么做了。现在，河上空空荡荡，唯一的可能是所有人现在都在奥尔巴尼，等着通往伊利河的运河正式通航。可我现在待在这里，就像翅膀受伤的鸟儿，我为之努力的一切都将烟消云散。"他的手紧紧攥着船舵，右手刚刚愈合的一道口子再次崩裂，鲜血流过他的手指。

"那我这辈子，可以说还从没有为什么而努力过。"她站在他身边，双手拉过他的手，用一块蕾丝手绢，也许是她为数不多的手绢里的一块，按住他的伤口。她抬头看着他，双眼在暮色中闪烁，"我曾经拥有一切，却并不懂得珍惜。我以为生在兰菲家，一切都是理所当然的，但现在我什么都没有了。更糟糕的是，我开始怀疑上帝是不是还陪伴着我。我，哎，我的生活还剩下什么？"

"无论如何，我们还是要坚持自己的信念。"她的轻抚和真情流露让他平静下来。他的内心仿佛被一道微小却明亮的光照耀着。他用没有受伤的那只手抚摸着她的脸颊，她的柔软让他惊叹，"谢谢你！"

"如果不是因为我耽误了你的航程，你不会遇到兰开斯特，这一切就不会发生。"

"也许是吧！但也许不是。我猜测他说要等我，其实是在撒谎。他开的是艘明轮船，比我的船速更快。再说，我也不确定是不是后悔让你上了船。"

她握住他的手更紧了些。她的双眼睁得大大的，双唇微启，丰盈柔软的下唇让人看了不由得想亲吻。

他看向别处，在她背后拍了拍："我们去吃晚饭吧。"

"我想也是。"

他们静静地走下甲板，回到镇上。沉默中，两人走进了一家小旅馆，长桌上放着炖得热气腾腾的鹿肉和面包，桌边坐满了人。他们面对面坐着，避开对方的目光。两人同时伸手拿面包时，双目默默对视。纳撒尼尔心想，希望她的工作在奥尔巴尼，而不是西部地区，这样他就能常见到她，充当她的护花使者。

但是，如果合伙失败了，他根本没法许诺一个女孩未来，这一点也将一直折磨着他。

他接着吃那些尝起来像木炭的食物，吃它只是为了补充营养而已。坐在对面的兰菲小姐，看上去也在做一样的事——努力咽下最后一口食物。他起身从身后的墙钩上取下她的外套。从前拉尔夫·斯普拉格也总是为他太太拿外套。对那些符合他理想太太标准的女孩，纳撒尼尔也会这么做，这样他的双手能在女孩的肩上多停留那么一会儿。

她对他回眸一笑："谢谢你。"

如果此刻只有他们两个人在一起，他可能真的会犯傻，比如亲吻她。而他只是放开了她，踱到一旁等着，为她开门。回船的路上，他没有伸出胳臂让她挽着。在甲板上，他道了晚安，在她回房之前就关上了自己房间的门。

他靠在门上，手指揉着头发。上帝到底要怎么对他？让他得到，还是让他失去？他跟这个女孩才认识了一天，对，一天里他们大部分时间都在一起，但是，他怎么就油然而生想把二十四小时变成二十四天，甚至二十四个月的冲动？

一阵汽笛声响起，这对他来说宛如动听的音乐。他急忙跑到载货甲板上，一艘船刚好在靠岸。他很快登上舷梯，脑海中只有一个念头——赶紧把船桨换了！这样就能启程，忘掉那些永远不会实现的痴心妄想。

他还是只信那句话——女人啊！你的名字叫麻烦。

一个船员告诉他船长在哪儿，他并不认识这个人："上游怎么样？"

"对我来说太挤啦！连停泊的地儿都找不到。"

他们边喝咖啡边协商船桨的价格。

"我只能给这么多了。"

"这才刚刚开始。"

尽管今夜几乎是满月，但他没法在黑暗中修船。回船舱的路上，他瞥见兰菲小姐的门透着一丝亮光。他还是克制住自己，径直进了自己的船舱。过去四十八小时里，他睡了不到两小时，趁这会空闲，他得赶紧歇一歇。睡眠能使他保持清醒头脑，不去胡思乱想。不过，到了早上再见到兰菲小姐时，他知道睡眠并没有起到让他清醒的作用，他感觉自己更加被她吸引了，特别是当她怯生生地对他微笑,低垂着眼偷看他的时候。

"昨晚靠岸的那些船有多余的桨吗?"她问道。

"只有一个,我吃完早饭就试试。你吃饭了吗?"

"比利给我泡了茶。"

"他有时候可比我绅士多了,走吗?"他没有多想就伸出了手臂。

她挽住了他的手臂,手指扣在他的臂弯上。"我听说奥尔巴尼船满为患了。我想明天河面就会空一些,上游的船会往下开,我们就能继续上行了。"

"我在想兰开斯特先生这会儿在哪儿?"她的手指紧紧扣在他的手臂上。

"想都不用想,肯定在哪儿惹事呢!"

"我们这一路上,还会停很多次吗?"

她用了"我们"。他很喜欢她这么说。

"就一站,在波基普西市停一停。"他们到了旅店,他为她开门。"船得到那儿卸个货,加点燃料,才能继续往前开。"

作为一位从小就在英国最好的餐馆里用餐的淑女,她落座的样子仿佛生来如此。"为什么要在那儿加燃料呢?"

"那儿的燃料比市里便宜。而且我的船每次都不会加满,这样能多运点货。"

"好吧,那我们怎么才能快点赶路呢?如果你得在波基普西市卸货——这真是个奇怪的名字……如果能提前把货整理好……"

在他、比利和其他两名船员换桨的时候——他们把这个桨称作水桶,因为它长得像个勺子——她指挥其他两名船员整理货物。虽然,他一边专心干着这项危险的工作,尽可能稳妥地安上新桨,耳朵却还在一边搜索着她的声音,威严而亲切,果断而温柔,不断吸引、吸引、吸引,吸引着他。

他们安上了新桨。纳撒尼尔换上了一件干净的上衣去找她。他看到她为了看清一个木箱上贴反了的标签,人几乎都呈倒立状态了。

"你该叫个人帮你把它挪开。"

她跳了一步,头撞上了另一个箱子。"嗷。"她应声跪倒在甲板上,手捂着头顶。

"你没事吧?让我看看。"他在她面前蹲下,把她的手从伤处移开。"看来你的头上要起包了,还好没伤着头皮。"他抬起她的下巴问道,"你能看到一个还是两个我?"

"一个。"

"还好没脑震荡。你该去躺会儿。"

"不用,我没事,只是有点疼。"

他俯身亲吻了她的伤处,然后,像被火烧了一样向后挪了挪。

她抬头看着他,大眼睛里满是困惑。

他多希望他也是困惑不清的。他多希望自己不知道一个人在短短两天里就能彻底坠入爱河,而此刻,他正是这样。

第八章

卡米拉急急站起来,"我,我该把这个箱子挪开,这样我们就能整理好所有的货物了。如果我们提前整理好,每次停靠码头卸货都能省下十五分钟的时间,加起来就是很多时间。如果船上能叫个厨子,就不用每次都花时间上岸去找吃的了。"

"嘘……"他用手指堵住她的双唇,"如果我的船要开得像你说的那么快,锅炉会爆的。"

她觉得如果再不从他身边跑开,自己的身体里就要爆炸了,抑或投入他的怀中,紧紧抱住他。她也不知道自己想要的是哪一种。她为后一种想法感到害怕。她没有动,手却把外衣的边缘攒成一团。

"我们走走吧!"他向她伸出手。"我们在船上什么也干不了,只能干等着,这真是让人发疯。"

也许,这就是她非同常人的地方。她喜欢运动,喜欢骑自己的马,然后散步,甚至在花园里挖土玩,这时候他们就会让园丁们避开。

她握住了他的手臂。这一次,他没有把她的手放在他的臂弯里,而是轻轻护住她的手，感觉他在试图取悦她。也许他是自然而然这么做的，但他的亲吻让她觉得不是在开玩笑，或许他这么做，就像母亲会亲吻受伤的孩子。但他看向她时，眼里的那抹深绿让她意识到，他并不是在开玩笑。

这回，他们穿过了整个镇子，来到了一片树林。地上的落叶比树上的叶子还多。地毯似的植被盖住了他们的脚步声。鸟儿大部分都飞去南方过冬了，风静静地吹过。这是她所能想象的能听见上帝声音的那种地方。

走着走着，树木渐疏，坡面倾斜，自然延伸到河流的入口。"从前在这里定居的一位公爵将这条河叫作'杀人河'。我也不知道为什么。但我想在这儿建一所房子。这里离城镇很近，可以听见船只驶进城镇码头的声音。而且，它又足够远离尘嚣，能给人带来宁静与平和。"

"确实让人感到平和。"河水从他们脚下流过，像一条无边无际的青灰色丝带，金色的阳光拂过河面，"河水汇聚成大海，但人类却要造各种机器来逆转水流的流向，真是神奇。"

他咧嘴一笑，"我就是这么过来的，与人们对我的期望逆向而行。本来我的家人希望我和他们一样干养马这行，但我并不那么喜欢马，至少不想以此为生。但是河流不一样！"他转向她，神采奕奕，"你有确定的人生目标吗？"

"我从前并不需要确定自己的人生目标，因为早在我出生前，我的生活就都被规划好了。可现在……"她的内心很茫然，无法体会到他的快乐。

"罗伯特·富尔顿先生第一次坐汽船横渡哈德逊河时,我才十一岁。我就在岸边,看着他以每小时四英里的速度乘风破浪前进。那简直是个奇迹!我当时就特别想亲身体验。蒸汽开创未来!"他摇了摇头,神色黯淡了一些,"但是,我也还是想有个家。"

他的船就是他的家,如果他失去了这艘船,他也就失去了自己的家。

对他来说,这是多么令人难过呀!卡米拉试着说些什么来安慰他。

引擎的轰鸣声和桨轮发出的沙沙声,打断了她的思绪。一艘汽船从河面开过,引得他们回到了镇上的港口。

可惜,这艘船上并没有大小合适的桨。卡米拉、纳撒尼尔、比利和其他船员一起回镇上吃晚饭。他们正吃着最常见的苹果派,这时,另一艘船进港了,船上刚好有多余的桨。"明天一早我们就把桨安上,马上就可以启程了。"

"要多久?"卡米拉问。

"大概十七个小时吧!赶紧休息吧。"

她坐在桌边,身上裹着两床被子保暖,桌上放着一本打开的《圣经》,台灯散发着光和热。她无法静心阅读,脑子里不停地想怎么做可以节省时间。船还要再停一次。因为她提前把货都搬到了船头,卸货时间可以缩短一些。但船员们得上岸找吃的,这又是一个问题。如果船上能有些吃的,他们就不用再去岸上了。在船上需要做可口的饭菜,而且,别一次把蔬菜和肉都做了,否则它们隔天就成了难以下咽的灰糊糊,这能有多难?船长应该不会介意从货物里分出一点调料给她。

正当她准备起身去找他要调料的时候，他恰好过来敲了敲她的门。"我看你的灯亮着。要不要一起去炉边坐着，喝点苹果酒？"

"好啊！"她打开门看见他站在过道上，她的心雀跃着，跳得飞快。她觉得自己表现得笨极了，她提醒自己最好原地不动。

她跟着他去了甲板，做饭的炉子生着火，五六个人围在炉边取暖。他们聊着在河上的经历和远行的故事。其中一个人去过密西西比河；另一个曾经差点因为船上的锅炉爆炸而丢了性命。有些人因为她在场，故意夸大了一点情节，但卡米拉听得津津有味，不时惊叹连连。她时而被逗得大笑，时而拍手鼓掌，感觉像在自己家一样温暖亲切。船员们陆续回房间去睡觉了，卡米拉也慢慢站起来，想到她那间空空小屋有些许的寂寞。

她向大家道了晚安，转身回房。

"兰菲小姐，"船长叫住了她，"我能给你看样东西吗？"

当然可以。

但她什么也没说，只是走到一边，让他走在前面，领着她往船长室走。

"看！"除此之外，他并没有再说话。

他不需要再说什么。镇子一片漆黑，码头的船笼罩在夜色里。唯有月光在天空中闪耀着冷冽的辉光，在月光的照耀下，河流像一条蜿蜒起伏的银色丝带，蒙着一层薄霜的树林宛如耀眼的宝石。

她屏住呼吸，环抱着双臂来抵御夜晚的寒气。"我明白你为什么这么爱河流了。"

"但不幸的是，天气一冷，到了冬天我们就没法干活了。"

她抬眼看着他说："那你们的生意怎么办？"

"我会去一个地方找间公寓。其实，我也想过去南方的那些州，那里一年四季都有活儿干。但我对南方的河流不熟，在那儿没法掌舵。"

"是啊！你习惯了让别人给你干活，你给别人干活会很困难。"她搓了搓自己的胳膊取暖。

他手臂环住了她的肩膀，把她的头往自己胸前靠了靠。"这样好些了吗？"

"好多了。"一股暖流涌入她的身体。周围的镇子、船只和河流一片寂静，静得能听见他的心跳声，和她的一样"怦怦"跳动着。

"兰菲小姐……卡米拉？"

"嗯？"听到他唤她的教名，她抬起了头。

他低头吻了她。这是她二十五年以来的第一个吻，两人双唇相抵时，苹果酒和肉桂的香味值得她那么多年的等待。没有哪一个曾经在舞会上把她拽到阳台的酒喝多了的纨绔子弟，能和这个男人相比，不管他们的身家多少，家世有多么显赫。她也靠向他，手指没进他浓密蓬乱的头发。她回吻了他，直到自己无法呼吸。

她轻吸了一口寒冷的空气，再次将脸埋在他的胸膛里。

"卡米拉。"他轻轻念着她的名字，手指抚摸着她的头发，"我在想，如果你能留下来，这个冬天，我可以待在奥尔巴尼。如果你愿意，我准能在那儿找到一份工。我会好好陪着你。我知道虽然我吻了你,但我们也许彼此还不够了解。不过,从我见到你的第一眼起,就想这么做了,虽然我们认识的时间还短,但这好像并不那么重要。"

"我也是这么想的。"

然而,弗莱德利克·康诺弗的威胁,像幽灵一样在他们之间升起。她不由自主地后退了一点。"可我答应了乔安娜,会和她一起去密歇根的。"

他并没有把她松开,而是问道:"如果她没有等你,那怎么办?"

"我会想办法找到她。"

只要别让康诺弗找到她,向她追债,或者提出更糟糕的要求,她都会想办法。

与其说她听到,不如说她感受到他在叹息。"我知道,如果我没法向你承诺未来,我没有权利说自己一定能让你留下。我现在就该放手。我应该把你送回房间,告诉你靠岸前都不要接近我。"

但他还是再次亲吻了她,然后放开了她。"回去吧!明天又该早起了。"

他并没有送她,甚至没陪她走下甲板。她边走边把手按在唇上,回味着两人双唇缠绵时的感觉。她感觉自己的双腿绵软无力,身体像一个被烤了多时的苹果。但她的内心却唱着歌,唱到高潮处停顿片刻,又再次放声高歌。

当她躺到床上,内心的欢声笑语很快就被她没有告诉纳撒尼尔的那个秘密的重量压过了。他要是知道她在逃避的是一个怎样的重担,他一定不会再说要陪着她之类的话了。她本打算到了奥尔巴尼再告诉他,除非乔安娜没有等她,或者卡米拉没法找到她,那她就需要找份活儿干。可她会干的很少,最多只会干干收拾的轻活。

第二天早上,不知道船员们为什么在重新整理那些她费心排好的货物。看着纳撒尼尔忙着把新桨安上,她心中突然萌生出一个想法。当他回到船长室的时候,她急忙跑去找他,一定要趁锅炉还在烧着,引擎完全启动之前引起他的注意。

"纳撒……船长!"她气喘吁吁地跑到舵手室。

他转身对她笑了笑:"你睡得还好吗?"

"我,嗯……"他绿色的双眸看着她,眼里流露出的温暖仿佛要把凉风的秋日变成炎热的盛夏。她眨了眨眼,想打破这双眼带来的魔咒,"还不错。"

"很好。桨轮马上就会修好,我们很快就可以起航了。"

"那太好了!"

"这样你最多只晚到两天。看这几天下游船只的数量,我们也许能在城市附近找到停泊的地方。"

"那更好了。"

他突然靠近,拍了拍她的手道:"我想开船后应该没什么问题,一会我会让比利来开,我们就有更多的时间聊聊了。"

"今天我想试着做做饭,这样大家就不用花那么多时间去镇里找吃的了。"

"你说在波基普西市?"

她点点头。

"如果味道做出来还凑合的话，你就了不起了。好了，我该干活了！你可以坐在这儿，但锅炉旁边会暖和很多。"

船长室四面漏风，又冷又湿。她坐在那里看着他有条不紊地工作，听着他和比利说话，心里想着要怎么告诉他自己其实是个被通缉的人。此刻，她坐在船长室的硬长凳上，脑海中忽然萌生出一个想法。但她不能和纳撒尼尔说。

中午，她下到装货甲板上的小厨房里，刚好赶上船员要往锅里扔土豆、胡萝卜、葫芦和几条牛肉干。"船上有盐或胡椒吗？"

她并不怎么会做饭，但她知道上等佳肴是什么样的。也许，试着回想那些菜的色香味会对她做饭有所帮助。

她刚往菜里加了些盐和胡椒，试着尝味的时候，纳撒尼尔也来了。船员们围在旁边，不动声色地交换着眼神。当他的视线落到她的唇上时，她的双颊不只是因为炉中的热气而变得滚烫，脊背后也感到一阵悸动。

悸动过后，随之而来的还有空虚，以及初尝爱情的滋味。爱情也许很快就要逝去，如同她不该相信那个靠不住的哥哥一样。此时，她只想充分享受这短暂的片刻——如果这样对布莱克船长来说公平的话。

尽管锅里散发着热气，她却感到阵阵寒意，不得不把双手抱在胸前，在甲板上的木桶和箱子堆里来回踱步。可这并没有帮助她思考。

通道很窄，纳撒尼尔很快就能走到她身后。他却绕了一个弯，在一条狭窄的走道中直接走到了她的面前问道:"你怎么了,亲爱的?"

这种亲昵的称呼,让泪水涌上了她的双眼。"我很担心将来会发生什么。"

"就算是一粒芥末种子,只要有信念,就可以移山。"他微笑着,但眼中却没有笑意。

"你也在担心。"她轻抚着他的脸颊,摩挲着他因为焦虑长出的胡楂儿。

他握住她的手,亲吻着她的指头说:"是啊!现在我有两件事要担心了——一件是失去我的船,另一件就是失去你。"

她内心的声音在呼唤:告诉他,告诉他,告诉他!

"船长?"

"我们都接过吻了,卡米拉。我想你可以叫我纳撒尼尔。"

"英国人从不这么叫人,至少我的……"她的笑声有些尖厉,"至少我的那个阶层不会。好吧,我可以叫你纳撒尼尔,特别是……"

这时,大钟敲响了。纳撒尼尔飞快地在她嘴唇上落下一个吻,匆匆赶回了船长室。

卡米拉静静地跟在他身后,心里盘算着要不要回到自己的房间躲起来,这样就不用告诉他事情的真相,不会看到他那双眼睛里不敢置信的神色。岸上有灯光,说明他们已经到达了波基普西市。卡米拉放弃了躲起来的念头,指挥船员把要送到镇里的货物箱往舷梯旁搬。可惜船上没有小手推车。货物箱一运走,她就跑回去尝尝锅里煮着的食物。连她自己都没有想到,味道尝起来居然不错。这会胡萝卜和土豆还有些硬,但等他们搬完货,也该煮得差不多了。

船停泊靠岸时,卡米拉对纳撒尼尔说:"让大家都在这儿吃吧!节省时间。"

"你太棒了!"他就说了这么一句。

她不确定他是否会答应自己的建议,但货物一卸完,新上完了一堆木头后,所有船员都跟着过来,每个人手里都拿着新鲜的面包和黄油。

船员们排着队轮流用餐,他们有些得守着锅炉,有些得看着发动机。纳撒尼尔一直没有出现,他忙着把船尾部分重新调到河里。卡米拉心想他什么时候才能吃上饭。这时比利沉着脸走了进来。

"内特想见你。"

"你能帮他掌会儿舵吗?这样他就能下来吃点东西了。"她还是伸手拿了只碗。

比利摇了摇头说:"不,他不想吃东西,他只想见你。"

她身上一颤。卡米拉走到船长室,看见纳撒尼尔站在黑暗中,右手紧紧握着舵盘上的针轮。

"你的手好些了吗?"她问道。

"没事了。"他拉下头顶的一个手柄,船加速了,"卡米拉,你坐下,我有事要问你。"

她的颤抖变成了恶心不适。卡米拉没有坐下,而是站在他身旁:"你问吧!"

"兰开斯特想在波基普西市找我们麻烦。"他的视线始终落在前方的河面上。

"我们本来燃料可能不够,但修桨耽误了太长时间,我们补充了好些燃料。"

"这太好了!"

还好,这些和她的事没有什么关系。

"我除了打听到关于木头的事,"纳撒尼尔没等她开口,便接着说道,"还听说了些别的。"

卡米拉紧紧攥着双手,问道:"你听说了什么?"

"有个叫弗莱德利克·康诺弗的人好像在找你,说你是个小偷?"

第九章

她像被打了似的往后缩了缩。纳撒尼尔下意识地向她伸手，想要把她拉到身边，做她的港湾，保护她。但自从听说了康诺弗的事后，他心里那道裂开的伤口，以及对欺瞒的恐惧让他只能麻木地操作着舵盘，眼睛盯着前方无边无际的河面。夜晚，前方既黯淡又空旷，就像他的未来一样。

相信主的安排吧！

看着身边的这个女人，他不止一点地确定自己已爱上了她。她站在他身边，月光下脸色十分苍白，双手按着腹部，一副随时都要病倒的样子，这让他很不好受。最糟糕的是，她始终保持沉默。她并没有否认。

游丝般缥缈的命运之线何时会断裂呢？

他握住油针，示意发动机操纵室的船员再次降低船速时，右手有些许颤动。他盯着卡米拉问道：

"所以，他们说的是真的？"

"噢不，那……"她双手捂住了脸，"是，是真的，但我不是故意的。我并不知道……我甚至没有意识到……所以，我一定要保证自己能上那条往西去的船。"

"因为你要逃避法律的制裁？"

"不是因为法律。"她抬头直视着他，"我宁可因为欠债被送进英国法庭，也不愿意对康诺弗屈服。"

"他对你怎么了？"

"他威胁我，要我卖身还债。"

他浑身冰冷，就好像置身于暴风雨中的冷炉里。"所以债是你欠下的，有赌瘾的是你，不是你哥哥？"

"不，我这辈子只赌过一次，那就是来到美国。债是我哥哥欠下的。"她摊开双手，"他赌着赌着把钱输光了，没钱接着赌了，他就开始不停借钱。"

"跟谁借？"

"一个放高利贷的。"

"也就是康诺弗。"

她深吸了一口气："他……我哥哥告诉康诺弗，需要钱的人是我，并且承诺拿我母亲的珠宝做担保。但当阿什比，也就是我母亲，马库斯·阿什比离开欧洲之后，康诺弗开始找我要那些珠宝。"

"所以你没有还债，而是带着珠宝逃离了？"

"不，我把珠宝全都给他了。"

"那他为什么还说你偷了他的东西？"

她一手按着嘴唇。"那些是仿制品。他找到了伦敦的一个珠宝商，说看见一个貌似我的姑娘，兴许是我哥哥找的人，在他那儿仿制了一批珠宝。"

"那是你吗？"他恨自己这么问。但如果不问清楚，他也会恨自己。

她不由自主地喘息道："你居然这么问我？"

"我是这么问了。"

"你不信我？"

"我……"他想信她，但他身上的每个细胞都阻止着他说相信。这么多天来，他们共度了这么些时光，她却对他绝口不提，这不得不让他有一种被背叛的感觉，让他担心她的沉默代表着有所隐瞒，特别是她宁可背井离乡也不愿意留下来和对方对质："我不知道我是不是该相信你。"

她的肩膀僵直。"我想我什么都不必说了。到奥尔巴尼前，我都会一直待在房间里。到了以后，你可以把我交给康诺弗。"

"然后，你就会被卖掉，像一个……"在一位女士面前，他说不出那个词。

"我不介意你把我看成一个骗子。"

"我也不想，"他一拳重重砸在舵盘上，"但你却像个贼一样逃走了。"

"可是如果连你，我的追求者，和我一样信仰基督的人都不相信我，我怎么才能向一个贪得无厌的高利贷商证明我的清白？"

他有些退缩了。"我想要相信你，但你之前为什么不把真相告诉我？"

"因为我担心你会离开我。"她深吸一口气，"我想你已经这么做了，我理解。没有一个一心想着挽救自己船的男人，会想要一个背负着这种重担的女人。这也是为什么就算乔安娜没有在那儿等我，我也要想办法往西走的原因。我别无选择，特别是康诺弗现在已经开始找我了。"

"那他为什么不去找你的哥哥呢？"

"他已经死了。"

"你为什么没有告诉我？"他的生气远远超过了同情，"这么重要的大事你都不告诉我？我现在开始感觉，兰菲小姐，你是不是只是利用我带你去北边，我们之间发生了什么你根本就不在乎，对吗？"

"我在乎。"

"在乎却不告诉我真相？"

"正是因为在乎，才不想让我的不光彩成为你的负担。"她细腻冰凉的手指轻抚他的脸颊，"我知道我不该和你靠得太近，但我控制不了自己。你……你是我遇到过的最好的男人，如果，我能允许自己爱上任何人的话……"她后退了一步，"但我不可以。对不起，我让这段感情走得太远了。"她边说边转身从他身边走开了。

这一刻，他毫不关心船是不是会搁浅。跟失去心爱的人相比，两百吨木料和钢材又算什么呢？

"上帝啊！这就是结局了，是吗？"他凝视夜空，感觉多年的重担终于卸了下来，心境澄明，意外地轻松。

他此刻明白了，自己多年来看重的都是错误的东西。一直以来，他都想向父亲和哥哥证明自己将成为一名船长和船的部分产权所有人，证明自己不是失败者，但是，这么做让他的信仰不再是为主服务，而成了不停赚钱的机器。他之所以对卡米拉这么生气，也是因为他知道债务会成为两个人的事。虽然，他嘴上说着关心她，但内心深处，他并不想要一个债务缠身的女人，最后落到两个人一起还债的地步。他的指责是对她的一种拒绝，把她从自己身边推开。就像他父亲和哥哥在自己取得成功的同时，对他的志向的嘲笑令家出现了裂隙，他也正被钱拉远了和这个自己已离不开的女孩之间的距离。

他们到达奥尔巴尼的时候，他知道自己必须这么做。

船停了下来。卡米拉躺在自己的小床上，舷窗中透出的灰暗光线照进了房间。她难以相信，自己居然在船桨发出的"沙沙沙"的噪声里睡着了。如果不出意外的话，他们已经抵达了奥尔巴尼。她的命运即将在今天揭晓。

如果去乔安娜家前，她的衣服能好好熨一熨，再有一顶帽子，那就更好了。

如果马上就要离开玛丽安娜号这个念头，不会让她的心碎成几百片就好了。

如果她还能够紧紧攥住命运之线，如果上帝为她安排了完美的一生，一切最后都能逢凶化吉就好了。但命运不就是面对叵测的未来，还是对生活充满信仰吗？相信上帝！自从知道了马库斯家的背叛，她就不知信任是何物了。她并没有完全信任纳撒尼尔，他内心也以为她会做出仿制珠宝这种事。如果，她真的那么干了，不知道现在还会不会在上游的某个地方，穿着皱巴巴的衣服，顶着像鸟巢一样的破草帽。

她感到自己的头发就像个乱鸟巢，裹着昨晚流了一夜的眼泪。她强压着自己想要跑进船长室，告诉纳撒尼尔她爱他的欲望。再说，就算这么做了，他也未必会相信她。

她的眼皮和四肢格外沉重。她穿上自己最好的一条裙子，这条裙子因为压在箱底有了一些褶皱。接着，梳了梳头发，编成辫子。她一手拿着箱子，一手拿着手提包，最后一次离开了这个房间，走下甲板去找纳撒尼尔。

比利站在舷梯口指挥着船员往下卸货。他冷冷地看了她一眼，继续指挥两个船员干完活，然后，才问了她一句："你想干什么？"

"布莱克船长，"她拿出仅有的五美元硬币说道，"我还没有给过他船费和饭钱。"

"他不会收的。他让我告诉你收好你的钱。"

纳撒尼尔甚至没有等她，收下她欠他的钱。他是多么不想看到她。

她把硬币收回手提包里。"那么我走了。"

比利甚至没有再看她一眼。

她感到手中的箱子比自己的身体还要沉重。她走下舷梯，走向码头。码头上还满是船只、船员、货物和乘客。她在乔安娜邀请她去美国的那封信的背后，记下了乔安娜在奥尔巴尼的地址。当她问到第三个人的时候，那个人总算知道怎么去布劳得大街上的尼布罗酒店了。

雨中夹带着细碎的冰晶，拍打在她的脸上。她吃力地走过街边的砖房和绿荫可人的树木。镇子一股欣欣向荣的气息，是个新生活开始的地方。

和这一片的其他地方一样，尼布罗看起来不错，对有钱住在里面的人来说是这样的。卡米拉浑身又湿又冷，她知道自己看起来落汤鸡的样子，在大堂不会受到热情的接待。

前台的侍者淡淡地看了她一眼，说："我们现在不招工。"

"我不是来找工作的，"她急忙补充道，"我是来找阿诺德夫人的。"

"是吗？"他扫了她一眼，这种行为可比英国的侍者差多了，"请问您是？"

她心中燃起了希望。"她还在这儿吗？请转告她卡米拉·兰菲到了。"

"阿诺德女士，"这个傲慢的侍者说道，"已经离开去密歇根了。"他颤了颤，仿佛这么说对他来说是种折磨，接着低下头补充了一句，"但她给兰菲小姐留下了一封信。"

卡米拉的心开始狂跳，呼吸急促。一切都会好起来的！乔安娜一定给她留了去找她的路费。她能理解她到这儿来的犹疑，原谅她迟到了……

侍者将信交给她。卡米拉双手颤抖，用手指甲拆开了信上的封印，打开厚重的牛皮信纸开始读信。她读了一遍，又读了一遍，直到信上的字迹开始跳舞，变得模糊，她眼中只剩下这一段话：

> 当你收到这封信的时候,我们已经离开了。我们一直没有收到你的回信,我想你不会来了,所以雇用了其他人。真心为你祈祷,相信你能在奥尔巴尼找到其他的工作。

信在她手中皱成一团,大堂在她眼前逐渐模糊。卡米拉感到天旋地转,跌跌撞撞往门边跑去。

"小姐,您的行李。"侍者在她身后喊着。

"气,我喘不过来气了。"卡米拉猛地打开门,贪婪地呼吸屋外下着雨的新鲜空气。

紧接着,她跌进了一个人怀抱。那个人,就是弗莱德利克·康诺弗。

第十章

"我必须事先和您谈谈，才能这么做。"纳撒尼尔站在玛丽安娜·斯普拉格太太姐姐家的客厅中央，双手捧着斯普拉格太太那只柔软的遍布皱纹的手，说道："我不能让您因为我而伤心。"说这句话的时候，他感到自己的双颊在发烫。

斯普拉格太太冲他微微一笑。"我很好，纳撒尼尔，我姐姐想让我继续陪伴她。就算你没法筹钱买下拉尔夫和莱利的股份，我也可以卖了冷泉宫的房子，会有很大一笔钱来生活。但这对你来说，会承担很大的风险，如果她不等你的话。"

"我知道。"纳撒尼尔把手插进口袋，踱步到大厅的窗前，望着窗外的冰雨，"但不管怎么样，我还是要这么做。如果不是因为她，我不会意识到过去因为要向我父亲证明自己，我一直没有听从上帝的指引。我希望等她知道自己的债清了，她可以待在这里，或者回家。"

"要我说，坚持信从上帝，比一千英镑还值。"斯普拉格太太的声音十分柔和，"如果她不像你爱她这么爱你，你还愿意牺牲这一切吗？"

纳撒尼尔的呼吸，让面前的窗户起了雾。他在玻璃上写下卡米拉的名字，微笑着说："我愿意。"

"可你认识她的时间并不久。"

"我和她在一起相处的时间，已经比那些一起计划未来的人相处的时间长了。"纳撒尼尔面对着这位年迈的女士说道，"为了她，我必须这么做，如果她愿意，她可以有选择我的自由。"

斯普拉格太太用蕾丝手帕擦了擦眼睛。"如果她拒绝了你，她就不配拥有你。"她踮起脚尖亲吻了他的脸颊，"趁天气还没有变得更糟糕，快回到你的船上去吧！不用担心我。不管发生什么，我都不会有事的。"

他希望她一切安好，但从布劳得大街的砖房来看，斯普拉格太太的姐姐什么都不想要。斯普拉格太太一直以来都支持他的决定，包括那天晚上他想明白了的那件事——帮卡米拉还清债务。如果兰开斯特坚持要散伙，他就去找一份工。如果船卖了，债权人分完钱后，他的这份也可以保证他有从头再来的本金。如果卡米拉留在奥尔巴尼，他可以一有时间在城里，就陪着她，让他们刚刚萌生的爱情蓓蕾继续成长，然后，计划着在冷泉宫旁的那条河边盖一栋属于自己的房子。

他冒着雨，向自己的船走去，打算跟卡米拉分享自己的计划。道路两旁已经开始结冰，这对行人和车辆都很危险。一辆马车以危险的速度疾驰而过，碾过路边的一堆湿树叶和人行走道，它像是只靠马路一边在行驶狂奔，接着调整方向，往码头驶去。

卡米拉在她的房间里一定很冷,不过说不定她去了厨房烤火。不管怎么样,马上就能再次见到她,请求她原谅他那晚的表现,用行动告诉她自己有多么在乎她。是的,他有多么爱她!这让他甘愿顶着路上有一辆急速行驶的马车的风险,加快了脚步。

马车一定是在路上的某个地方减了速,马车上的人这回正走上舷梯登船。那艘船在纳撒尼尔去银行和拜访斯普拉格太太的那会,刚刚靠岸停泊。

那是莱利·兰开斯特的船。

他静候胸中的怒火冉冉升起,但并没有。因为相信上帝会为他安排好一切,他的心中反而十分平静。

这时,舷梯上传来比利沉闷的脚步声。"内特,他们把她抓走了!"

纳撒尼尔眨着眼,想要弄掉眼睛上的水。"你说谁把谁抓走了?"

"就是那个波基普西市的,叫什么康诺的!兰菲小姐在他手上,一个男孩刚来送的信。"比利从外套夹层掏出一张脏兮兮的纸。

内特抢下那张纸,担心被雨弄湿后模糊了字迹,于是,飞奔到舷梯下有廊檐的地方。

信是用铅笔写的,已经脏得不成样子,看不出来是封信了。纳撒尼尔本应该喊船员们,命令他们准备让玛丽安娜号起航,然后开进码头——然而一切都太晚了。那辆疯狂行驶的马车往一个方向驶去,而兰开斯特的船又启程开往另一个方向。卡米拉也不在甲板上。

这也许不是真的。也许又是为了摧毁他的船的另一个把戏，或者打乱他在这条河流无法行船的季节前开工的计划。但即使这只是吓唬人的把戏，他也不能冒这个风险，把它当成是兰开斯特的一个玩笑。

"卡米拉，你为什么不等我？"他的内心深处发出了痛苦的呻吟。

看着兰开斯特的船离开了码头，纳撒尼尔赶紧跑回自己的船上。他们已经落后太多了。燃烧蒸汽、发动船只花费了太多时间，兰开斯特至少比他们领先了两英里。也就是说，如果纳撒尼尔不冒着锅炉爆炸的风险全速前进，至少比兰开斯特晚了三十分钟。而且，一旦兰开斯特知道纳撒尼尔在后面追他，他也一定会提速的。

纳撒尼尔开始巴不得两步并作一步登上船长室。走到一半，他停下来，凝神看了看兰开斯特那艘船喷出的烟气，心里默默为卡米拉平安无事而祈祷。接着，他以往常的步伐继续走进船长室，发现比利静静地站在舵盘边。

"她怎么下船了？"他质问这位多年的好友。

"她想要去找她的朋友。"比利皱着唇，眼睛望着兰开斯特的船留下的缕缕青烟。

纳撒尼尔猛地攥过舵盘，手上的伤口因为用力过大再次迸裂。"我告诉过你让她等我的！"

比利避开他的目光，耸了耸肩。

纳撒尼尔靠近比利，问道："你告诉她，说我想在她去找朋友之前和她谈谈，是吗？"

"我，呃……"比利叹了口气，"我没有。"

要不是发动机舱摇铃示意已经准备就绪，船可以起航了，纳撒尼尔可能会把比利打翻在甲板上。眼前需要专注的事是将玛丽安娜号开出码头。船往下游方向驶去，这时，纳撒尼尔才能够平静地问道："为什么？"

"我不能眼看着你为了一个可以欣然离开你的女人，而证明你父亲是对的。"

纳撒尼尔咬了咬牙，心里清楚比利是以朋友的角度善意提醒他。"她走的时候高兴吗？"

"她，呃，看起来像是要哭了。"比利吞吞吐吐，很不情愿地将实情告诉他，"但我不能眼看着你，为了一个可能压根不关心你的女人毁了你的未来。你想想，我们一路都这么努力。"

"我们会一直这么努力。但这风险是我自己愿意承担的，我花了很长时间才想明白。可现在发生了这些事！"纳撒尼尔指着铅灰色的天空中几乎无法辨认的青烟说道，"明知道她无缘无故落到这个境地，每天都在为自己的自由而担忧，我无法做到还能独自过得有滋有味。"

"那也是她说的。"比利嘀咕着。

纳撒尼尔横了他一眼。"不管你相不相信她的话，就算她决定要往西去，我也要知道她没有生活在恐惧不安中，不然我也过不好。"

前方已看不到青烟的痕迹。兰开斯特的船已远远开出。

纳撒尼尔向发动机舱示意加速。比利抽着烟，吐出一个个烟圈，玛丽安娜号乘风破浪，加速前进。但即便这样，纳撒尼尔还是没有看到兰开斯特的船冒出的青烟。兰开斯特一定知道他们的船在跟着他。兰开斯特的信上说,他故意要让纳撒尼尔跟着他们,兰开斯特嘲笑他,说他已经和康诺弗见过,他们合起伙来要把纳撒尼尔爱的女人和他赖以为生的一切都夺走。

我告诉过你,合伙关系就这么散了吧!兰开斯特曾经下过这个结论。

贪婪,金钱。这是为什么卡米拉的哥哥要把自己继承到的财产拿去赌博,这也是为什么兰开斯特要拿自己合伙的那份钱去赌一把。这一切造成了今天的局面,他们在哈德逊河上疯狂追逐,而一位女士的命运危在旦夕。

"上帝啊!请不要让她的命运之线就这么断了。"纳撒尼尔大声地祈祷着,接着示意船员继续加速。

"内特,我们不能再加速了!"

他们脚下的甲板开始发烫了。

"我们必须这么做!"内特靠向舵盘,搜索着河面上兰开斯特船的影子。

他发现它了。风雨中闪烁着一线灯光,惊涛骇浪里尤见一丝青烟。

"我看见他们了,加快速度!"纳撒尼尔发出加速的信号。

比利摊开他的手。"我不会让你把大家都害死的,"他的语气和缓了一些,"包括她。我们开得越快,他们也会开得越快。"

比利是对的。尽管,他本能地想要不计一切代价赶上兰开斯特的船,内特还是发出了减速的信号。

前方的灯光在一片昏暗中消逝，重现，又像磷火般再次消失。兰开斯特的船慢了下来，又加速，又再次放慢速度。纳撒尼尔紧攥着双手，想要拉下手柄让船员加速。要稳！要稳！要稳！如果前面船只一多，或者船需要加油的时候，兰开斯特必须得停下来。

他的手又绞到了一起。"提一点速，我们还能再提一点……"

前方闪烁着比任何灯笼都要大、都要亮的火光。过了一会儿，隆隆的轰鸣声震响了他们的双耳，信号线手柄发出了刺耳的声响。

"他们的锅炉爆炸了。"纳撒尼尔倚靠着舵盘才得以站稳。他知道自己必须采取行动。他心里清楚自己该做什么，头脑却反应不灵，双手就像在冷水中浸泡了多时，动弹不得。

冷水。河。卡米拉被扔进哈德逊河迅疾的湍流中。

爆炸击起的层层波浪拍打着船舷。纳撒尼尔踉跄了一下，从刚才的麻痹状态中恢复了过来。

"比利，你来掌舵。慢点开。"纳撒尼尔快走几步，下到主甲板上，"点灯！我们需要光，看看有没有幸存者。"

最先进入他们视线的是船的残骸。几片扭曲撕裂的金属，看得出是操舵室和发动机室。几块木块漂过，在缓缓行驶的玛丽安娜号两旁上下浮动。陷在岸边泥淖里的，是一个船舱，几乎完好无损，好像是安在那儿似的。

船舱。卡米拉。他们说不定把她放进船舱里了。

可是她不在里面，她也没有在河里。河里没有人，至少没有人从水面浮上来，抓着木板漂来漂去。

纳撒尼尔不相信全船没有人生还。就算是蒸汽船爆炸，也会有人存活下来。通常人们如果避开爆炸的火势和烫水，不一定会被淹死。

"如果有划艇或者独木舟，我还能搜得更仔细一些。"纳撒尼尔冒着掉进河里的危险，使劲从甲板边探出身去。

河水冰凉，没有人能在里面待上很久。一位穿着长裙的姑娘不可能在湍流里存活下来。

"哦，卡米拉！"他的心就好像一个锅炉，随时都要爆炸。

"船长。"一个船员指着远处，河面上漂着一块木板，上面有一个人，一头乌黑浓密的头发——正是莱利·兰开斯特。

"给他扔条救生线过去。"纳撒尼尔没有放弃寻找，他的双眼不停在河面上搜索，虔诚地在心里默默祈祷。

河面上又出现了一个人，接着两个人。玛丽安娜号边浮上了五六个人，抓着椅子、门、船桨的都有。船员们把他们都拉上船，替他们裹上毯子，泡热咖啡给他们喝。

但卡米拉和康诺弗却始终没有出现。

船的大部分残骸从旁边漂过。纳撒尼尔走回厨房的炉边，和兰开斯特当面对质。他的双手紧压着双唇问道："她在哪儿？"

兰开斯特一只眼睛肿了，下巴受了伤，他咧嘴笑了笑，答道："在奥尔巴尼吧！我想，要么就是在去伊利运河的路上。"

"为什么？"纳撒尼尔双手背后，攥紧双拳。他的脸上满是警觉的神色，其他人纷纷出去，留下他和兰开斯特单独在一起。"你为什么要这么做？"

"周一那天，我告诉过你，"兰开斯特说道，"我需要那钱。

我不能再合伙投钱了，我得赶紧撤出来拿回我的那份，尤其现在我连自己的船都没了。"他没受伤的那只眼睛，看了看河里的最后一片残骸。"这是我东山再起的希望。"

"我根本不关心你的船。她受伤了，是吗？"

兰开斯特摇了摇头，有些避缩，眼睛看向了地面。"钱没付清。"

纳撒尼尔放弃了对眼前这个人的同情，这条路是他自己选的。只是这条路导致了这样一场灾难，让兰开斯特改变放弃合伙的主意也是没有可能了，而卡米拉却找不着了。

"你的财务问题我一点也不关心。"纳撒尼尔向他走近了一步，"我只想知道你对我心爱的人做了什么？"

兰开斯特耸了耸肩，往后退了一步。"我可不知道康诺弗对她做了什么。我的任务就是把你引出奥尔巴尼。"

"为什么？"

"康诺弗想娶她。她的家族在英格兰好像有些地位，虽然她哥哥是个废物，新的子爵也是个纨绔子弟。"

纳撒尼尔隐约感觉比利在将船开向上游，驶回奥尔巴尼。纳撒尼尔把注意力集中在兰开斯特身上，虽然他并不怎么相信他的话，也许到了波基普西市就可以把他扔在那儿。

"他给了你多少钱？"纳撒尼尔咬牙切齿地问道。

"我为什么要告诉你？"兰开斯特不再说话，跌坐在凳子上，仿佛双腿再也无法支撑他的身体的重量。

纳撒尼尔在这位比他年长的男人面前蹲下。"不管他给你多少钱，我都会出更高的价。"

"你能给得比这更多吗?"兰开斯特从领口摸出一条链子。粗重的链子上挂着一个纯金的吊坠,上面镶着红宝石。吊坠中央闪烁的光泽,显然不是任何仿制品可以比拟的。

"这是兰菲家的珠宝吗?"纳撒尼尔强压着心脏都快要跳出胸腔的激动,问道。

兰开斯特扬起一边的嘴角,笑了笑:"她都告诉你了。"

"她说这些都是仿制品,所以康诺弗才会追着她要她还钱。"

"那就是康诺弗骗了她。我把这个给一个珠宝商看过,货真价实。"

这也就是说,极有可能,卡米拉其他的珠宝也都是真的。

纳撒尼尔的内心就像表盘上绷紧的弦。他一把抓住红宝石吊坠用力往前一拽,几乎将兰开斯特从凳子上拽了下来。链条岿然不动。兰开斯特扳住了纳撒尼尔的手,但纳撒尼尔并没有放手。

"这条项链就是你绑架和偷窃的证据。如果你不告诉我康诺弗对我的爱人做了什么,我会不计一切代价保证你下辈子都在监狱里度过!"

"如果我答应帮你呢?"兰开斯特的上嘴唇皱着,显而易见,他觉得纳撒尼尔开的价满足不了他的要求。

纳撒尼尔思索着自己在银行有多少存款。他仿佛看到自己冬天去了南方,在船上干活维持生计,直到哈德逊河通航的季节,再回来重新白手起家。这样一来,如果他想要和卡米拉或其他女孩在一起,他还得攒上好几年的钱。但他知道,如果卡米拉会出现在他的生活里,只要还有一线希望,如果自己不这么做,他的内心永远都不会安宁。

他深吸了一口气。"我在银行有两万美元存款。我都给你，再加上船卖了以后我合伙的那份钱。"

"那我能留着这串红宝石吗？"

纳撒尼尔紧咬牙关，克制住自己想要用"秃鹫"，或者更不入耳的词来形容眼前的这个人。"这个由兰菲小姐来决定，我决定不了。但是其他的，如果你需要，我可以立下字据给你。"

兰开斯特的眉毛高高耸起。"为了个女人，你为什么要这么做？"

"因为，对财富的追求会影响我和上帝之间的联系，我希望在娶妻后能重续这种联系。"他又拽了一下红宝石项链，这回链子断了。

"成交！"

第十一章

卡米拉几乎无法呼吸。康诺弗用她的大衣把她捆了起来,就像埃及的木乃伊似的。每吸一口气,羊毛的沉闷和潮湿都让她窒息。

康诺弗并没有把她带上蒸汽船。她仍在陆地上,还有机会逃走。虽然现在她的双臂被捆着,视线被挡住,她不知道该怎么做,但她相信自己可以逃脱。他脱掉了她的鞋子,但并没有捆住她的脚踝。只要她能走到路面上,她还可以逃脱。

可是双手被捆着,她没法伸手开门。他们从马车上下来时,康诺弗半扛半推着她进了一间屋子,门在身后"砰"的一声关上了。她只穿着袜子,脚下的地板是木质的,冰凉冰凉。在这座冰冷的房子里每走一步,她的脚趾都感到麻木。康诺弗的脚步在房子里荡起回声,显得静寂空旷。

卡米拉的心狂跳不止。她试着在心里想象蓝天中出现了一条闪亮的天际线的场景。她所需要的正是那根线,需要的是一个小小的芥末种子能够建起一座大山的希望。

她需要的是从这个男人身边逃脱。在马车里的半小时,他一直在反复跟她说，要么将她卖到一所名声很坏的地方还债，要么就必须嫁给他。

"我不缺钱，我缺的是一个能给我带来地位的妻子。不然，你以为我为什么要借钱给你那个浪荡子哥哥？"

卡米拉被裹得严严实实，透不过气来，没有搭腔。

"一个人很难把另一个负债人告进监狱。很可惜，我知道债务记在你的名下。"康诺弗继续说着，好像是她求他数落细节似的。"一个沦落到贫穷境地的漂亮姊妹，倒是很好操控。"他的语调略有些愠怒，像一个小孩，"可我没想到，你居然来美国了！"

我永远都不可能嫁给你！她在脑海里尖叫着。

如果只有嫁给他或者他指出的另外一条路，她可能会选择嫁给他。到了美国，谁知道康诺弗会干出什么！如她所知，美国还没有一条法律，能阻止一个男人强迫一个女人嫁给他。

她可以在那之前就逃跑。她要想办法逃跑，然后向西去找乔安娜。不，她要去河边找纳撒尼尔。不，她不能靠别人来救她，乔安娜和纳撒尼尔都不想要她。对乔安娜来说，她只是个随时可以换掉的无足轻重的人；而对纳撒尼尔来说，虽然他曾说过爱她，但是心里却相信她会做她并没有做过的坑蒙拐骗的事，尽管这其中也有她之前没有坦诚相告的原因。

她需要靠自己活下去，牢牢把握住自己的命运之线，让它变得更加强大。她必须从上帝那里得到力量，而不是从别人那里。依靠他人，以及仅仅依靠她自己，才让她沦落到今天这个地步——被抛弃在一个冰冷的屋子里，脚下踩着的地板像一块废弃的地毯。

我已不知道如何再对您有信心了！她心想，还是对上帝诚实一点的好。我只能依靠现在我所有的了。

她开始用高跟鞋在木地板上重重敲打，那声音就像一支前进的军队。

"别敲了！"康诺弗命令道，"没有人会来救你的，兰开斯特把你的布莱克船长引到河上去了。"

卡米拉静静躺着。她意识到，是的，她只能靠自己了。乔安娜往西去了，纳撒尼尔又往东走了。上帝将她置于这样一个境地，她只能听从他的旨意。也许，这也是最终最好的归属。这一刻，无助的感觉让她只想环抱双膝，缩成一团，像一个嗷嗷待哺的婴儿。

她不自觉地想要啜泣，但忍住了。

"别担心，"康诺弗说道，"我们天黑了就离开这儿，然后，坐驳船顺着运河往下游走。到了第一个镇子就下船，在那儿举行婚礼。"

这个提议让卡米拉觉得恶心。

"你没意见？太好了。你是个明白人，我就知道你会答应我的。"康诺弗走开了。

不久，传来一阵轻微刺耳的爆裂声，他应该是去生火了。不一会儿，终于传来了令人愉快的热气。

"我现在要把你松开了，"康诺弗说道，"但只要你敢逃走试试，我就会把你的嘴堵住。如果你敢跑，我就弄死你那个年轻的船长。"

他要伤害纳撒尼尔。就算他不是真的爱她，这也是个比把她的嘴塞住更糟糕的威胁。

他解开缠在她身上的衣服，松开了她的双臂。卡米拉还是一动也不动，任由热气温暖着她冻僵的四肢。空气中充盈着新劈的木材的味道，仿佛这间房子还在施工中。她无须反抗或傻乎乎地冒险，上帝会告诉她怎么逃脱的。这不只是想想而已。笃定的信念反而为她带来了平静，突然，她笔直地站起来。

"能给我拿点喝的吗？"

他给她泡了茶，还给了她面包、奶酪和苹果。他在炉边继续生火。

"你嫁给我了以后，我会像对待女王一样对你，让你珠宝加身。"他从外衣口袋里拿出个小包，借着炉火的光将它抖开。

钻石、蓝宝石和鹌鹑蛋大小的珍珠，在炉火前交相辉映。

"这是兰菲家的珠宝。"卡米拉喃喃道。

"哎，这还不是全部的。"康诺弗叹了一口气，"你哥哥是把大部分都给卖了，但这些留下了，除了那块红宝石，我给了兰开斯特。他不要钱，就要了那块宝石。"

卡米拉的嘴里，比刚才吃的那块硬奶酪还要干。"你骗我。"她的声音微弱得几乎听不见。她挣扎着站起来。"你骗我，我什么都不欠你，你……你……"她抓起那把宝石扔在他的脸上。

然后，她便跑了出去。

纳撒尼尔让他的船员们不惜一切代价看好兰开斯特，然后以冲刺的速度冲下玛丽安娜号。比利表示反对，他不同意让纳撒尼尔独自一人前去。

"你待在船上,这是命令!"

纳撒尼尔独自离开,希望一切能按他的计划进行。他要在天黑之前,康诺弗把卡米拉带到运河去之前,赶到离这里有将近两英里路程的市郊。纳撒尼尔全靠步行,再去找一匹马会浪费太多时间。如果康诺弗他们上了运河,纳撒尼尔就再也跟不上他们了。康诺弗带走她的那条航道的沿岸有太多房子,如果挨个找,得找上好几天。

夜幕降临,天空是铅灰色的。他在夜色中暗不可见的冰面上滑了两下,于是,不得不放慢了脚步。他不能把腿给摔断了,但也不能不加紧赶路。他每走一步,黑夜都仿佛在嘲笑他,树的浓荫让道路两旁满是阴影,就算康诺弗和卡米拉在这里消失不见,他也未必能发现得了。

纳撒尼尔并不熟悉这块区域。这里的房子挨得更远,树长得更高、更密。当他经过那所跟兰开斯特说的相似的一栋房子时,他注意到房子里升起的烟。随着夜色降临,路面上结了越来越多的冰,他顾不上打滑的地面,加快了脚步。一定就是前面的这所房子,里面一片漆黑,但冒出的烟却越来越浓。他离卡米拉很近了,卡米拉……

树丛中飞奔过一个黑影,气喘吁吁地跑着,把树叶撞得"沙沙"作响。纳撒尼尔从人行道上转向那个方向紧跟了过去,只见那人消失在林中前,露出的一抹裙摆。

"卡米拉,别跑了!"

她停了下来,转过身。"纳撒尼尔?"下一秒,她已经在他的怀抱里，抱着他，又笑又哭，几乎把他撞在了树上，"快跑，康诺弗……"

"我就在这儿。"一声扳机扣动的声音从静谧的林中传出，"我告诉过你，如果你敢跑，我就弄死他。"

"快跑，纳撒尼尔！"

卡米拉擅自做主向拿着枪的康诺弗跑去。

纳撒尼尔扑过去抓住了她，两人滑倒在泥泞潮湿的树叶上，刚好滑到康诺弗的腿边，将他重重撞倒在地上。枪走火了，火苗直蹿向天空。

"别动！"纳撒尼尔起身，一脚踏在了康诺弗的胸口。

康诺弗被纳撒尼尔踩得动弹不得，嘴上一直骂骂咧咧。纳撒尼尔把枪从他的手中踢开。

"你身上有腰带吗，卡米拉？"纳撒尼尔问道，"我想我们可以把他绑起来。"

"当然可以。"她的动作既冷静又迅速，再次让纳撒尼尔确信自己为什么会这么快爱上她，为什么她会是成为他妻子的最佳人选。

他们把这个高利贷商拽回了房子的火炉边。不用说，纳撒尼尔比她更适合在那儿看着康诺弗。卡米拉穿上外套和鞋子，试着外出去找警察。纳撒尼尔在捆得严严实实的康诺弗身边坐下，这应该会是漫长的等待。

但他们并没有等多久。几分钟后，两位副官就赶来现场，把康诺弗给带走了。原来是比利让他们来追查的。

"您需要来做个笔录，"特洛伊上尉，两位军官中较年长的那位说道，"但您可以先照顾好这位年轻的女士。"

他们单独站在炉火边。纳撒尼尔只想亲口告诉她："我想要照顾你。昨天晚上，我就是个傻瓜。"

"我本来只想靠自己能力摆平，但这并没有用。我应该一开始就说明情况的，我应该对你坦诚的。"她开始向他伸出手，半途却又垂了下来，"可今天早上，是你让我离开的。"

"不！不是的。我让比利告诉你等我回来再走，"他感到口干舌燥，"我去了银行，想要替你还债。"

她的视线与他的相接，双唇呈O形，让人看着产生亲吻的冲动。

于是，他吻了她。她捧着他的头，回吻了他。那安静的几分钟里，他们忘掉了过去发生的一切和他们要面对的将来。

纳撒尼尔慢慢放开了她。"我为了从兰开斯特口中问出你在哪里，答应把我的全部积蓄和船卖了以后的那份合伙的钱都给他。这样一来，我过去十年都白干了，我几乎身无分文了。虽然我很爱你，想和你共同拥有未来，但是我不能两手空空。这……"他感到自己的耳朵在发热，"尽管因为我之前曾经误会你，这也许是你希望看到的结局。"

"可如果我足够信任你，这一切都不会发生。"她美丽的金绿色的眸子向他微笑着。"但是，我一度丧失了对你和乔安娜的信心。唯有上帝可以依靠，上帝为我指了一条明路。"她把双手插在衣兜里，俏皮地看了他一眼，"如果你要问我的话，我很愿意和你一起拥有未来。"

"卡米拉，可我什么都没有！"

"纳撒尼尔，我们什么都不缺。"她把头靠在他的胸口，紧贴着他的心脏，"我的信仰比那根脆弱的命运之线更强大。而你，你愿意为我放弃所有的一切啊！"

他伸出双臂环抱着她："我宁可给人打一辈子工，也不想看着你嫁给另一个男人。但如果你等不了我赚到足够的钱来支撑我们的家庭，我也能理解。我不会开心，但我也不会强求你做任何承诺。"

"这算是求婚吗？"

"未来的某一天，是的。"

"那我的回答是'我愿意'。我也有一个提议。"她挣脱了他的双臂，牵起他的一只手，把一个沉甸甸的天鹅绒袋子放在他手上，"这是兰菲家的珠宝。我不敢确定，但我想把珠宝卖了，应该够还清斯普拉格和兰开斯特的钱，特别是兰开斯特那儿还有那块红宝石……你为什么要摇头？"

"我不能接受这个。这太贵重了，这……这……"

"这是我的嫁妆。或者如果你愿意……"她笑着说，"这是我买下两份合伙关系的钱……一份是生意上的合伙，一份是感情上的合伙。成交？"

"成交！我再也找不到比你更精明的合伙人了。"

他任由珠宝掉落在他们脚边，这样他才能腾出手来再次抱住她，亲吻她那让人垂涎欲滴的双唇。

致亲爱的读者：

1807年，一只喷着烟，冒着火，发出能把死人吵醒的巨大声响的怪兽，以每小时四英里的令人震惊的速度，从哈德逊河一路来到奥尔巴尼。这只野兽就是罗伯特·富尔顿发明的蒸汽船。这一奇妙的发明，把从纽约港口到奥尔巴尼码头的航行时间较以往缩短了四分之三。

一个新时代开启了。

在蒸汽船刚刚发明的几十年里，它们还不是我们后面要和密西西比河和马克·吐温放在一起讲的精巧的艺术品。最初几年，它们只不过是把发动机、锅炉、一个或两个船桨拼凑起来的几层平台，以几个简陋的船舱为顶的一个设计。最顶层是一个操舵室，四周没有玻璃，只有木质的隔板来保护操舵手免受恶劣环境影响。

即便一位乘客包下了一个船舱，他也享受不到餐厅等便利条件。大多数情况下，乘客们在某一层甲板上，和货物、箱子甚至牲畜在一起休息。他们可能会遭受暴晒、冻伤，甚至因为发动机过热，锅炉乃至整条船爆炸的危险情况。即便如此，蒸汽船还是受到了全美国的热烈欢迎，因为和帆船相比，它们速度更快。

1825年伊利运河的通航，使得奥尔巴尼到伊利河的交通更加便利,开拓了去往西边的旅行航线,使船只可以到达更远的地方。勤劳的人们得以,并且也实实在在地创造着财富。

作为一名船只和河流爱好者,探索这一时期的蒸汽船航行对我来说有着无法阻挡的魅力;作为一位浪漫爱情故事的爱好者,当我发现我故事里主人公约会的时候都是月圆之夜……好吧,这对我来说都有着无法阻挡的魅力。

劳丽·艾丽斯·艾克斯

Lessons in Love

钢琴之恋

安·肖雷

致我的朋友及共同作者阿曼达·卡波特

感谢您举荐我成为这部中篇小说集的作者之一。

这是我在写作中最大的乐趣。

✉ 书信奇缘

恩赐原有分别,圣灵却是一位。

职事也有分别,主却是一位。

功用也有分别,神却是一位,在众人里面运行一切的事。

《哥林多前书》第 12 章[①]

[①] 此译文选自 1976 年《圣经》新译本。

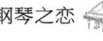

第一章

芝加哥
1858年7月

门厅里传来窸窣的脚步声,正要提笔蘸墨的梅里·本特利停下了手里的动作。她暗自抱怨,思路又被打断了。她答应《基普乐之家周刊》的编辑下周前写一篇文章出来,但按这个速度,她根本无法做到。

"梅里小姐。"女管家的声音传进她满是书本的房间。过了一会,门开了,瓦格纳夫人急急忙忙走进来,花边帽还歪戴在头上。"您忘了上钢琴课吧?撒克里先生在音乐室里等了有十分钟啦!"

"您为什么不告诉我他已经到了?"梅里将一本书压在手稿上,匆忙起身。

"今天吃早饭的时候,我提醒过您。他每周四都会来。"瓦格纳夫人双手叉腰,皱着眉头说道,"您二十岁啦,得自己记得啊!"

"是我的错。您确实提醒过我。"她伸出胳膊,揽过姑妈家里女管家的肩膀,她的身材是那么小巧,"没有您的照顾,我真不知道该怎么办才好!"

"我也不知道,千真万确!您一旦把自己关进写作的世界里,打雷下雨都察觉不到。"

她想开口辩驳,却还是忍住了。没有什么能像写作一样彻底吸引她的注意力,甚至连撒克里先生那漆黑的眼珠、羞涩的微笑也不能。她低头扫了一眼她的绿色枝形花纹棉布裙,伸手抚平裙上的皱褶。

"要是有时间换条好点儿的裙子就好了。"

"就这样去吧。不管您学不学得到东西,姑妈都会付钱给他的。别让她的钱打水漂儿。"

这句提醒可让她有些恼火。总有一天,她能靠写作挣到足够多的钱照顾自己。"我没浪费她的钱!我喜欢弹钢琴,撒克里先生是个好老师。"她出了书房,穿过姑妈家宽敞的会客厅,径直走向音乐室。

"等等。我忘了给您这个。"瓦格纳夫人拿出一个信封。"彼得斯从镇上回来的时候,给您带了这个。"她摇着头,"不知道他们为什么总把您的名字写错!"

梅里看着收信人名字——"M.M. 本特利先生",感觉心跳加速。这是《基普乐之家周刊》最新一篇文章的稿费。

"谢谢!"她冲管家远去的背影喊道。

瓦格纳夫人挥了挥手,继续往厨房走去。

瓦格纳夫人一走出视线,梅里就在门厅的烛台处停了下来,用食指挑开信封。上次她投了一篇长文，还有几处引用，因而有望得到一大笔稿酬。编辑误认为她是男性，她却没纠正，内心颇为忐忑。但她知道，以"M.M. 本特利先生"的名义写文章，更容易获得发表。

看到银行票据上的金额后，她感到有些惊诧。同时，她又注意到信封里还有一张折叠起来的纸条，就开始有些担心了。这可难得一见，基普乐先生几乎从不在寄稿费的时候给她写信。她朝音乐室望了一眼，撒克里先生还在那里等着。她知道，自己应该等这位钢琴老师走后再读信，但她一分钟都等不了了。她打开信件浏览，猛地吸了口气，然后又仔细重读了一遍。

科林·撒克里从波斯地毯上走过，站在音乐室一角的三角钢琴前。本特利小姐又迟到了。这样一来，剩下的时间可能都来不及复习完上周的课程。他手指痒痒的，忍不住想要在这美丽的乐器上弹奏几下肖邦的夜曲。

他双手抱胸，转过身去。他不能为了自己享受而擅自动琴。他是应聘来教本特利小姐弹钢琴的，教她学会与自身社会地位相匹配的钢琴演奏技巧。如果想弹，他就得等到回家之后，在牧师父亲教堂里的立式钢琴上奏上一曲。

门闩朝下一动，镶着玻璃窗的门就开了。本特利小姐飞也似的走进房间，几缕松散的铜棕色卷发搭在耳朵上方，面颊泛着明亮的粉色，额头上有些皱纹，流露出担忧的神色。这么多次相见，她一次比一次漂亮。

他煞有介事地看了一眼后墙根的豪华落地钟，说道："时间已经过去一刻钟了。希望您已经准备好本周学习一首新曲子了。"他语气严厉，说话的时候自己也有些没底。她一定觉得他是个枯燥乏味的人。

她非但没有坐到钢琴凳上去，反而陷进了铺着毛毯的临窗长靠椅中。"抱歉！我迟到了。"她双手抱胸，一只穿着拖鞋的脚轻点着地板。

"迟到几分钟没那么严重，请别那么沮丧。"

"我不是因为这个沮丧，"她朝他晃晃手里的信纸，"我刚收到这封信，在努力想我该怎么做。"

"坏消息？"

"非常非常坏。"

"希望不是您父母有事。"他知道他们把梅里托付给姑妈，远赴东方做生意去了。

"不是。最近我还收到他们的来信，他们都很好。"她揉揉一侧的脑袋，又有几缕卷发散了下来。

眼见她如此消沉，他内心油然而生出一股爱护她的柔情。他从房间那头把钢琴凳拖过来，面对她坐下。"我很擅长倾听。您愿意跟我说一下发生什么事了吗？"

一阵静默后，她瞅了瞅他的面容。

他在裤腿上擦掉手心冒起的汗珠，祈祷她只能观察到他表面柏拉图式的关心，而无法窥探到他内心的爱慕。如果她觉得他的表现太过亲昵，是可以炒他鱿鱼的。

显然，她决定相信他。因为她长舒了一口气，又往前探了探身子。"瓦格纳夫人是唯一一个知道这事的人。"她把信折得方方正正,手指不停地在上面蹭来蹭去,"几个月以来,我一直在为《基普乐之家周刊》写婚姻主题的文章。"

"婚姻?"他惊奇地问道。

她严肃地看了他一眼说:"您不用非得结婚才知道上帝的安排吧?"

他不与她争辩。就他从父亲的牧师工作中所了解到的,人只有婚后才能对婚姻生活有独到的见解。

"您是怎么……他们为什么……"

"我在杂志上看到他们要招聘婚姻类文章作者,就投了一篇样稿。惊喜的是,基普乐先生同意让我撰稿。他会在寄送刊物时随信附上稿费。我以为这封信也没什么两样,结果却出乎意料。"

他目瞪口呆地注视着她,想要与她进一步发展关系的念头也逐渐烟消云散。她不仅来自较高的社会阶层,还是一位抱负不凡的女性。

"您想成为一名作家,像黑尔夫人一样?"

"她的成就远大于我——《歌迪女士手册》现在是多么受欢迎啊!但以后的事情谁又知道呢?"本特利小姐摊开双手,"现在,能看到自己的文章刊登出来,我就已经很满足了。"

他站起身来,走到钢琴旁。"那您为什么因为这封信伤心呢?他没寄来稿费吗?"

"寄了。但还有一则消息……"她把信展开,递给他。

读到信上的称呼,他的下巴都要掉了。"亲爱的本特利先生?"

"再往下读。"

近期收到许多读者来信，对您的婚姻建议赞赏有加。本社期待与您谈论后续文章出版的相关事宜，不知您19日（周一）上午十点是否方便来我办公室一叙？

真诚的
霍雷肖·基普乐

第二章

梅里从撒克里先生伸着的手指间把信拿过来。他脸上的表情已由惊讶转为不满。不知道他会怎么看待她？梅里感到有点儿尴尬。现在的问题是，如何应对基普乐先生的邀请？她歪歪脑袋，端详着撒克里先生方方正正的脸。嗯！这种贵族特征使他看起来就像本特利先生。

"对您提出的任何建议，我都虚心考虑。"她试着活跃一下气氛。

他摇了摇头说："您为什么要假装自己是个男士呢？如果您一开始就说出真相，就不会像现在这样进退两难了。"

"我没撒谎。自始至终，我的落款都是 M.M. 本特利，比写全名玛丽格尔德·蒙哥马利·本特利要简单些吧！但基普乐先生就认为这是个男士的签名。"

"玛丽格尔德·蒙哥马利？"他脸上掠过一丝微笑，"换作是我的话我也简写。"

"您觉得这搞笑？我真是感谢你啊。这封信对我来说很重要的。"

他把凳子搬到房间那头,摆在钢琴前面。"我们来上会儿钢琴课吧,弥补一些浪费的时间。您还有接近两周的时间来思考怎么回信。在那之前,我相信一定会有个足智多谋的人帮您找到解决办法。"

她昂首阔步地走到钢琴前坐下,手指断断续续地在琴键上游走。"我已经想出一个解决办法了。"她放松手指,弹起《聆听知更鸟》一曲的开头乐章,然后在凳子上一个转身,与他对面相视。

"如果您陪我去基普乐先生的办公室拜访,您就可以装作是本特利先生,而我就装作是您夫人。这样一来,他说什么我都能明白,而我也不用暴露真实身份。"

他的脑袋猛地往后一顿,好像被她打了一巴掌似的。"我不能参与这种事情。我父亲如果知道您有如此要求,会十分震惊的。丹特利夫人更不知道会说什么了。"

"我姑妈现在人还在斯普林菲尔德呢!正忙着游说立法人员为女性赋权。她自己的事情都那么多,根本就没时间管我。"实际上,梅里一想到伊莎贝拉姑妈会怎么看,心里就打鼓。梅里的父母把她留在芝加哥,希望姑妈能为她找到一个门当户对的社会名流。但父母和姑妈都不知道的是,梅里立志要成为一名作家。

"您这是推测,本特利小姐。我来这是教您学钢琴的,而不是帮您成为歌迪的下一位女编辑。除了每周在一起的一小时,我们几乎对彼此一无所知,"他艰难地说着,"我不能冒着被开除的风险帮您。全市各处都有我的学生,您姑妈的社会地位如此显赫,如果她将我辞退,消息一旦传出去,我会声名狼藉的。"

看到他痛苦的表情，梅里知道，这样的坦诚让他十分困窘。他的皮肤没有一点儿皱纹，乌黑的头发泛着光泽，肯定比她大不了几岁。毫无疑问，他一定非常努力，才拥有了如此高超精湛、受人称赞的钢琴演奏技巧。羞愧在那一瞬间袭上心头，她垂下了脑袋。

"请原谅。我太过考虑自己，反而忽略了您的感受。"她站起身来，双手紧握腰间裙摆，"我会另想办法的，与基普乐先生的会面肯定也不止一次。或许彼得斯先生……"

他的眉毛猛地扬起问道："您的马车夫？"

"我又不是要让他娶我，"她白了他一眼，"只不过是假扮一个多小时。"

"但是，谁会相信您丈夫是他那个年纪的人？"

"撒克里先生，您既然不愿帮我，那么请允许我自行决定。"她又转过身，面对琴键，下巴微微抬起，"我们还剩几分钟，麻烦您给我看看我要学的下一首曲子。"

他红着脸，在钢琴凳上坐下。"还是《聆听知更鸟》吧，我们似乎还得多花点时间在这一课上。在我弹乐曲前奏的时候，请观察我双手的动作。"

她起身站在他身后，又往前挪了一些。看着他修长的手指在琴键上游走，心中似乎有涟漪泛起。他说全城各处都有他的学生，那么，其中又有多少是到了适婚年龄的妙龄少女呢？

她摇摇头，让自己不再想这些事。这个时候，她应该专注于寻找一位临时夫婿，而不是为这位英俊的钢琴教师分心。

钢琴课结束后，科林走向丹特利夫人家后面的马厩。路上，他发现彼得斯先生正在紫藤覆盖的棚架阴凉处小憩，就停下了脚步。这位马车夫穿着敞领口的无领衬衫和一条长裤，裤脚掖进溅得满是泥点的靴子里，牙齿间还咬着一小节管子。

看到科林，彼得斯腾地站了起来。

"我这就把您的马弄出来。"他大步走向马厩。

本特利小姐怎么会觉得这个马夫能扮成她丈夫糊弄过关呢？简直不可思议。就算换一身得体的衣服，彼得斯也完全配不上她那优雅秀丽的气质。况且，他一张嘴说话，一切都会暴露无遗。

他又开始考虑她的提议了。同她一起离开姑妈家一个来小时，也不是什么大事。但如果能真正成为她的丈夫……

"来啦！"彼得斯先生牵着那头栗色骟马朝着上马石走去。

科林接过缰绳，甩到马鞍上。"谢谢您！""荣幸之至，先生。"他摘下帽子，露出汗涔涔的成缕的灰发。

马儿在丹特利夫人家石头铺就的蜿蜒小路上"嘚嘚"地行进。一到街上，科林就拐进了更僻静、满是泥泞的小道，策马返家的路上，脑子里还在想着本特利小姐进退两难之时的那个提议。

长远来看，如果答应她的请求，又有什么坏处呢？他思索着到时该如何做恰当的自我介绍，而不用说自己是本特利先生。或许编辑自己就知道，因此他根本不用说什么。他擦了擦额头上冒出的汗珠。或许下周前能找到更好的解决办法。

撒克里先生离开后，梅里拿着信穿过房间来到后花园，她在橡树下的阴凉处坐下来。四周都是精心修剪过的草坪，漂亮的整形花坛一直延伸到庄园外围的铁栅栏边。砖石小径旁，几株蒲公英在景致完美的庭院里顽强地生长着。这让她的嘴边泛起一丝微笑。不管姑妈多么努力地要让自然屈服于她的意愿，总还是有些植物小叛徒特立独行。

梅里又把信展开读了一遍，一个新想法忽然在脑海里闪现。基普乐先生的"与您谈论后续文章出版的相关事宜"是说她没有后续出版机会了吗？或许这就是指他们不想再用她的文章了。她一开始没想到这一点，但仔细读读就会发现，基普乐先生并没有说喜欢她的文笔，而只是提到要跟她讨论讨论与出版社的后续事宜。

焦虑瞬间袭来，扼紧了她的喉咙。现在，她担心的不再是找谁来假扮本特利先生了，而是如果的确不再有后续合作，那么19日之后她就什么都不用假装了。

或许瓦格纳夫人能有什么好办法。梅里站起身来，匆匆忙忙往厨房走去，小心翼翼地避免踩到那些蒲公英。

她遛进光线充足的厨房，管家夫人正捧着一杯热茶坐在厨台前。她抬起头冲梅里笑道："亲爱的，休息一会儿吧，来陪我坐坐。有心事吧？"

"您怎么知道？"

"看您那张漂亮的小脸就知道啦！"她吹吹杯里的茶，小嘬一口，"怎么了？"

"基普乐杂志给我写的那信……他想下下周在他办公室跟我见一面。我担心他是不想再用我的文章了。"

瓦格纳夫人伸出手。"让我看看。"她嘴唇微嗡，慢慢地读着。读罢，她把信放在杯子旁边，说道："他没这么说。"

"他也没说喜欢我的文笔。"梅里站起来,在火炉和桌子之间来回踱步,"如果不能给基普乐写文章,我就不知道该怎么办了。我喜欢自己赚钱买书买纸,而不是向伊莎贝拉姑妈或父母要。"

"大多数年轻姑娘都需要心安理得,这是世道常情。"

"但不是我的道与情。母亲帮助父亲做生意就是在赚钱,甚至是跟父亲赚的一样多。"

"她……跟常人不同。"

"那我可能也不同。"她"扑通"一下坐在刚才的那张椅子上,"您觉得我该拿这封信怎么办?"

"去。如果他告诉您不想再用您的文章,至少您还能听听是什么原因。"

"我也是这么打算的。但还有一个问题。"梅里的声音低了下去,"他写在信封上的称呼还是那样,他真觉得我是个男人。"

"噢,天哪!"瓦格纳夫人笑了起来,眼角的笑纹更深了,"您这回可真完了。您打算穿什么?裤子?"

"当然不。我有个好办法。"

回房间之前,梅里偷偷走到马车大道上,假装在通往马厩的路上散步。尽管撒克里先生那么说,但她还是不明白姑妈的马车夫为什么不能做她的男伴。他们与基普乐先生见面时,她可以告诉编辑,因为本特利先生患了喉炎,因而需要她代为发言。彼得斯先生无须开口,只要在恰当的时候点点头就行了。

"本特利小姐,您要出门吗?"彼得斯拿着一个干草叉,从马厩里走出来。马粪味像一条亲密的小狗,跟他如影随形。

她轻轻吸了一口气，打量着他。他那张友善的脸上已经有了岁月的痕迹，几缕灰发从帽边伸出来，乱糟糟地耷在油乎乎的衬衫上。她像泄了气的皮球，肩膀也耷拉了下来。彼得斯给姑妈驾马车的时候，姑妈给过他一套不错的衣服。但不管怎样，都很难让人相信这就是本特利先生。

"不，谢谢您，彼得斯先生。我只是出来呼吸呼吸新鲜空气。"

"小姐，马厩旁边的空气可不好。"他被自己的玩笑逗乐了，嘴角随之扬起。

"确实如此。"她也朝他笑了一下，然后转身往回走。她在脑子里把自己来姑妈家后见过的寥寥几个男士都过了一遍。一个都不喜欢。她不可能放心让他们去。

梅里坚毅地扬起下巴。只要伊莎贝拉姑妈还在斯普林菲尔德，她就不会知道撒克里先生假扮本特利一事。不管怎样，她一定能有办法说服他。她现在已经迫不及待想上下周的钢琴课了。

第三章

下周的周四下午,梅里一听到会客厅里撒克里先生的声音,就飞速走下了楼梯。她穿着最喜欢的粉色波点礼服,顺滑的卷发一丝不乱地盘在头顶。

瓦格纳夫人站在音乐室门口,脸上写满了惊讶。"总算是准时一次,不错呀!"她拍拍梅里的肩膀,说道,"去享受您的课吧。"

"一定会的。"她满脸笑容地看着撒克里先生,"我这一周都在练习。"

"我一直认为您——我是说——您的课已——是一整周。"他朝门口点头示意,"我们可以开始了吗?"

一进到音乐室里,梅里就坐在钢琴凳上弹起乐曲来。赢得他注意的最佳方式,莫过于展示她练琴的用心。演奏即将正式开始。"您想让我弹一下《聆听知更鸟》的前奏吗?"

"是的。这也是我来这儿的原因。"

她低头凝视琴键。他为什么总是这么严肃?她无奈地呼了一口气,然后把乐谱摆好,弹完了这首著名乐曲的第一节。她歪歪脑袋，偷偷朝他瞥一眼，希望看到他认可的表情，却发现他正心神不宁地盯着自己。

"怎么了？"

他吓了一跳。"抱歉！我走神了。您能把这一段再弹一遍吗？"

她本想厉声反驳，却忍了回去。上周，他为浪费时间而感到惋惜不已，现在却全然不关心她了。她又弹了一遍，边弹边想是哪个学生占据了他的心神。

随着最后一个音符缓缓终止，他的脸上露出了笑容。他把一篇新乐谱放在她面前，说："弹得很棒！或许您已经可以学习一首更有难度的曲子了。"

她一看曲名，满脸惊愕："《婚礼进行曲》？我肯定永远学不会啊！这太复杂了。"

"绝不可能。我觉得，既然您在写婚姻主题的文章，就一定能享受弹婚姻主题的乐曲。这还是维多利亚公主选中的婚礼乐曲。"他眼中闪烁着狡黠的光芒。

他毕竟还是有点幽默感的。她弹了弹前几个音符，听上去犹疑不定，全然没有胸有成竹的感觉。

"您弹给我听。"她站起身，指着凳子说。

他坐下来。随着双手的舞动，门德尔松那优美的进行曲震颤在空气中。一曲终了，她轻摇着头。

"好美的曲子！真希望我也能弹成这样。"

"总有一天您会的。"

他放松的表情给了她勇气。她握紧双手，吸了口气。她要再问他一次。就现在。

"撒克里先生,上一周我一直在想我跟基普乐先生的约会。您有没有想过……"

"我也一直在想。对我而言……"

"不好意思,请听我说完。只要我姑妈还在斯普利菲尔德,她就不会知道您陪……"

"关于您姑妈……"

她猛地把手放到腿上说:"您能听我说完好吗?整整一周我都在想这件事,如果您同意扮演本特利先生,我保证什么都不告诉她。"

他朝她露出一个大大的微笑,这可是梅里从没见过的。"我一直在想怎么告诉您,我决定帮您。我们可以一起想想怎么恰当地介绍我,我不想撒谎。"

她闭上眼睛,心安理得的感觉潮水一般漫过她的脸庞。就算基普乐先生说他不想再用她的文章,至少听到这个坏消息时,她身边是有人陪伴的。

"谢谢您!撒克里先生。您不知道这对我来说有多么重要。"

"请叫我科林就好。如果我们要成为一对夫妻,那您就该叫我的名了。"

他看她的眼神,让她从头到脚都兴奋到战栗。

19日那天,梅里一大早就醒了。她选的是一件黑条纹浅棕色长裙,那件衣服已经熨好了挂在衣帽间里。她抑制住紧张的心情,梳好头发、编成辫子,然后紧紧胸衣,穿上笼式裙衬把裙撑箍在腰间。扣紧身上衣扣子的时候,她的双手都在发抖。

梅里戴上珍珠色的帽子,整理了一下黑色蕾丝帽檐和装饰帽顶的羽毛,最后又朝镜子里看了一眼,确定自己打扮得像一位端庄矜持的有夫之妇。

让撒克里先生——科林——假扮她丈夫这一想法,似乎也没那么完美。很多事都可能出错。她朝屋后的马厩瞥了一眼,彼得斯先生已经备好马车了,但科林还没有到。当然,他绝不会一声不吭就改变主意。

下楼时,她甚至能感到颈脖子脉搏的跳动。如果他不出现,也没时间另做打算了。

瓦格纳夫人在会客厅里等着她。"有点儿浪费时间了。您现在应该在路上了。"

"我知道。科林通常都非常准时。"

"科林,是吗?"

梅里感到自己的脸红了。"他让我叫他的名。我没觉得有什么不好。"她也觉得自己是在辩解。

"没什么不好,亲爱的。如果他不是个正人君子,您姑妈也不会聘请他。"

门口的玻璃窗有人影闪过。不一会儿,会客厅就响起了敲门声。

"他来了!"梅里猛地推开门,科林就站在门廊里,"我还担心你改变主意了呢!"

"抱歉我迟到了。父亲今天早晨似乎异常健谈,而我又不能告诉他我要出门的真实原因,所以就在家里听着。"他耸了耸肩,"时间还很充裕。我把马牵到马厩时,已经让彼得斯先生将小马车备在马车通道那儿了。"

她从上到下,打量着他那合身的黑色双排扣上衣、铁灰色长裤和锃亮的靴子。有那么一瞬间,她暗自希望他是因为某种社交原因来拜访自己的。"中午前,应该就能回来。"她对瓦格纳夫人说。

"好运……您俩都是!"

"没有运气这回事,"梅里说,"但谢谢您!我祈祷一切顺利。"她为自己用祈祷来掩饰欺骗行为而感到一丝内疚,但还是克制了下去。

彼得斯先生将马车停在湖滨大道的一幢三层小楼前。梅里抬头向上看去,楼房大门上方的屋顶下漆着"基普乐出版社"几个大字。尽管清晨温煦,她还是有些打寒战。

科林像是感受到了她的不安,拍了拍她戴着手套的手。"一会儿就结束了,镇静一点。"他踏上那道木板,扶她走出马车。

梅里紧张地笑了一下,然后挽起他的胳膊说:"我脑子里现在可没有镇静这个词。"

"我也一样。"他带着她经过高大的前窗,向着门口走去。内部大厅呈T状,办公室分布在大厅两侧,还有几间顺着护面墙排列。门旁边悬挂的铜牌则展示着出版社的大事记。

梅里朝他们右手边的第一块铜牌望去,"霍雷肖·基普乐,编辑。我们是不是……"

门开了，一位短小精悍的男子出现在他们面前。他留着褐色的分头，蓄着浓密的连鬓胡，满脸笑容。"本特利先生！您非常准时，请进！"他向梅里点头问好，然后侧向一边，让他们进门。

他们走进一间小巧的接待室，室内简单地摆放着几把木椅，还有一张堆满了《基普乐之家周刊》的桌子。整个房间光线昏暗，壁灯似乎在与这昏暗较量，发出微弱的光。基普乐先生引他们走向身后的门。

"里面就是我的办公室。今天早上时间有限。请随我来！本特利先生。""我们不会聊太久，夫人。您等候的时候，可以随意翻阅我们出版的刊物。"

她倒吸了一口气，说："我……我不想独自一人待在外面。"她希望基普乐先生没有察觉到她声音中的慌乱。

"不要多想，您在这里很安全。如果您愿意，可以坐在办公室门前任意一把椅子里。这样一来，您一呼救我们就能听到。"

"但是，我……"

"没事，没事。我知道女士们容易害怕，但我向您保证，在这座建筑里，还没有人受过什么伤害。这条街上的治安，一直是全芝加哥最好的。"

基普乐先生把门关上的时候，科林呆若木鸡地朝她看了一眼。

她的心"怦怦"直跳。像是有一道坚硬的屏障，将她与编辑要说的话隔绝开来。她蹑手蹑脚地走到门口，却只能听到办公室里两位男士在低声交谈。

她祈祷科林能有好点的记忆力。

漫长的等待之后,门打开了,两位男士回到接待室。梅里一下子站了起来。

基普乐先生拍着科林的肩膀说:"跟您谈话很愉快。我相信您在接下来的文章写作中,会慎重考虑我的建议。"他朝梅里点了点头:"感谢您如此耐心地等待!现在看来,本特利先生对家庭女性的角色有如此精彩的想法,不足为奇。"

梅里凝视着科林,不知该说些什么。他则不为人察觉地耸了耸肩。她垂下视线。瓦格纳夫人总是说梅里会把心思写在脸上,如果这时基普乐先生看出她的心思,那就糟糕了。

"亲爱的,我们走吧?"科林伸出胳膊。

她挽起科林的胳膊,任由他带领自己走到候在门口的马车前。当她确认不会有人听到时,她就对科林说:"我希望他说的每一个字你都记住了。"

"我肯定关键部分都记住了。"

她揉揉一侧的脑袋,丝毫不在乎把发辫弄松。"关键部分?"她抱怨着,"我们一回到姑妈家,您就把他的建议告诉我好吗?我得在您把它们忘掉之前一一记下来。"

"当然可以。"他扶着她登上马车。

他们坐稳后,彼得斯先生就轻轻拉动缰绳,策马朝市郊奔去。

一路上,梅里双手抱着肩膀,脑子里天马行空。"他有没有说想要多少篇文章?"

"没准确地说。但他确实说他欣赏我的——您的——文笔,希望在接下来的几期杂志里刊登我的——您的——专题报道。"

他的语气柔和下来，"抱歉让您在外面等着。我知道这对您有多么重要！如果您愿意，在提交文章前，我每周可以多抽出一天时间去您那儿先读一遍。"

"多谢。这再好不过了。"

"您希望我哪天去？"

"周一吧！如果您觉得合适。我会在每周五把文章邮寄出去。"

"那就周一。"

他那深邃目光中流露出的关怀之意，让她感到一阵颤栗。在科林的帮助下，她确信自己可以满足基普乐先生的要求。况且，跟科林多相处一些时间，本身也是一件开心的事。

马车渐渐行驶到街区四周的篱笆外，到家了。彼得斯先生减缓速度，牵引马车穿过大门，沿着车道走到马车入口处。

"到啦！下车时小心点。"

"谢谢您。一路都很顺利。"梅里随即从座位上起身，等着科林来扶她走下去。

"你去哪儿了？我不得不从车站那儿租了辆车子回来。"

熟悉的声音传来，科林肩膀后站着的人让梅里目瞪口呆。

"伊莎贝拉姑妈！"

第四章

梅里向姑妈跑去,伸开双臂抱住这位矮矮胖胖的红头发女人。直到这一刻,梅里才意识到自己是多么想念父亲的这位妹妹。"您能回来真好!您不在的时候,整个家里显得太安静了。"

伊莎贝拉姑妈吻吻梅里的脸颊,然后把手搭在她的肩膀上,后退一步仔细打量她。她瞧着侄女的这身打扮,说道:"你今天穿得像只小鹡鸰鸟呀!没有好看点儿的裙子了吗?"

"我当然有——您送给我好几条漂亮衣裙呢!"她大脑飞速运转,打算想出一个自己衣着如此朴素的借口,"但不能因为有了其他裙子就不穿这一件了,太喜新厌旧可不好。"

"嗯。我在家的时候就叫裁缝过来。如果你确实想穿棕色的,她可以帮你做几件有裙褶或荷叶边的。"

"您在家的时候?您又要走了吗?"

"是的,过不了多久。"伊莎贝拉姑妈抬头看向马夫,"彼得斯,请暂时不要解开缰绳。你得去车站把我的行李拉回来,它们都在行李员那里。"

彼得斯摸摸帽檐应道："是的，夫人，马上就去。"彼得斯调转马车，伴随着"吱嘎"的车轮声，朝伊利诺斯中央火车站仓库奔去了。

科林拿着帽子站在几英尺外。伊莎贝拉姑妈转向他道："撒克里先生，能在音乐室以外的地方见到您真是稀奇，您和我侄女一起坐马车出去吗？"她的语气中夹杂着质询的意味。

梅里屏住了呼吸，不知道他会怎么回答。

"今天早晨天气不错，丹特利夫人。本特利小姐邀请我与她一道出行，我便恭敬不如从命了。"

"难道我们不是定在每周四下午上钢琴课吗？"

他的脸涨红了："我主动要求在必要时多上一天课。"

"我知道了。"伊莎贝拉姑妈用手遮住嘴唇，忍住不笑，"一定耽误您很长时间了吧！是不是还有其他学生在等您？"

梅里忽然有些惊慌，她抓住伊莎贝拉姑妈的胳膊，说："撒克里先生走之前还有些事情要跟我探讨。"她神色慌张地看了看科林。

"别这样，亲爱的。他周四再过来吧！再说了，瓦格纳夫人已经沏好香茶，我特别想听听你最近都做了些什么。撒克里先生，不好意思，我们先告辞了。"

"好的。"他向着她们鞠了一躬，然后大步走向马厩。

梅里咬着嘴唇，目送他离去。等到周四，或许他已经全然不记得基普乐先生说过什么了。

伊莎贝拉姑妈回来的真是太不凑巧了。

梅里跟着姑妈走进休息室，室内已然茶香四溢。桌子中央有一个托盘，装满糖霜蛋糕切片和小三明治，还有一碗宝石般红彤彤的樱桃。托盘边放着一把银质茶壶，四周摆着精致的瓷杯。

她认出这蛋糕原本是瓦格纳夫人为晚餐而准备的。

管家夫人可真了不得。伊莎贝尔姑妈才到家不过几小时，她就已经做出了一顿可招待贵宾的丰盛便餐。

姑妈坐在一把椅子上，一边大快朵颐，一边给侄女讲她在斯普林菲尔德与立法官们开会时发生的奇闻趣事。

梅里心里一直想着科林与基普乐先生的事情，没什么胃口。她一边听姑妈讲故事，一边把餐盘里吃了一半的杏仁蛋糕转着圈儿地推来推去。她又端起茶杯，小啜一口清香的茶水，默默等待着。姑妈迟早会回过神来，问她早上去了哪里。

伊莎贝拉姑妈吃完最后几块蛋糕，倚靠在椅子上，双手交叉放在丰满的胸脯前。

梅里打起了精神。

姑妈用餐巾轻轻擦拭着嘴巴。"你和撒克里先生经常一起出门吗？"这问题听上去稀松平常，但梅里能感受到那甜美微笑下的坚硬钢针。

"今天是第一次，也很可能是最后一次，尽管他是个很好的伙伴。我还以为我只要在钢琴演奏上有进步，您就不在意我做什么呢！"她模仿姑妈的口吻。

"你父亲不只希望看到你在钢琴上有进步。我得把你引入芝加哥上流社会，给你找个门当户对的人家呀！"她扬起嘴角，看上去显得更年轻了，不像是个五十多岁的人。"不是说我总听哥哥的话，而是我觉得至少得努努力。"

梅里把胳膊伸到桌子对面，抓住姑妈的手。"您一直对我这么好。能住在这里而不用跟着父母东奔西跑，是我的福气。"

"我看重你的感情，但你得见见与你身份相当的年轻女子和绅士们。你考虑过参加海德公园文学俱乐部吗？春天的时候我跟他们提起过你。"

"我去过一次。"她盯着自己的腿，含含糊糊地说，"那感觉……不太好。您知道我跟陌生人在一起的时候有多害羞。几乎没有人跟我说话。"

"可你跟撒克里先生在一起时，表现得并不害羞。"姑妈的眼中闪过一丝狡黠的光芒。

"他不算是陌生人了。他第一次给我上课时，我的眼睛几乎都没时间离开琴键。但他很温和、很耐心——有时还能开个小玩笑。很高兴您聘用他做我的老师！"她一边说着，一边意识到这都是事实。除了她偷偷用来写文章的时间外，每周最高兴的时刻就是科林来访了。

伊莎贝拉姑妈把餐巾叠起来，放在旁边的空盘子上。"不管怎样，我觉得我们都得再拜访一位朋友——邦廷夫人。她丈夫的工作跟社交界名人录有关，他们有一个比你稍微年长点儿的儿子，还没结婚。好像叫埃利特，刚从国外回来。"

梅里眨眨眼睛，隐去眼角的泪水。她讨厌这样走到看似门当户对的单身男子面前，好像被贴了标签的商品一样在人前展览。

更糟糕的是，她也能感觉到那些单身男子同样厌恶这种事情。如果能安安静静地写写文章，每周见科林一次，那应该就是完美生活的模样了。

科林策马回家。离开梅里姑妈在亚士兰大街的家，一路上能明显感觉到四周的房子渐渐不那么奢华了，直到回到自己家所在的那朴实无华的街区。他把马牵进父亲教堂边简易的马棚里。

他家的小屋子和梅里住的大房子的差距如此明显，今天尤为突出。这样一位品貌出众的女孩是不会对他这种人感兴趣的。

他饮了马，给它放上新鲜的干草，然后沿着房屋附近走到了厨房通道。厨房与街道以攀满葡萄藤的篱笆隔开，他一走进去，父亲就从客厅里向他打了个招呼。

科林面露畏缩之色。他还希望能有几分钟闲暇，将基普乐先生的建议默写下来呢！梅里把希望寄托在他身上——并不是说她非得担心出什么纰漏。他记忆力很好的。

"我在想，你有没有时间陪我去拜访一户人家？"科林走进厨房，外套还搭在胳膊上的时候，就听到父亲这么问他，"有一个守寡的教区居民需要抚慰，反正她是这么说的。这是她这个月第三次让用人来找我了。"杰里迈亚·撒克里笑起来的时候，棕色的眼睛旁就浮现细纹，"我觉得比起请牧师，她更想找个丈夫。"

科林看着父亲。父亲瘦瘦高高，原本乌黑的发间已有缕缕银丝。他明白为什么那寡妇总是要找他，毕竟母亲已离世多年，到目前为止，还没有谁能让父亲多看一眼。

"这位用人能等上一小时左右吗？我得先写点东西。"

"你今天早晨走后不久,她家的女佣就来了。我们最好现在就去,将这事摆平。"

他朝父亲咧开嘴笑了:"你为什么不娶其中一位呢?这样一来,其他人死心了,就能专心听您布道而不会一直盯着您看了。"

"唔,从没想过这个。你觉得如果我下架了,来教堂的人还会这么多吗?"父亲把手搭在科林肩膀上,爽朗地笑了起来,"对了,你还要不要跟我一起去?"

"好,我去。"

"不错。路上你可以跟我讲讲,为什么周一就想去见那位腼腆的本特利小姐?"

"她只是一开始的时候有些腼腆。熟悉之后,就放松下来了。"

父亲惊讶地抬了抬眉毛:"不用解释!我对那女孩毫无冒犯之意,"他的语气柔和下来,"你可别忘了自己的身份。你是她的音乐老师,不是追求者。"

父亲的提醒让科林感到一阵刺痛。他那天早晨又花了好一会儿,将自己和本特利小姐之间的种种差距仔细梳理了一遍。

梅里坐在自己房间的书桌前,姑妈回来之后,她就把手稿带到这里了。她盯着空白的稿纸,多希望自己能知道基普乐先生跟科林说了什么。那空白的纸面仿佛也在盯着梅里,但她看到的并不是象牙白的纸张,而是科林陪她从基普乐先生办公室回来时那温和的面容。多好的一个演员啊!如果是个局外人,或许会认为他有些喜欢自己吧。

她长叹一口气,站起身来。他周四会拿着会面时的笔记来这儿的。她这么想着，心里一阵雀跃。她开心地走到衣橱旁边，准备为下午见邦廷夫人和他儿子埃利特挑件衣服。

伊莎贝拉姑妈敲了敲门框，探着头说道："彼得斯十分钟之内就能把马车备好了。"她上下打量着梅里身上朴素到不能再朴素的棉布裙，问道："你确定不穿这个啦？"

"嗯。"她取出一件平日里穿的白色棉布裙搭在胳膊上，这件裙子上还绣着粉色绿色的小花，"我马上就收拾好。"

姑妈赞成地点了点头："这件衣服正好衬你铜棕色的头发，一定能给邦廷一家留下个好印象。"

梅里好像咽了块石头下去。她最不想做的，就是在又一个单身男子面前展示自己，但也只能暗怀不满。女权运动一开始，伊莎贝拉姑妈就会离开，梅里也就可以重新过上写文章弹钢琴的安静日子了。尽管她很爱姑妈，但还是急切地盼望她离开。

第五章

邦廷夫人听到敲门声过来开门。一看到姑侄二人，她脸上就露出大大的笑容。"伊莎贝拉！能见到你可真好啊。"她又歪歪头，看向梅里问："这一定就是你常跟我说起的贵侄女吧？"

梅里脸红了。

邦廷夫人将门敞开。"请进，我儿子非常想见见二位。"

经过铺成黑色路面的入口，就可看到一条拱形的小径，小径向前延伸，右边是会客厅，左边好像是一个图书馆。中央大厅一直通到屋后。

邦廷夫人将她们引到会客厅。她指了指一张堆满织锦抱枕，显得过度臃肿的沙发说："你们随意！我去告诉儿子你们到了。茶一会儿就上来了。"说完便匆匆走了出去。

"您都跟她说我什么了？"梅里小声问道。

"没什么不对的。我说你很有魅力和才华，钢琴弹得很棒。"伊莎贝拉姑妈有点儿不安了，清了清喉咙，"我好像也说过你父亲把你放在我这儿，让我帮忙给你找个合适的夫婿。"

梅里浑身一阵燥热。"您不会吧！"

"这种事就是这样的，亲爱的。每天毫无目的地优哉游哉是找不到伴侣的。"

"我不想……"

邦廷夫人走了进来，挎着一位结实矮胖的年轻男子。他长得很像他的母亲，金灰色的头发高高地呈波浪形梳在额前，皮肤泛着粉色，好像刚刚做完什么剧烈运动一样。

"我儿子，埃利特。"她满脸笑容地看着梅里，"这是我好朋友伊莎贝拉的侄女，本特利小姐。"

他朝梅里欠身鞠躬："很高兴认识你。"

梅里点了点头，努力地让自己迎接他的注视。他看上去并没有那么高兴。梅里戴着紧手套的手已经汗涔涔的了，她试着想点话题，但想不出来。

邦廷夫人打破沉默："不知道那女仆忙什么呢，这会儿应该把茶送来了。不好意思，我去看一下……"

伊莎贝拉姑妈看向埃利特问道："您母亲告诉我您刚从欧洲回来，旅行怎么样？"

"还不错，谢谢您关心。"他把嘴唇抿成一条直线。

"她还告诉我，您运回来一尊漂亮的花园雕塑，或许您能给我侄女看一下？她很喜欢花园。"

梅里目瞪口呆。

埃利特默默地看了她一眼，说道："当然可以。如果您愿意请随我来，本特利小姐。"他朝梅里伸出臂肘。

"我……我相信伊莎贝拉姑妈也一定想看看那花园。是吧，姑妈？"她扭了姑妈一把，目光犀利地看着她。

"不啊，亲爱的。你们俩去吧！你们走了我就跟邦廷夫人好好聊聊。"

梅里挽起他主动伸过来的臂肘，意识到自己的脸一定跟她脚下的波斯地毯一样红。埃利特一言不发，穿过大厅来到屋后的日光室，然后打开通往花园的玻璃门。花园里有一条蜿蜒的碎石小径，两边开满鲜花。埃利特朝碎石小径入口处的两只石狮子挥了挥手。

"母亲一直很喜欢狮子，我就送给了她这两只。看那边，当她决定想要什么，那个石质基座上就有什么！"他停下来看着她，"你一点儿都不感兴趣，是吧？"

"说实话，我姑妈这样露骨地把我推给你，我有些手足无措。"她的声音在发抖。她希望自己不要掉眼泪。

他的肩膀也放松下来了。"所以，这不是你的主意？"

她吞咽了一下，摇摇头。

"那边的水盆旁有个长凳。我们去那边坐一会儿，晚点再去见那两位阴谋家可以吗？"他拉起她的臂肘，带她朝石凳走去。

"谢谢你。"

他"扑通"一下在她旁边坐下，双手放在圆滚滚的大腿上。过了一会儿，他清清嗓子，说道："我应该让你知道，我计划年底前回欧洲。准确点儿说，是回柏林。我游历期间，在那儿遇到一位年轻的姑娘，我们打算结婚了。"

"真好啊！"她低声感叹着，不知为何他要对自己吐露心声。

"母亲听说我要娶个外国女孩,大吃一惊,就把朋友家的女儿们都拉来与我见面,希望我能看上其中一位。但谁都不行。"

即使她对他毫无吸引力,这种话还是让人不太舒服。梅里绞着双手,希望这场见面快点结束。她努力地将目光从他双腿的帽子上移开,看向他的眼睛。

"希望你能过得幸福!"说完,太阳穴上一阵疼痛。她来不及等他回答,就起身快步走回屋里。不管父亲和姑妈是怎么想的,她都不会再来这种场合了。

在回去的路上,梅里一动不动地坐在姑妈身旁。午后的燥热,让她不断涌动的羞愧之情更加强烈。埃利特这些人说的话似乎无关紧要,但却举足轻重。科林永远都不会用这样傲慢自大的语气跟她说话。

"这次拜访挺顺利的,你觉得呢?"伊莎贝拉姑妈拍拍她的胳膊,"我们走的时候,埃利特看上去挺失落的。"

"如果有什么事让他失落了,那很可能是因为饼干盘子空了吧!他知道您跟他母亲把我带去是想让他中意,但他并不感兴趣。他告诉我已经有想娶的心上人了。"她深深地吸了一口气,"求您别再安排这种见面了。您可以写信给父亲,告诉他我想一直单身。"

"当然不行!"

"好,不。但我想等蝴蝶和刺痛!等一个因为我而爱我,而非因为我是您侄女而爱我的人。"

姑妈摇着头:"我暂时还不会跟你父亲写信。我还没有准备好承认失败。"

梅里不知不觉地咯咯笑起来，姑妈竟然把这事当成自己的任务。她歪斜肩膀碰了碰姑妈。

"我也没有。"

周四下午，梅里踱进音乐室里，等着科林的到来。幸运的是姑妈出门办事了，她只是希望她不是去筹划下一场相亲了。

她把几张纸放在前窗边的桌子上，墨水池和笔放在纸旁边，又在桌子两边各摆上一张直背椅。她得先把科林的笔记抄下来，以便稍后复习弹奏《婚礼进行曲》。

她一看到他拾阶而上，就跑去开门了。他都还没来得及敲门。

"我还以为你不会来呢！"她说着，双颊绯红，"我是说，我特别想知道基普乐先生跟你谈话的内容。"

他笑了，瘦削的脸上露出笑纹。"如果你让我进去，我就告诉你。"

她的脸又红了，侧身让他进来。"音乐室里的一切我都准备好了。你带笔记了吗？"

"在这儿呢！"科林跟随梅里穿过大厅，"我周一从这儿回去之后，意想不到地被耽误了一会儿，所以过了几小时才把这些东西记下来。"

一阵焦虑刺痛她全身。"但你都还记得，是吧？"

"我的记忆力非常好。"他向桌子走去，替她拉出椅子，"我们可以开始了吗？"

"当然。"她在墨水池里蘸了蘸笔，笔尖斜对纸面，做好写字的姿势，"首先，他想要多少篇文章？第一篇要什么时候完成？"

"唔。他没说具体多少篇。"

"那么他想什么时候拿到第一篇？"

"下周，以后是每周一篇。"

她更加焦虑了。姑妈在家的时候，她几乎没什么时间写文章。她希望文章的主题能简单点儿。她又在墨水池里蘸了蘸笔，尽管笔端还有余墨。"我得马上开始了。请快告诉我，他希望我写什么主题？"

科林顺手从外套口袋里抽出一小张纸。"目标、天赋、对话、家庭、孩子、爱、信仰——之类的东西。"

他一边说，她一边匆匆记下，然后停了下来。"'之类的东西'？什么意思？"她把笔放在笔座上，注视着他，"他一定还说了些细节，都有些什么？"

"基普乐先生确实说了些他希望看到的内容，但我没能逐一记住。他说话比卖农场的拍卖商都快。你可以先就某个主题写一篇吗？我们周一的时候再一起看看。看到你写的稿子，我就能告诉你写作方向是不是正确了。"

那会儿，梅里都有点担心自己会昏过去！他认为她可以就某个模棱两可的主题写篇文章，然后，放心让他做适当修改吗？她把头稍稍后仰，闭上了眼睛。一切伪装都没有必要了。

"梅里？"他的声音更近了。

她睁开眼睛，发现他正俯身看着自己，俊朗的五官蒙上一层关切的阴影。

"我们可以做到的，拭目以待吧！我周一早晨会过来，开始咱俩的第一次合作。"他拍拍梅里的手,以示宽慰。

一道电流穿过她的胳膊。"我会准备好的。"

科林走后,梅里一手拿上稿纸,一手端着墨水池,匆匆忙忙回到楼上的房间。她第一篇文章要写虔诚的一家。梅里曾跟随父母辗转于各地,经常住在酒店或出租房里,因此,能住在伊莎贝拉姑妈家里,让她备感珍惜。即使是在姑妈外出的时候,梅里也有瓦格纳夫人相伴左右。与其说瓦格纳夫人是一位女仆,倒不如说她已成为这个家庭的一分子。

梅里找出她的《圣经》。她知道自己想用哪些箴言,而且已经用书签标记了页码。她一边哼唱着,一边翻到描述一席天堂的诗节。有一席之地就意味着那里是一尘不染、有条不紊的,每日生活秩序井然、踏实安心。

顺着脑海里暧昧混杂的思路,她尽可能快地写着,直到写完最后一句。她一边通读文章,一边想着科林看到这篇文章会有什么反应。不知怎的,梅里写文章的时候,科林的脸一直浮现在脑海。在梅里的想象中,科林就是与她共享完美之家的那一位。

"您姑妈让我来叫您。她在晚餐桌前等您。"瓦格纳夫人站在门口,满脸都是笑容。她指了指散乱在书桌上的纸张,"又写得入迷了吧?"

梅里挣扎着站起来。"天哪!我完全忘记时间了。"她将笔放在笔座上,把写满字的纸扣放在桌子上,然后把《圣经》压在上面,"请告诉她我马上到。"

瓦格纳夫人走到梅里身边,把她的右手握在自己结茧的掌心。

瓦格纳夫人又点了点梅里中指上的墨点，说道："首先呢，跟我去厨房把这个洗干净，姑妈就不会好奇您在干什么了。"

"但她还在等我。"

"再多等一两分钟也没什么的。"她望着门厅那头的后楼梯，点头说道。

梅里跟着瓦格纳夫人走下狭窄的楼梯。还没走到厨房，咖喱鸡肉和新鲜出炉的小圆面包的香味就扑面而来，厨台上还摆放着一个白色糖霜蛋糕。"唔，你一定是芝加哥最棒的厨师。"

瓦格纳夫人开心地笑道："快去！"她往洗手盆里倒满温水，在台子上搭上一条毛巾，又切了个柠檬放到另一边，"把柠檬汁涂到墨点上，然后在水里洗干净，应该就可以了。我告诉姑妈您直接就过去了。"

瓦格纳夫人把细节都说得很清楚，她麻利地照她吩咐的去做。伊莎贝拉姑妈不在家的时候，她也就不需要注意手指上有没有墨点。因为没人会注意她的手，除非她弹琴的时候科林会注意到……

他会吗？她停止擦洗，试着回想。她仔细看着自己光滑白皙的皮肤、圆润整齐的指甲，像前面有一架钢琴似的弹动了几下手指，看看它们动的时候是什么样子。她决定下次上课前，把手指上的墨点都洗掉，万一他注意到呢！

瓦格纳夫人急匆匆走进厨房，看了梅里一眼，从火炉上方的烤架上拎下来一篮小圆面包，又急匆匆往餐厅跑去。

梅里抓过毛巾擦干手，随后，推开瓦格纳夫人身后的旋转门，走进餐厅。伊萨贝拉姑妈坐在桌首她的老位子上。她看到梅里的时候,轻声哼了一声,然后故作样子地展开餐巾搭在腿上。

"因为你,瓦格纳夫人不得不花了很大的工夫把饭热着。你是又看书看得入迷了吧?"

"没有太麻烦,夫人。"这位管家说着,把小圆面包放在红木桌子上。旁边的枝状大烛台烛火通明,映衬在桌面上,摇曳生姿。

"是我不对。下午的时间似乎过得特别快。"梅里坐在了姑妈右首边,"我也要向您道歉,瓦格纳夫人。"

"没关系,亲爱的。"她拍拍梅里的肩膀,往厨房走去。

伊莎贝拉姑妈拉过梅里的手,笑道:"好吧,既然她没有不开心,那我也没事。跟我说说,你的钢琴课进展如何?撒克里先生今天来了,对吧?"

"是的,他给我一个很难的……演奏任务。但我在全力以赴地练习。好在他愿意周一再来一次,额外辅导我。"她吸了口气,不知道姑妈会做何反应。

"我们商定的不是一周两天。我想应该付他双倍报酬吧?"

"噢,不。我是说,他没提过要多收费。"科林当然不会因为跟她多相处一会儿而跟姑妈索要报酬。

第六章

周一,科林比预定时间提前几分钟来到了丹特利夫人的家。他今天醒得早,剃完胡子、穿上衣服,就忍不住想去见梅里。他不知道还有什么理由能让他耽搁。

瓦格纳夫人将他引进音乐室。"麻烦您稍等一会儿,她马上下来。"她仰起头,仔细地看了他一会儿,"这次特殊访问跟本特利'先生'有关吗?"

他大脑飞速旋转。梅里告诉他,这位管家知道给《基普乐之家周刊》写文章的事情,但不知道她是否清楚他在此事中的参与程度。他使劲拉了拉领结:"您是说本特利小姐的父亲吗?"

"可能不是,"她走近一步,"我可发现您没有带音乐教材。"

如果瓦格纳夫人不是一直看着他,科林一定会拍打自己的额头了。他怎么能假装来这里教钢琴却不带教材呢?他的眼睛撞上她注视的目光,决心不再撒谎了。"您已经知道我同意假扮本特利先生了。她没告诉您发生了什么吗?"

瓦格纳夫人摇了摇头:"伊莎贝拉姑妈回家后,我一直很忙。"

她的眼睛闪烁着好奇的光芒,"那么,他相信文章是出自您之手吗?"

"我们演得太好了。他把我引进办公室,让梅里留在接待室里。然后跟我聊了聊他期待的文章内容。"

"然后您就把他说的告诉了梅里。"

"没有马上。"他看着她怀疑的表情,内心局促不安。"我们周四见面的时候谈起这件事,但我不确定我是否把基普乐先生的意思解释清楚了。我答应帮她检查每一篇文章。"

瓦格纳夫人咯咯地笑了,她说:"这姑娘可真是有办法,对吧?"

"的确如此。"他想起她漂亮的蓝眼睛,还有那迷人的微笑。即使知道她在撒谎,他也一定会缴械投降,甘心假扮本特利先生。如今,他已经越陷越深了。

"需要补充的是,因为又占用您一天日程,丹特利夫人希望您提出新的报酬。"

"我不想要钱。我告诉梅里我会帮助她,就会做到。"

瓦格纳夫人的面容温和了下来。她把食指贴近嘴唇说:"这样的话,就你知我知了。您自己向丹特利夫人解释来访缘由吧!记住,她不知道梅里想成为一名作家——已经是一名作家了。"

他欲言又止。"我会记住的。"一个谎言接着另一个谎言,就如同用高低不平的石头砌墙。迟早要崩塌。

那时,梅里出现在台阶上,手里还拿着一沓稿纸和一个墨水池。她一看见他,嘴角就扬起迷人的微笑。随后眉头闪过一片阴影,笑容也看不见了。"你真准时啊!"

"我非常想看看你都写了些什么！"

"嘘！伊莎贝拉姑妈在她书房里，可能听得到。我坐在钢琴凳上跟你说话可以吗？"她没等他回答，就带他进了房间，把纸摆放在钢琴上方的乐谱架上，墨水池和笔放在一边。

他关上门。她刚坐下，他就走到了她身后。几缕鬈发从她的发辫里散落出来，在背后蜷曲着。他把手插进口袋里，这样就可以克制住用指尖把玩那光滑发丝的冲动了。

她抬起头，表情严肃。"我边弹《知更鸟》，你边在我身后看文章。如果漏掉了什么基普乐先生想看到的内容，你就敲敲纸面告诉我哪里错了。"

"好的。"

她弹起前奏曲，他也向前俯身开始读文章。

神圣之家的天堂计划

效仿福音榜样的妻子是幸福的。圣约翰曾说，主已为我们准备好地方。诚然，这话就是告诉妻子，应为丈夫准备好一个家。不管这家简陋或是豪华，都应干净而温馨。

让丈夫结束一天忙碌回到家的时候，能看到安静而忙碌的孩子、火炉上精心烹制的晚餐。妻子则一定要穿着干净的围裙，头发一丝不乱。所有这些，都是在表达对丈夫的爱。家里的爱是家人最大的幸福……

科林想起自己的母亲，嘴角抽动着。一场场牧师拜访之后，母亲忙着打扫、做饭，忙着追赶他和妹妹。很明显，那时她无法让自己看上去干净整洁。但母爱依然是他最大的幸福。

听着梅里的曲子，他读完了整篇文章，尽可能详尽地试着回想基普乐先生对此类文章的要求。尽管他绞尽脑汁，可还是记不清基普乐先生确切的表述。

读完后，他敲了敲纸面。

梅里把手落在大腿上。她没有转身，问道："你觉得他会采纳这篇文章吗？"

"当然。谁又不会呢？"

她滑到钢琴凳一端，面向他。

"真的吗？你确定不需要再改了？"

"我觉得很完美。"他注视着梅里，想象她穿着一件整洁的围裙，在家里迎接他下班归来。他把画面从脑海中抹去。这篇文章不是为他而写——他不过是一个不被认可的合作伙伴而已。

"下一篇我该写什么？"

他凝视着她的眼睛，脑子里就把基普乐先生的建议忘得一干二净。他努力回想。"唔。你自己选一个主题怎么样？或许能带来惊喜。你可以在我周四来时告诉我。"

"那你下周一还会过来吗？"

"当然。对了，我得跟你姑妈说一下。我可以打扰她一下吗？"

她瞬间面无表情了。"可以。我带你去。"她的语气中充斥着一股寒意。

科林不知道她为何陡然改变了态度。他小心翼翼地跟在她身后，走向大厅尽头伊莎贝拉姑妈的书房。房门半掩着，梅里敲了敲门框，然后跨过门槛。

"您有时间吗？撒克里先生想跟您说几句话。"

丹特利夫人把手中的报纸放在桌边。"当然。我恰好希望他今天能过来呢！"她看了科林一眼，指了指对面的扶手椅，"进来吧！年轻人。梅里，能麻烦你出去的时候把门带上吗？"

梅里扬起下巴，照姑妈说的做，但一眼都没有看科林。科林不知道自己做了什么，让她忽然变得如此冷漠，但在丹特利姑妈的要求下，他坐进了柔软的织锦沙发，面对着她。

"希望我周一和周四都过来，没有给您家带来不便。我没有其他事做，也很乐意帮忙。"

"没有什么不便的，我们的日程也不紧张。但是，如果您能提前说明条件，或许更好一些。"她往一侧弯腰，拿起一个小盒子放到桌面上，"我就当周一的课时费和周四一样吧，可以吗？"伴随一声金属声的脆响，盖子打开了。

她一定觉得他是个贪婪的人，或是比这更糟的投机主义者。他弹也似的站起来。"不，夫人。不是的！"

"那是有折扣？"

"不是！我一分钱都不要。"他往前探探身子，掌心贴在她的桌子上，说："如果您不介意，我们就把周一的时间作为整个钢琴课的一部分吧！而不是额外的。"

她双臂交叉放在胸前，似笑非笑地看着科林。她脸上的表情让他想起自己的母亲，母亲怀疑他有隐情的时候就会这么看着他。

丹特利夫人合上那金属盒。"有人向我大力举荐，我就聘请了你。从我侄女弹奏钢琴的情况来看，她也进步很快。如果您不介意占用一小时私人时间来教他，我不反对。"

"谢谢您。"科林顿时轻松下来，正转身向门口走去。

"还有一件事。"

他停下脚步。

"我一直都想让她参加些社交活动，但她生性腼腆，不愿出门。或许您能鼓励她找些音乐以外的其他乐趣？"

"我会尽我所能，夫人。我确定总能找到点儿。"

他想到梅里为《基普乐之家周刊》写文章的事情，暗自笑了。她已经有感兴趣的事了。下次他俩单独在一起的时候，他要问问她为什么瞒着姑妈。

梅里为科林和伊莎贝拉姑妈关上房门后，赶紧回了钢琴室。科林要多收费——因为要多陪她一小时。她的脸火烧一般。不知怎的，她曾经相信科林主动提议过来，是为了两人可以多相处一段时间。她错看他了。

她冲到钢琴旁边，把文章和墨水从钢琴上拿下来。或许等基普乐先生采纳了一两篇文章之后，她就能独立完成写作任务而不用科林协助了。希望如此！他凭什么从自己的错误中获利？如果他仔细听基普乐先生说，就根本没有必要安排周一"课程"了。

梅里听到姑妈书房的门开了。她急忙走出音乐室，在科林出现之前赶到主楼梯处。她要把文章再重读一遍，确保里面没有错误，然后让马车夫寄出去。

　　半小时之后，她拿着密封好的信从后楼梯下到厨房。瓦格纳夫人看见梅里过来，就停下了手头擦银碗的活儿，把抹布放在面粉瓶子旁边，扫了一眼信封，问道："在找彼得斯？"

　　"是的。他在这儿吗？"

　　"肯定是忙着侍弄马呢！您姑妈让他在中午前备好马车，她要跟参加女权运动的夫人们一起吃午饭。"

　　"那么，我只有这会儿可以把信给他了。"

　　梅里出门走到一条通向马厩的平坦车道上。忍冬藤的香味弥漫在七月潮湿的空气中。她深吸一口气，屏住呼吸，准备走进弥漫着另一种味道的马厩。

　　她朝马厩走了也就十来步，彼得斯先生就赶着马车过来了。他穿着那套制服，戴了顶高高的帽子。额头上已经冒出滴滴汗珠。

　　"您跟丹特利夫人一块儿去？"

　　"不。"她把信举得高高的。

　　"想让我帮您寄信是吗？"

　　"麻烦了。或许您可以趁姑妈跟朋友聚会的时候去寄？"

　　他扶着帽檐微微颔首："十分乐意。"他狡黠地咧开嘴笑，从座位上俯下身来，"那个年轻人刚才找您，说想在走之前跟您聊几句。"

　　她挺直肩膀问："这么多地方，他为什么在马厩里找我？"

　　"不是马厩。"彼得斯用马鞭指着，"他在花园里走来走去，说您可能会在那儿。"

"他有没有告诉你他有什么事?"

"没有,小姐。"他晃晃马鞭,把马赶上马车道。

好奇怪啊。既然科林只是为了多挣点钱才来这儿,那他又有什么话是不能等到周四再说的呢?

她匆忙走回厨房,以免姑妈出来时看到她,再邀请她一起去午餐会。她可不想与那些无聊的女权运动支持者相处。可能还有更糟的,比如问她来找马车夫有什么事。

周四,梅里怎么都弹不好门德尔松《婚礼进行曲》的结束乐段。"我永远都不可能弹好!我已经反复练习无数遍了。"

"绝不可能,你一直都在进步。"科林交叉双臂抱在胸前,朝她俯下身去,"再弹一遍前奏,仔细听自己的演奏。你的进步很大。"

如果梅里不知道科林真正的动机,她会认为他喜欢有她陪伴。

他鼓励她弹奏几个重复乐段。几遍过后,她泄了气,把胳膊搭在大腿上,"不再弹了好吗?"

"你累了。我们去花园里走走好吗?呼吸点新鲜空气可能会让你感觉好些。"

他一脸关切,一定是从他父亲那里学到的。她知道科林是在"扮演"这样的角色。然而,她仍然感到自己想要回应他的宽慰。在学会门德尔松钢琴曲和为基普乐先生写文章的种种挣扎中,去花园闲逛片刻不失为一个难得的幸福时刻。

"好啊!今天天气很好。"她从钢琴凳上站起身来,"请稍等片刻,我去取把阳伞。我们在马车道入口处见吧,那里离花园近些。"

两人沿着平整的道路一路前行，经过通往花园的铁质拱门。一路上，科林都紧扣双手搭在背后。花园里，紫荆花沿着蜿蜒的砖石小道次第开放，五颜六色的鸦鸟在花丛间轻快地飞舞。

在紫色金光菊盛开的地方，有一个放置在基座上的日晷，梅里在那里停下了脚步。日晷表面的阴影显示已经快到下午四点了。

"马上到时间了，或许我们需要晚点再散步了。"

他朝她走近一些。"我不着急。再没有别的地方能让我如此想要停留了。"

听着他的声音，梅里感到喉咙里好像有蝴蝶在飞。她把蝴蝶赶走，再次提醒自己，他愿意花时间在这里是因为伊莎贝拉姑妈要付给他钱。她要像对待姑妈的朋友一样礼貌地对待他。

"看上去很舒适，对吧？"她走上砖石小道，指着远处草坪上一处荫凉说道，"这条路绕花坛一圈，一直延伸到那里的橡树。走到那里，阳光就充足了。"

他们又一言不发地走了一两分钟。来到花园尽头的曲形长凳时，科林转身凝视伊莎贝拉姑妈家的房子说："这是芝加哥最好的房子，你应该也知道吧？能到这儿来是我的荣幸。"

他的声音诚挚无比，一股柔情瞬间涌上她的心头。她仿佛对他笑了笑说："我长这么大，父母经常带我过来。能到这儿来也是我的荣幸。如果伊莎贝拉姑妈不……"

"你是希望她能理解你的作家梦吗？"

"你怎么知道？"

他靠得更近一些,她都能闻到他那乌黑的发间散发出的甜甜木香了。"因为她似乎铁定了心让你多去社交。周一见她的时候,她说了很多。自那以后,我就开始思考那些话。很明显,她不了解你需要那么多的时间来写作,才能取得成功。"

梅里猛地绷紧身子:"你们在讨论我的事?我还以为你们在商量薪酬。"

"我们确实商量了薪酬。她想多付我一天钱。"

"我知道。她的条件肯定很让人满意吧?"她的话冷若冰霜。

"一点都不。"

她瞪大眼睛:"你还想要更多?"

"我不想收费。我答应你一起把这件事做好,我们会的。"

她走到长凳那里坐下,用阳伞遮住自己发红的脸。他真的是想和她待在一起。蝴蝶回来了。

第七章

　　梅里坐在书桌前，正在撰写给基普乐先生的第三篇文章。她心里纳闷，邮局把她之前的投稿信都寄到荒郊野外去了吗？现在已是八月中旬，可杂志社那边还是音讯全无。如果能知道基普乐先生是否认可那些文章，她也就能胸有成竹地写下去了。

　　科林明天会来给她上钢琴课。她要在今天赶写完这篇文章，这样就能让他审阅了。她通读了一遍写完的部分。

　　家中的虔诚之言

　　一家之妇应当始终保证自己的言语亲近柔和，避免尖厉刺耳之声。这样教导儿女，他们更愿意听从；这样对待丈夫，他也更愿意倾听。

　　经发现，如此一来，夫妻二人都能很好地注意做到《彼得前书》中的劝诫："你们都该同心合意，互表同情……总不要以恶报恶，以骂还骂；但要祝福。"

在她的记忆里，曾听到父母在她卧室隔壁的房间里争吵。她知道他们彼此相爱，但母亲总是会固执己见。虽然母亲通常是对的，但父亲不愿争吵，他会摔门而去，发誓永远不回这个家。

梅里一想到某些孩子或会像自己儿时一样担心失去父母，胃就发疼。她祈祷读到她文章的妻子们能在说话之前三思，以免伤害到她们照看下的孩子们。

如果她们读到她的文章。

要么科林的好记忆没起到什么作用，要么就是基普乐先生的题目要求完全不同。

她沮丧地叹了口气，把笔放回笔座上。窗外传来"嘚嘚"的马蹄声，是彼得斯从市里回来了。他每天都去一次市里，或许今天能有基普乐先生的来信。匆匆忙忙，梅里把草稿纸塞进书桌最上面的抽屉里，飞速从主楼梯跑了下去。

她溜到马车道的入口处，希望能在姑妈检查邮件之前截住彼得斯。如果让姑妈发现有《基普乐先生之家》杂志的信，梅里可就百口莫辩了。

彼得斯正在马厩前解缰绳。看到梅里过来，他停下手头的工作，把绳子绕在一只胳膊上，说道："梅里小姐，您需要啥？"

"我来看看能否把信取走拿给姑妈。"

"噢，您真好呀！但瓦格纳夫人帮您省事儿啦。"他抹掉鼻尖上一滴汗珠，接着说，"她现在应该在厨房里了。"

"谢谢。"梅里转身走去，希望姑妈现在也没在厨房里。

可希望破灭了。她走进屋后的储物间时，就看到伊莎贝拉姑妈站在瓦格纳夫人的厨台前面。她面前躺着几封拆开的信。

"啊,梅里,你来啦!"她从下面取出一个奶油色的信封,"有你的信。我看是邦廷写来的。"她的脸上闪过一丝得意的笑,"你给他们留下的印象,肯定比自己想象中要好。"

梅里暗暗咬着嘴唇。她可以发誓说,她没给邦廷夫人留下一丁点儿好印象,更别说她儿子了。

"嗯?"姑妈问道,"你不拆开看看吗?"

瓦格纳夫人走到梅里身边,递给她一把小巧的折刀。"用这个,亲爱的。"

割开信封后,梅里取出一张装饰着浮雕图案的卡片。她读着卡片上的内容,情绪越来越低沉。"邦廷家邀请我下周六参加为埃利特举办的舞会,21日。"

"那太好了!"姑妈的眼里满是喜悦的光芒。

"不,一点都不好。跟一群陌生人在一起简直是折磨!我不想去。"

"邦廷夫人是我一个非常亲密的朋友。你当然要去。我会让我的裁缝师给你缝制一件新礼服。"

屋里真的太热了,梅里感觉自己要昏过去了。"伊莎贝拉姑妈,请别!您知道我有多讨厌跟陌生人相处。"

"克服恐惧的唯一方法就是直面恐惧。舞会开始之前,你肯定能做好准备。"

"不要!"

瓦格纳夫人用手揽过梅里的腰,扭头对伊莎贝拉姑妈说:

"她看上去有点憔悴。屋里那么热，就更严重了。不如我扶她去楼上休息会吧？"她看了看梅里，"我相信你休息会就能感觉好点。"

"你最了解了，"伊莎贝拉姑妈说，"我们可以晚饭的时候再讨论这个问题。"

上楼的时候，梅里一直都靠在瓦格纳夫人身上。"谢谢您。"她低声说道。

"很高兴能帮上忙。您姑妈人很好，就是固执。或许她能改变主意。"上了楼，她们向左进了梅里的卧室。瓦格纳夫人从围裙口袋里取出一份叠起来的杂志，说："你休息的时候就读读这个吧！"她眨眨眼，关上门离开了。

那是一份《基普乐之家周刊》，她的目光都凝滞了。杂志封面下露出信封一角。

她把杂志放到书桌上，扫了一眼寄信地址，确认这是基普乐先生寄来的，然后拆开信封。当她取出来一封信而非银行汇票的时候，心都要跳出来了。她缓缓地展开信纸，尽可能让自己晚点看到回复。

1858 年 8 月 10 日

亲爱的本特利先生：

您于 7 月 26 日和 8 月 6 日寄来的文章我已收到。您似乎对我上个月所提意见的理解存在误区。我原以为自己已解释得非常清楚，但好像并非如此。

但我们还是会在接下来的几期杂志中刊登您的文章,且看读者反映如何。请您在投递文章前,再尽力回想一下我的具体要求。

文章出版后,我们会向您寄送《虔诚之家的天堂计划》与《抚养虔诚儿女》的稿费汇票。

真诚的
霍雷肖·基普乐

梅里坐在书桌前的椅子上,把脑袋埋进臂弯里,眼泪似乎要夺眶而出。她闭着眼睛,深吸了几口气。整件事都是科林的错!如果他履行诺言,立刻就把所有谈话内容都记下,就不会发生这样的事情了。等他明天来的时候,她就这么跟他说。

在主日学校里学过的一句箴言,浮现在她脑海里:说谎言的嘴,为耶和华所憎恶;行事诚实的,为他所喜悦。粒粒汗珠从太阳穴渗出来,她不应该因为自己的事而对科林求全责备。基普乐先生第一次将她误认为男士的时候,她就应该予以纠正。

她站起来,茫然地望着窗外。现在什么都不能说了,她在谎言的道路上已走得很远了。

周四清晨,科林坐在家里厨房的餐桌前,父亲正站在火炉前煎鸡蛋。烟熏的培根香味从他右首边的餐盘上飘出来。他伸出手去,拿起一个焦脆的培根条。

"慢点吃,鸡蛋马上就好了。"父亲又翻炒几下,就用勺子把鸡蛋盛到了两个盘子里，放在桌上。做完饭前祈祷后，他望着科林。

"你今天跟我去拜访教众吗，还是去教堂练钢琴？"

"都不是，"他咬了一口培根，"今天有本特利小姐的钢琴课。"

"你周一刚去过。这成一件常事啦！"

科林希望能告诉父亲，自己需要每周多跟梅里待一天的原因。她的文章让他充满钦佩之情，她将是某个幸运男人的完美妻子。而现在，她所有的精力都用来成为一名成功的作家，甚至蒙骗编辑，这真是太可惜了。

"我觉得她不会需要很长时间的额外辅导了。"她一旦收到基普乐先生的确认信，就会驾轻就熟的。诚然，他每周四还能见到她，但却无法再享受与她一起改文章的乐趣了。

一阵遗憾袭上心头。与梅里在一起已经成了点亮他一周生活的大事。

"你看上去有些失落。"父亲眉头紧锁，露出关切的神情，"不论你多喜欢那位年轻小姐，都没有什么用。你知道的。"

"她是我的一位学生。仅此而已。"他叉起一些炒鸡蛋，希望自己说的都是真的。

科林下午到的时候，梅里在门口迎接他。几缕鬈发从她的发辫中散落下来，随意地耷在脸颊旁边。她满面愁容。

"谢天谢地，你来了！三点钟好像永远都到不了似的。基普乐先生又给我写了封信。

他一只手夹着教材，走进会客区，然后扫了一眼她身后的大厅。"嘘！小点儿声，别让你姑妈听见。"

"她去参加女权运动的会了。"

梅里拉过他闲着的那只手,把他拽到音乐室里。她柔软的手掌贴着他的手,让他不禁吸了口气。父亲的警告又回响在耳边。

警告为时已晚。

他们一走进房间,她就放开手,走到房间那头窗户下面的书桌前。桌子上撒满一张张的纸,她拎出一页有些发皱的递给他。

科林把教材夹放在钢琴凳上,从她手里接过纸来。他先浏览了一下内容,然后从头到尾读了一遍。他有些消沉了。"请您在投递文章前,再尽力回想一下我的具体要求。"

怪不得她这么沮丧。他把事情弄糟了,还让梅里为自己的粗心埋单。

他朝梅里伸出手,又垂了下去。"对不起,梅里。我不知道该说什么好。我们一起看过文章。但从我记得的来看,你的文章是符合要求的。"

她坐进书桌旁的一张椅子里,一边的嘴角挑起,露出狡黠的微笑。"很明显,你的记忆力让你失望了。"

"看来是这样。"

一阵静默后,科林在她对面的一张椅子上坐了下来,瞥了一眼桌面上的纸张,说道:"这是你写的下一篇文章吗?《家中的虔诚之言》?"

"是的,你能帮我看看吗?指不定有什么能让你回想起来。"

他的眉毛扬了起来。"你为什么会相信我?"他敲了敲基普乐先生的信,说道,"这是我的错。"

她朝他俯过身去，玫瑰水的味道也随之弥漫到他身边。"我最初就想过，但我必须对自己诚实。如果我没让'本特利先生'的谎言继续下去，事情就不会发展到这个地步。"

"现在也不算太晚。"他起身面对着她，"你不明白吗？如果他不喜欢你的文章，这就是告诉他真相的最佳时机。告诉他，你为什么回想不出他的具体要求。"

她的脸忽然变得苍白。"那么他就永远不会再刊登我的文章了。"

"这不一定。他是因为喜欢你的文章才要求跟你见面的。"他屏住呼吸，希望得到她肯定的回答。

"我不想冒这个险！"

"你不能把梦想建立在谎言之上。迟早有一天……"

"我不能再等等吗？好吗？我们一起来看看这篇文章有什么需要改的吧。"她恳切地注视着他，蓝色的眼睛湖水般迷人。

科林也一动不动地看着她，心脏像铅块一样在胸腔里跳动。她的社会地位固然是他俩之间的障碍，但她的野心却是无法逾越的那一个。

他下巴紧绷。他答应了要帮助她，也愿意帮助她。他回到座位上，整理好手里的草稿纸，开始阅读。

第八章

科林离开后,瓦格纳夫人在大厅里见到了梅里。"今天下午,我可没听到你弹什么曲子。"

与科林肩并肩近距离地相处了一小时,梅里还有些飘飘然。他们传递纸张手指偶尔碰到一起的时候,她都希望他能抓起她的手,然后环抱着她,托起下巴轻轻一吻。她摇摇脑袋,将这些念头都抹去。不管她有多希望,但二人的社会地位迥然有别,他永远都不会逾越那道礼仪的边界。毫无疑问,这也是伊莎贝拉姑妈聘请他的原因。

她强迫自己将注意力转移到瓦格纳夫人身上来。"我们忙着修改近期要投给《基普乐之家周刊》的稿子,谢天谢地姑妈不在家。"

"等她走了,您就会想念她了。"

"当然。但她会在家待很长一段时间,对吧?"她在心里默算着,在陪姑妈听讲演和跟姑妈一起喝早茶下午茶之余,能有多少自由的时间可以写作。

瓦格纳夫人跟着她上楼了。"9月上旬,她要去纽约市跟委员会成员一起筹划下次大会。"

"这么快？"

孤独的阴影掠过梅里心头。尽管隐藏写作的秘密非常困难，但她也不想独自在偌大的餐厅里吃饭。瓦格纳夫人拒绝跟她一起用餐，也不让梅里到厨房里跟自己和彼得斯一起吃，那样未免有失身份。

她们上了楼，瓦格纳夫人站在梅里房间的门槛处，说道："戈登小姐很快就到了。您把文章收起来，到会客厅里等她吧！"

"我都忘了戈登裁缝今天会来！"她揉揉脑袋，"我不需要新礼服。"

"您姑妈觉得您需要。"

她的肩膀耷拉了下去。"埃利特·邦廷对我根本不感兴趣。我都不明白为什么邀请我。"

一想到要坐在舞池边度过一个漫长的夜晚，梅里就胃里难受。花那些时间来写作多好啊！她总是能想到该写点什么——如果不满意，还能修改。不像参加社交活动，她得花好几天时间来回想自己原本该说的话。

瓦格纳夫人心疼地看了她一眼说："认识点有钱人不是坏事。如果有个不错的年轻人知道您是这么一位大家闺秀，一定会特别喜欢——伊莎贝拉姑妈说得很清楚。"

"这是伊莎贝拉姑妈的家，不是我的。我母亲就出身平凡，但父亲还是娶了她。"

女管家神情恍惚。"是的，"她叹了口气，"很浪漫。有时候我觉得您姑妈……"

"怎么了?"

"这不是我该说的。把你的文章收起来吧!戈登小姐一到我就带她去会客厅。"

梅里把草稿纸塞进抽屉。不知道瓦格纳夫人有什么关于姑妈的事情没有说——还有她父母的,她只据传言知道他俩曾经私奔过。那段故事可是纽约上层社会一些茶余饭后的谈资。从那以后,他俩就搬去东海岸住了。后来梅里出生,父亲做进口生意养家。

她用食指压着嘴唇,暗自决定要在伊莎贝拉姑妈去纽约前问她一些问题。

梅里坐进天鹅绒装饰的长靠椅里,稍微休息一会儿,身边放的全是《歌迪女士手册》和《彼得森杂志》。

戈登小姐将一大堆丝绸样品摆放在脚下的簇绒地毯上。她已过中年,穿着一袭干净利落的石青色双面横棱缎长裙,脖子上挂着一副眼镜。每次跟梅里说话,戈登小姐都会把那眼镜举到眼前。

"做夏末礼服,浅色更合适。浅绿或柠檬黄,底裙做成白色怎么样?当然,要在发间装饰点花儿。"她指着《歌迪女士手册》上的一张礼服图片,举起一块方形的淡绿色丝绸,说,"您穿这个颜色一定特别好看。"

那绸子在她手中像水波一样婉转。梅里看看图片,又看看丝绸。"好看。"她听到了自己声音里的渴望。

"您想用这个做衣服吗?"圆圆的镜片后面,戈登小姐的眼里燃起了光芒,"我一周内就能大致缝完。您姑妈让我完全按照您的想法来。"

梅里低下头,为姑妈的大度而惭愧。伊莎贝拉姑妈为了迁就她,不惜做这么多,而她能做的就只有心怀感恩。她为自己拒绝参加舞会的幼稚行为羞愧脸红,她要在晚餐见到姑妈时向她道歉。不管怎么说,去邦廷家待一个晚上又能怎么样呢?

"谢谢您,戈登小姐!我会喜欢这条礼服的。我会准备好下周四试衣。"

离开会客厅的路上,她想象着自己身穿海浪般浅绿白底的丝绸礼服,在舞池里与众人共舞,但唯一的舞伴很可能就是埃利特·邦廷。如果科林也在就好了……

舞会当晚,梅里站在卧室的镜子前,在瓦格纳夫人的协助下穿裙子。瓦格纳夫人帮她系紧绿色丝绸礼服后背上的扣子时,那褶边衬裙在缎子拖鞋上方优美地晃动。

伊莎贝拉姑妈坐在书桌前的椅子上,满脸笑容地看着她们。"这裙子简直就是件艺术品!今晚你的回头率一定特别高。"

"您绝对会是最漂亮的那一个。"瓦格纳夫人拍拍肩膀周围的蕾丝花边,让它们蓬松起来。

梅里都认不出镜子里的姑娘了。她从没穿过这么蓬的裙子。发间还装饰着许多蝴蝶结和花朵,让她看上去好像从哪本女士杂志上走下来的人儿。她用手指戳了戳裙子的布料。

"这是我有过最漂亮的礼服,谢谢您!"她俯下身,亲了亲姑妈的脸颊,"剩下的,就是祈祷会有人邀请我跳舞了。"她一想到可能会整晚都坐在旁边,内心就一阵发抖。

"胡思乱想，孩子。你肯定会得到很多邀请！"她拍拍梅里的胳膊，然后站起身来，整理好身上的长袍，"瓦格纳夫人帮我穿好衣服后，我们就出发。"

女管家急匆匆地跟她一起走进门廊。

"她今晚一定能大放异彩，你觉得呢？"梅里听到姑妈的声音，便从镜子前转过身来。一只拖鞋的鞋尖钩在了花边衬裙上，她停下来，往后退一步去解开。

"您知道她并没那么真心想去。跟这么多陌生人在一起，她也不舒服。"瓦格纳夫人说道。

"苹果落地，离树不远。不是吗？"

梅里一下就把耳朵竖了起来。伊莎贝拉姑妈说的是母亲吗？她又往门口挪了挪，虽然知道自己不能偷听，但就是忍不住这么做。

"您是说本特利小姐。"

"是的。我哥哥华莱士带玛德琳去参加我们家的圣诞舞会时，她也明显不舒服。这会儿还在女帽商店里工作，过会儿就要与纽约上层社会的人打交道，我都有点同情她。"

她们越走越远，姑妈的声音也渐渐变小了。梅里又往门槛处挪了挪。

"我很照顾玛德琳，可母亲就很不满。这么多年过去了，证明我是对的。她一直都是华莱士生意上的好帮手。如果不是她那敏锐的头脑，我都觉得哥哥是不会有今天的成就的。"

"但尽管如此，本特利小姐还是不喜欢社交。"

"所以，华莱士才让我给她找个好人家啊！我会尽力去做，但如果她……"伊莎贝拉姑妈的卧室门关上了。

梅里心跳加速,让自己陷进书桌旁边的椅子里。她母亲曾在小店里工作——一名女帽工。但父亲坚持忤逆家中安排,选择与母亲结婚。过去的谜团终于解开了。就像瓦格纳夫人说的,他们的故事很浪漫。的确如此。

下一篇文章忽然有了灵感,题目就是"虔诚婚姻的基石"。据她目前所知,《圣经》里没有一段说过婚姻必须建立在社会地位相当的基础上。她明天一从教堂里回来,就找个借口溜走,开始写作。

她父亲为自己找到了伴侣。今晚的舞会一结束,她也要这么去做。

梅里和姑妈的马车停到邦廷家门前时,一位撑伞的男仆迎接了她们。他把伞高高举在她们头顶上方,扶她们走下马车。

"夫人小姐,小心点。今晚石板路有点儿滑。"

"谢谢您。"梅里拉起裙摆,和姑妈一起冒着雨走到门口的屋檐下。看她们安全走到了遮雨的地方,那男仆就回到马车道旁边去了。

另一位用人接过她们的披风,引她们穿过接待厅一旁的拱廊,走进一间改装过的大型会客厅。会客厅墙边摆满了会客椅,小食桌则在房间的另一端,桌子中间放置着水晶大酒杯。在一株株盆栽棕榈树的掩映下,一位钢琴师在小提琴的伴奏下弹奏着华尔兹,而客人们就在光滑的地板上翩翩起舞。梅里和姑妈一进去,就被音乐声和谈笑声包围了。

她按着嘴唇。"我们迟到了，"她轻声说道，"所有人都在盯着我们看。"

"如果有人盯着你看，那是因为你很美，"姑妈拉过她的胳膊，"微笑！"

邦廷夫人忽然出现了。"伊莎贝拉，梅里小姐，很高兴见到你们！"她从梅里的肩膀上方往后看，说着，"埃利特最迫不及待了。"

就在这时，埃利特沿着舞池穿过人群走了过来，朝她微微欠首。

"本特利小姐。我还担心雨水耽误您的行程呢！"

他穿着一身黑色燕尾服，下巴圆鼓鼓的，蓄着金色的小山羊胡，下面系着洁白的领结，优雅如画。他朝伊莎贝拉姑妈点头示意："很高兴您二位都来了。"

"我们一直都在期盼今晚，是吧，梅里？"

她鼓起勇气说："自从收到邀请函，我就没听姑妈说过其他事情。"

埃利特又朝她鞠了个躬，梅里觉得他的眼神中似乎闪过一丝理解。

"不好意思丹特利夫人，不知我能否邀请您侄女做我的舞伴？"

"当然可以。我很想跟您母亲单独聊会儿。"

他带着梅里走下舞池，把右手搭在她的肩上，又拉起她的左手。他们迈开脚步，加入了大家的行列。尽管裙子将他隔得有一条胳膊那么远，她还是能闻到他呼吸时的朗姆酒味。

"如果您不来，我都不知道该怎么办了。"他有些趔趄，随即站稳了,"今晚,母亲把她每一个朋友和朋友的女儿都请来了,我就靠您帮我远离她们了。"

梅里的脖子都红了。难道姑妈为这条裙子花了这么大工夫,就是为了让埃利特蒙骗他母亲的?"

"我不知道我能做些什么。这里除了您,我谁都不认识。"

"您可以表现得像我的……"他又撞上了另一对跳舞的人,"抱歉。"

梅里往后仰仰头,看着他通红的脸。"或许,我们还是离开这里比较好。"

"简直荒谬。这一曲还没结束呢!"他搂紧她的背,让她转了个身。

他们跳着经过乐队时,她朝那边望去,眼神一愣。埃利特引她继续旋转,但钢琴师已经注意到她的凝视了。

科林。

第九章

梅里在埃利特的引导下回到姑妈身边后,解脱似的叹了口气。

"我相信您会跟我一起跳下支曲子的。"他松手前,吻了一下她戴着手套的手。

梅里用指尖按了按太阳穴,让自己休息一下。"我……我想坐一会儿。这里真暖和啊。"

"我去给您端一杯潘趣酒。"

一时想不出来怎么委婉地拒绝他,她点点头说:"谢谢您!"一群跳舞的宾客在等着倒潘趣酒。或许等他送酒过来的时候,他母亲已经给他介绍了另一位年轻女孩了。希望如此。

伊莎贝拉姑妈确定他应该听不到她们的谈话后,就附身过来道:"他看上去很贴心啊!"

"他对我不感兴趣,"梅里低声说,"他邀请我,只是为了不让母亲再给他找女伴。"

"为什么?让你做他谎言中的一颗棋子,这多可耻啊。"

"我不想再陪他假装下去了。"

"我也不希望。"

梅里说这话的时候，感到一丝内疚。埃利特的行为跟她瞒着姑妈写文章又有什么两样呢？

在大厅的另一端，乐师们放下乐器，朝盆栽棕榈树掩映着的一扇门走去。此刻，可以去见科林一会儿。她找了个借口，匆忙穿过空旷的舞池。

"科林。"

她喊出他的名字，他回过头来。"本特利小姐，竟然在这儿见到您了——我也不该惊讶，这毕竟就是您的世界。"

等小提琴手都离开后，梅里回答道："你现在可以叫我梅里了，这里没别人。"

"你在这种环境下跟我说话不合适。我是受雇而来，而你是客人。"

"我不在乎合不合适。我们是朋友。"

他走近一步，低下脑袋对她耳语："不要在这里。我不想害你在社交方面失去机会。"

"但是，科林……"

"潘趣酒来了，本特利小姐。"埃利特晃到她身边，那红宝石般的液体差点洒到浅绿色的裙子上，"我不知道您还要对今晚的乐师说什么，舞曲的顺序已经列在卡片上了。"

她从他手里拿过酒杯，端得离裙子远一些。"撒克里先生和我认识，我只是过来跟他打个招呼。"

"噢，那现在打完招呼，我们能回去了吗？让他跟同伴们一起吃些点心去,"他粗鲁地向科林点了点头,"音乐不错,撒克里,继续加油啊!"

"谢谢您,邦廷先生。"科林礼节性地回复道。他忽然转身,像刚离开的同伴们一样,大步走出门去。

梅里注视着他的背影,然后,目光落到埃利特身上。她脖颈处的脉搏剧烈跳动,感觉几乎要窒息了。"撒克里先生是一位钢琴师,而不是一个……一个……扫烟囱的工人,您不该那样跟他说话!"

他抓住她的胳膊,把她带回姑妈身边。"他现在是我家的雇工,我想怎么跟他说话就怎么跟他说话。"

他推搡着她穿过大厅时,她感觉其他客人都在盯着看。伊莎贝拉姑妈看到他俩朝自己走过来,就站住了身子。"梅里你还好吗?你的脸红了。"

梅里把一口未动的潘趣酒放在小桌上,"我感觉很不舒服。您介意我们提前离场吗?"她甩开埃利特的手。

"当然不会。埃利特,能麻烦您让某个用人帮忙把马车拉过来吗?"

他朝伊莎贝拉姑妈挤出一丝微笑道:"马上就去,丹特利夫人。"他一边往门外走,还回过头来阴沉沉地看了梅里一眼。

梅里看着他离开,暗自庆幸他终于卸下伪装了。

没过几分钟,一位女佣就过来说:"夫人小姐,马车在门外候着了。"她帮她们取下披风,然后打开门。

"谢谢您!"伊莎贝拉姑妈说,"请代我们向邦廷夫人致歉,告诉她我下周再来拜访。"

"好的,夫人。"

梅里一看见彼得斯先生在马车旁冲着她微笑,就小跑了过去,也不管天上还在下雨。今晚可真是漫长!她刚跑到半路,鞋就钩住了裙摆上的花边,身子往前倒下去。她赶紧伸出手撑住自己,膝盖却磕在了一个泥坑里。

右胳膊热辣辣的痛。

"梅里小姐!"彼得斯抓着她的肩膀把她扶起来,"你伤着了吗?"

她用左手捂着脉搏突突直跳的右手腕,说:"没有,就是有点尴尬。麻烦你,咱们走吧。"

彼得斯先帮梅里坐进了马车,然后再搀扶伊莎贝拉姑妈。马车一动,她就靠在了姑妈身上。"我很抱歉。这么好看的裙子前面全是泥了。"

"泥还能洗掉,你没事最重要。我今天仔细观察了埃利特,很庆幸他不会是你的伴侣。"

"我也是。"梅里说。她想到科林转身离她而去时那冷若冰霜的表情。科林因为她而受到羞辱,不知怎的,她想要弥补他些什么。

还在路上的时候,梅里就感觉手腕发热。到家后,梅里什么都没想,就把右手伸到彼得斯先生面前,让他扶自己下马车。可彼得斯一抓住她的手,梅里就猛地倒吸了一口凉气。

马车摇曳的灯光下,彼得斯一脸惊恐:"对不起小姐,我伤到您了？"

"一点点。"她把受伤的手腕缩回来，"您能把我抱下来吗？"

"当然。"他用强壮的手臂托起她的腰。梅里的脚一碰到地面，伊莎贝拉姑妈就匆忙来到她身边。

"进门吧！"她扭头对马车夫说，"彼得斯，去请古德里奇医生来。"

梅里摇摇头："我不想这么晚还打扰医生。明天早晨就没事了。"

"我不想冒这个险。"

姑妈朝彼得斯点了点头。彼得斯转身上了马车，朝镇上赶去。伊莎贝拉姑妈把胳膊放在梅里的左手臂肘下，搀扶着她走到接待厅的一盏烛台下。

"快来，让我看看你的胳膊。需要我帮你把手套摘下来吗？"

"我自己可以。"梅里把左手拇指伸进长及臂弯的手套里，将它摘到手腕处。她的脸抽搐着，忽然被眼前的一幕惊呆了。烛光下，手腕处的皮肤肿胀发红。她咬着牙，把手套全摘了下来。这下让她浑身发抖。

伊莎贝拉姑妈挨近她一看，惊呼道："我的天哪！摔这么严重！"她犹豫着不知该怎么做，朝门厅里扫了一眼，用胳膊环住梅里的腰，"咱们不把瓦格纳夫人叫醒了，跟我上楼。在古德里奇医生到来之前，我先帮你把衣服脱掉。"

医生大步迈进梅里的卧室，金边眼镜在昏黄的灯光下微微闪光。他还穿着合体的黑色外套和锃亮的靴子，像是一直在家里等着有人来请他去看病。

"天哪！本特利小姐。您姑妈告诉我您摔了一大跤。"他把一个小小的皮包放在她的衣柜上，"让我来看看那只胳膊。"

梅里在椅子里动了动，把睡袍的袖子拉到臂肘以上。古德里奇医生朝她俯下身去。他把手放在梅里的手腕下，抬起梅里的胳膊，使之几乎与肩膀齐平。

"唔。发热，发肿。您的手指能动吗？"

她扭动了几下手指，感到剧烈的疼痛，她眨眨眼，把泪水收了回去。

医生将大拇指摁摁梅里手腕的骨头，又让她疼得要哭。"不像是断了，更像严重扭伤。"

一阵宽慰涌上梅里心头。"就是说我还能用它？那太好了。"

"不能马上。"他转身对站在门口的伊莎贝拉姑妈说道，"夫人，能麻烦您帮我端一盆凉水过来吗？"

姑妈离开后，医生打开皮包，取出一小卷窄窄的白布。他面对着梅里，说："您姑妈送来凉水后，我就把这些绷带浸湿绑在您的手和胳膊上。今晚就保证手腕冷湿。您能忍受这种潮湿感的时间越长，冷敷效果就越好。

她盯着她那蓬松的羽绒被，问道："但……我该怎么睡觉呢？"

"胳膊必须一直在被子上面。您睡觉的时候，可以试着把胳膊搭在一个托盘上。"

想到自己的胳膊会看上去像条盘子里的清蒸三文鱼，她无可奈何地笑了。"那明天我就能好点儿？"

他摇摇头:"养这种伤,您至少需要休息一个星期——很可能更长时间。让姑妈给您做个悬带。一定不能再用那只手了。"

"可是我——"她欲言又止。医生不在乎她有什么顾虑,她也不能让伊莎贝拉姑妈替她执笔写文章。谢天谢地,科林周一就来了。她要找他帮忙。

当客人们在邦廷家的舞会上享用夜半晚餐时,科林经厨房连着的一扇旁门离开了。跳舞环节结束后,他也没什么必要再逗留了。

见到梅里和年轻的邦廷先生在一起,让他有一种酸溜溜的感觉。她穿着那优雅精致的礼服,就像个天使一样。但天使一样的她,是他无法企及的。

科林披上斗篷,将凌晨的寒意挡在外面。他松松地牵着缰绳,让马儿在泥泞的路上缓慢而沉重地往家走。月光透过浮云照射下来,照亮了他回家的路。

他简直是个傻瓜,竟然一直以为梅里会对自己有意思。他始终与父母过着幸福而清贫的生活,梅里则似乎享受着最好的一切。与回家路上那些华丽堂皇的房屋相比,他一无所有。最痛苦的事情莫过于不能再见到她。

他在马鞍上坐直,决定下次去丹特利夫人家拜访就是最后一次了。丹特利夫人会再找一位钢琴老师。他一旦不再受聘于她,或许就能忘记梅里闪烁的蓝眼睛和那迷人的微笑。

周一早晨,科林想起邦廷先生那剪裁完美的晚礼服,决心也精心打扮一番。他把剃须刀片磨得十分锋利,精心刮了刮他的黑胡子，让它们尽可能地贴近皮肤。他套上一件干净的衬衫，一条熨烫平整的裤子，又在领结处绑了一个大大的蝴蝶结，然后，将黑色双排扣长礼服搭在胳膊上。

科林出现在早餐餐桌前时，父亲的眉毛扬起老高："有什么大事吗？"

"没什么。"他努力让自己的声音听上去一如往常，"我今天早晨要去本特利小姐家。"

"她希望你精心打扮吗？"

他摇摇头。他从来都不会假装什么。父亲总是有办法戳中事情的本质。

"不，我觉得她不会关注我穿什么。"他这么说着，就发现这是事实。梅里只把他当成普通人看待。

"如果你把标准定得太高，她每次就都会有这样的期待。"父亲调侃似的笑着说道。

"我打算告诉她，今天是最后一次给她上课了。"他的胃搅成一团。周六晚上他还觉得这是个好主意呢！周一早晨，一切念头似乎都蒙上了一层阴影。不再见梅里了？仅是想想就让他害怕。

"她与我生活在完全不同的世界。你应该看看她在舞会上是多么美丽，像个天使一样。女主人的儿子特别关注她。我又是谁呢？不过是一个身份低微的钢琴教师罢了。"

"你跟一周前没什么两样。她那时喜欢你，不是吗？"父亲的表情柔和下来，他把手放在科林的肩膀上，"我知道我提醒过你不要爱上本特利小姐，但或许我不应该表态。让她自己决定是否想要你陪伴吧！"

　　"我已经决定了。这对我们两人来说都是最好的选择。"

第十章

梅里吊胳膊用的悬带磨得她脖子难受。她活动活动肩膀,试着把右手的重量转移一下,找到个舒服点的姿势。过了一会儿,她放弃了。今天早晨,还有更重要的事情要做。伊莎贝拉姑妈和瓦格纳夫人整个周日都在围着她转,但今天,姑妈出门拜访朋友了,管家也在忙着洗衣服。

看着自己偷偷拿到音乐室去的纸和墨水,梅里决定在科林到来之前开始写《虔诚婚姻的基石》。现在简单理理思路,一会儿就能更顺利地让科林帮忙写完了。她向书桌探探身子,把笔握在手里。这么一个动作就引发了剧烈的疼痛,从手掌疼到瘀青的胳膊。梅里咬紧牙,在墨水池里蘸了蘸笔。医生说她应该让手休息,但用笔写字没什么大不了的吧?不管怎么说,跟梳头发、系扣子相比,写几个字可没那么费力——她会让瓦格纳夫人帮她做这些必需的事情。

梅里左手持笔,在纸张的中心位置开始写字。一个"虔"字还没写完,她就气喘吁吁,然后放下了笔。

科林随时都会到。她等着。

梅里沮丧地叹了口气，离开房间走到门廊上，盼着他快点到。清晨的空气因富含水分而显得沉甸甸的。蓝色的松鸦在朴树枝间叫着，那聒噪之音跟她的感觉一样让人烦扰。

没过几分钟，科林就进入了她的视线。他非但没有去马厩，而是将马拴到了步行道旁的拴马柱上。多奇怪啊！通常情况下，他会让彼得斯帮忙照看这匹马。

她一看到他，心跳确实有些加速。穿着黑外套灰裤子的他，看上去尤其英俊潇洒。当他走到门廊前时，她笑着上前迎接。

她还没说话，他就注意到她的胳膊吊在绷带里，然后撞上了她的目光。"你受伤了。发生什么事了？"他伸过手来，像是要去抓她的肩膀，但又把手放下了。

她看着手掌和前臂上一块青一块紫的瘀伤，说道："周六晚上，我扭到手腕了。"

"在舞会上？"他的声音都提高了，"怎么会这样呢？"

"我们正要离开，我就滑倒了。幸好只有姑妈和马车夫看到我。"她伸出左手，"你能来我很高兴。我一直在等着向你道歉。周六晚上埃利特·邦廷那样跟你说话，都是我不好。"

"他态度好坏都不是你的责任。"

"是的，但……"

"周六的晚上，让我看到了你我之间的差距，梅里。"

"没有那么多你脑子里想的差距。快，不要站在这里了。我们去音乐室里说吧！"

他摇摇头:"不,谢谢。我觉得我最好还是不要再来了。我不想捎信过来,就骑马过来跟你当面说一下。"他走向一旁,问,"姑妈在家吗?我给她写了一份辞职信。"

"不在,她去拜访朋友了。"她的眼睛里满是热乎乎的泪水,几乎要流出来了。她抬起食指,飞速把它们擦掉。自己竟然一直都误解了他的心意。梅里颤抖着吸了一口气,抬起右手,让他看清她的手腕。

"我需要你的帮助,科林。我这只手不能写字了。麻烦你,我告诉你写什么,你帮我写下来吗?等我的手好些,你可以随时离开。"她从没求过别人什么事情,但现在她在哀求。

他脸上掠过痛苦的表情。他转过身去,看着自己的马,像是在努力决定走还是留。当他回过头来的时候,一脸严肃,但她觉得自己看到了他眼中的关切。他朝车道方向走了几步,然后停下来面向梅里。

"我会再留几个星期,但不能更久了。那个时候,你的手应该就恢复了。"

她觉得这种宽慰似乎要让她晕倒了。回应他那漠然的口吻,梅里说:"谢谢你愿意这么做。请进,我们开始吧!"

在音乐室的桌前,科林面对梅里坐下来。上帝保佑,看到她的蓝眼睛里泪水盈盈,他根本无法拒绝。再多两个星期。他不知道这样跟她在一起,他还能隐藏自己的感情多久。

她把墨水池和一张没用过的纸推到他旁边,然后将手腕放在大腿上。"我觉得,你最好用印刷体写,这样我们俩的字体差别就不会那么明显了。题目是'虔诚婚姻的基石'。"

他在纸张正中用印刷体写下题目。不知不觉地,他就被这个主题吸引了。他教过钢琴课的上流社会女孩只关心找个有钱的丈夫,虔诚的选择似乎从来不会出现在她们脑海里。

她用左手揉着脑袋,问道:"准备好了吗?"

"准备好了。"他不仅准备好了,还充满好奇。

"如果没有上帝的婚姻祝福,就没有虔诚的一家。《圣经》不规定一个人应与谁结为连理,但是……"

"请慢点。"他跟上她的语速后,向她点点头。

她继续说:"但是《哥林多后书》警示道,男女'和不信的原不相配'。况且,人可以自由地做出选择。"她停下来的时候,目光灼灼地注视着他。

他飞速地写下她的话,有那么一瞬间,他觉得这是在暗示什么。写完后,他把笔搁在笔座上,梅里拿起纸来读。看到那一段段文字,她的嘴角微微扬起。

"谢谢你。周四的时候,我们就能完全写好,然后寄给基普乐先生。"

她那样正式的口吻让他有些震惊,然后想起自己答应了只两周时间来帮忙。她不可能知道自己的心意。

往门外走去时,他停下来,说:"我有个问题。"

"怎么了?"

"追求写作符合虔诚妻子的标准吗?"

她闭上眼睛,垂下脑袋。过了一会儿,她透过睫毛凝视着他,说道:"一位虔诚的妻子,在任何事情上都听从丈夫的心意。我相信她一定会留心寻找,直到遇见某个值得信任的人,再托付终身。"

她的话一直在他脑海里回响。从邦廷先生对待她的态度来看,那个男人绝不值得信任。邦廷先生很可能强制任何阻拦他的人服从他的意愿。

科林吸了口气。或许他不该这么着急提出辞呈。

太晚了。信已经躺在丹特利夫人桌子上了。

梅里坐在卧室里的桌前,咬牙坚持写下新一篇文章的标题。她写下"虔诚婚姻的馈赠",然后停下笔来,缓解手腕的疼痛。她靠在椅背上,感到额前已有汗珠渗出。科林的两个星期还有几天就要过去了,在这之前,她必须能够独自写作。

无法写字的忧伤席卷了梅里。她和他在一起的时候,她的感情已在某个时间点由友情变成了爱情。在他离开之前,一定有什么办法能让他知道自己的心意。一个想法忽然浮现在脑海里:如果她写一篇钢琴老师与作家结婚的故事……

她在墨水池里蘸蘸笔,写了一句话,然后歇歇手腕。照这个速度下去,她得花一整天才能写一页。那就这样吧!她写下第二句。

"梅里小姐,彼得斯给您拿来一封信。"瓦格纳夫人走进房间,将一封信放在墨水池旁边。

是基普乐先生的信。现在,她能知道读者对她文章的看法了。她咬着下嘴唇,心中忐忑不安。

"谢谢你!我姑妈看到这封信了吗?"

"没有,我给她送信前,把它塞在了我的口袋里,"她清清嗓子，"我不该这么说，但我觉得您应该告诉她。不敢说她是不是会伤心？"

"她想让我找个好人家。我坐在这里写东西可不是她希望看到的。"

瓦格纳夫人拍拍梅里的肩膀道："或许是。也或许不是。"她匆匆走出房间，脚步声在大厅里渐行渐远。

梅里盯着信封看了好一会儿，才鼓起勇气拆开。当她看到随信附着的银行汇票时，心情有些振奋。之前投出去的文章至少还能拿到报酬，真是太好了！

她展开脆生生的信纸读着：

1858年9月3日

亲爱的本特利先生：

很高兴告诉您，您近期关于虔诚婚姻的文章在读者中得到热烈反响。《基普乐之家周刊》已经收到了大量来信，希望能看到更多此类文章。信件之多，简直前所未有。因此，我们诚意邀请您为本年度的每周专栏作家，文章每周更新。

她把信丢在大腿上，惊喜万分地吸了口气。这远远超出了她最大胆的愿望！科林周一来的时候，她一定要马上告诉他。如果不是他的帮助，一定不会有这么好的结果。

下一秒她就想到，周一过后，她就不会再拥有他的帮助——

他的陪伴了。基普乐先生的好消息似乎少了几分光彩。

梅里把信拿起来继续读。

您的文章使我刊大受欢迎,为表达我们的谢意,《基普乐之家周刊》诚邀您出席9月11日周六晚在俄里翁酒店举办的晚宴。是日晚八点,我会亲自在门口迎接您。

真诚的

霍雷肖·基普乐

她倒吸一口凉气。怎么可能会这样?

梅里的大脑飞速旋转。

她要想出一个不需要科林的办法,现在还有一周时间。

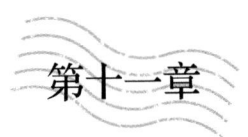

第十一章

周一早晨,瓦格纳夫人引科林走进音乐室的时候,梅里不自然地冲他微笑。她似乎比往常更好看了,身上一袭粉色波点裙让她看上去像朵花儿。或许因为今天是最后一次见到她,所以,他的感觉受影响了吧?他怀疑是不是的确如此。

他扫了一眼窗前的书桌。为了缓解自己郁郁寡欢的心情,科林问道:"那些纸都是我今天的任务吗?"

"等一会儿。"她拉开桌上的一个小抽屉,取出一张折着的纸。"我觉得你可能会对这个感兴趣。周六那天基普乐先生的来信。"

她大声地读着这位编辑的话,科林的眉毛扬了起来。

梅里最后念道:"因此,我们诚意邀请您为本年度的每周专栏作家,文章每周更新。"

她把信折起来,放在书桌一角。但他已经看到了,整张信纸满满的都是字。她没把一切都告诉他。他不知道编辑还有什么要说的——他并非毫不关心。

她的左手蹭到他的胳膊,又是蝴蝶的触碰。"如果没有你的帮助，我是做不到的。我希望你能明白我的感激之情。"

每周专栏。她的目标达成了。

他俩之间的门关闭了。

"梅里，我……"他下巴紧绷着，"没必要感激我，都是你自己的努力。"今天早晨的课一结束，他们就要永远说再见了。他试着忽略这痛苦。

她低头看着她的手说："我们一起努力的。"她的声音小到几乎听不见。然后抬起下巴，把写满字的纸从书桌那端推到他面前。

"你看，我现在能写了。这是给你看的最后一篇文章，看完你就可以走了。"

科林看着她的右手手腕。瘀伤已由深紫色变成浅黄色，看起来伤痛并没有痊愈。"你确定吗？如果你需要的话，我还可以多待几日。"

她把手放在腿间，隐藏住瘀伤。"不用了，谢谢你。我好得差不多了。"

"那好吧！来看看你这周的文章吧。"她关于婚姻的观点总是能让他惊喜，也总让他开心。如果，他们是在另一种境遇下相识……

他拉开桌边的一把椅子，注意到纸上的标题写着"虔诚婚姻的馈赠"。有趣！不知道她会怎样把属灵馈赠说成是婚姻财富的。他仔细地读着第一段，能感觉到她一直在注视着自己。

第二段开头的一部分，让他停了下来。

比如，我认识一位文采出众的姑娘。追逐文字梦想是她最大的欢乐。她极为幸运，拥有一位不仅支持甚至还鼓励她圆这份梦想的丈夫。而丈夫的大部分时间都在练习音乐，夫妻二人无比幸福地生活在一起。

如果有可能，我要鼓励每一位年轻姑娘，在考虑婚姻问题时，要突破社会阶层的局限，试着了解未婚夫如何看待自己的天分或才能。如果你愿意这么做的话。

科林一脸惊愕，抬头看着梅里："你是说……"

她的双颊绯红。"我不该写这个的。我不知道自己怎么了。"她把那几页手稿从桌上一把夺过来，"我会再改改。事实上，我会重新写一篇。你没必要再读下去了。"

"我不介意再读。我想继续读。"他伸手去拿手稿，但她放到身后去了。

"既然这是你最后一次来这里，你就不用管了。"她退到门口。"姑妈给你写好了一封推荐信。请等我一下，我马上给你拿过来！"她急忙穿过房门，跑下大厅去。稿纸在手里飘动着。

科林开始追她，然后又在门口停下来。他肯定她是用文章给了自己一个范例，但为什么又改变主意了呢？

他将手插进口袋里，踱回桌前，盯着桌面。基普乐先生的来信就躺在墨水池边。他低下头，看着那折起的信。他能这么做吗？

当然不能。

可是，或许信的内容能稍微解释一下梅里的行为。

他伸手展开信纸，同时注意听着她的脚步声。

机不可失。快点。

他飞速读完最后一段。

您的文章使我刊大受欢迎，为表达我们的谢意，《基普乐之家周刊》诚邀您出席9月11日周六晚在俄里翁酒店举办的晚宴。当日晚八点，我会亲自在门口迎接您。

一股心疼的感觉电流般传遍全身。成功触手可及，但又似乎缥缈无踪。因为本特利先生这个人根本就不存在。科林不知道梅里该如何拒绝这份邀约，同时又不丢掉写专栏的机会。

会客厅里响起的脚步声把他从沉思中惊醒过来。他放下信，转过身去，梅里正好拿着一封信走进音乐室。

"这是给你的。姑妈和我……"她停顿了一下，"你的离开让我们感到惋惜。"

悔恨的话压在嘴边。"谢谢你，我很珍惜在这里的时光。"他的声音听上去正式而漠然。如果能回到提出辞职的那一天，他一定会收回自己的话。他确信，基普乐先生的信打破了她的希望，而自己也不能继续帮助她了。

梅里朝他疲惫地笑了笑。"是的。我也很珍惜。"她抬抬右手，继续说，"如果我现在会弹《婚礼进行曲》就好了，但被这事儿耽误了。"

他努力挤出笑容。"啊，没事，你的左手伴奏已经弹得很完美了。"他感到自己喉咙发紧。如果不早点走,只会更尴尬。男人不会在人前流眼泪。"等到时机适宜了,你肯定能分毫不差地弹出整首曲子。"他把装着丹特利夫人推荐信的信封塞进胸前口袋,"再见了!梅里。"

梅里站在窗前,目送科林策马离开。她感觉四肢发沉,就像刚刚走完很远很远的路。

如果没给他看过那篇文章就好了。从他翻到第二页时脸上那诧异的表情来看,她就知道,他从没想过有可能与她成为夫妻。她做了那么多不好的打算,都没有比这更糟的。

基普乐先生的信还在书桌一角。不管怎么样,没了科林扮演本特利先生,她开始怀疑自己是否还有机会继续给《基普乐之家周刊》撰写文章。一两个月前,这还是她心中无比重要的一个目标,而现在,一切都无所谓了。

生命中没有科林,一切都无所谓了。

她把信放进口袋,穿过房间,拖曳着脚步往后花园走去。她绕过日晷,沿着花坛间的小路走到橡树下的长凳处。她最爱在这里沉思。

夏蜡梅白色的花丛间,小蜜蜂们在辛勤地忙碌着。一片荫凉下,她倚靠在长凳上,呼吸花朵的香味。鹩鹩们在头顶上方的树枝间飞来飞去。

她发出一声疲倦的叹息。不管她有多难,也不能无视基普乐先生的来信。最晚明天就得给他恰当的回复了。她咬着下嘴唇,知道自己还有两个选择。要么找理由拒绝赴约,要么接受邀约并解释本特利先生没能出席的原因。

她做好了决定,然后站起身,走到 9 月的艳阳下。

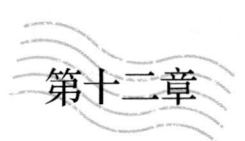

第十二章

"伊莎贝拉姑妈,我能跟您说几句话吗?"梅里在姑妈书房门口忐忑不安。想着要跟姑妈说这件事了,她的手心全是汗。

"当然。你没必要这么问。"姑妈绕着桌子走过来,拍拍雕花长靠椅上毛茸茸的垫子,"来,说说有什么烦心事了?"她抓着梅里的手,"是撒克里先生吧?你越来越喜欢他了。"

"那样是不是很不好?"

"我不觉得。"

一瞬间,梅里内心欢欣雀跃。"我从没想过……我以为您想让我嫁给一位上流社会的男子。"

"那是你父亲的想法。我照顾了你整个夏天,尤其是在舞会上——我更加确信,安静的人更适合你。社交不能让你快乐。"

梅里闭上双眼,深吸一口气。如果她能早知道。但早知道又能怎么样呢?科林要离开并不是她能控制的。"我一直想要试着告诉你,"她低声说,"但现在一切都太晚了。他已经走了。"

姑妈把她搂抱在枕头般柔软的胸前。"如果他在乎你,就会回来的。"她拍拍梅里的肩膀,"等着看吧!"

梅里依偎在姑妈温暖的怀抱里,希望她能知道自己对这事的想法。伊莎贝拉姑妈没有看到科林读那篇文章时的表情,他迫不及待想要离开。

过了一会儿,梅里坐起身来,把手放在腿上。"我今天早晨来找您不是为了撒克里先生,"她停顿了一下,"我是来问问您,能不能让彼得斯先生周六晚上送我去俄里翁酒店。"

"为什么要去那儿?"如果梅里说自己要去参加舞台试镜,那姑妈一定能惊讶坏了。

她挺直肩膀。这一刻终于到了。"我有一件事一直瞒着您。"心"怦怦"跳着,她原原本本地向姑妈讲述了自己为《基普乐之家周刊》写文章,又让科林参与其中的事情。

"那我现在知道为什么周一也要上课了!"

梅里点点头,感觉脸上滚滚发烫。"我从没想过会变成这样。基普乐先生邀请我——不如说,本特利先生——周六去酒店参加晚宴。"

伊莎贝拉姑妈惊讶地扬起一条眉毛,上下打量着梅里,嘴角又浮起一丝微笑。"本特利先生缺席,你该怎么解释呢?"

"我还不知道。我会想办法的。"

"你决心要去?"

"是的。"姑妈那关切的语气让她又有了勇气。

"我不能答应。一位单身女子独自——太不安全。"

她像泄了气的皮球,瞬间没了勇气。"彼得斯先生会跟我一起去的！"她希望自己的话听上去比实际上要自信些。

"彼得斯要照看马车！说不准在酒店里会发生什么事情。"

梅里站起来，朝门口走去。一切想法都陷入绝望的泥潭。还没走到门口，姑妈又说话了。

"现在说这些也没用了。我陪你去！"

梅里转过身，撞上姑妈闪闪发亮的目光。"真的吗？"

"我不会错过的。那样一个夜晚比为女权运动会议写日程要有趣多了。"

梅里飞奔着跑到姑妈身边拥抱她。"谢谢您！我现在就跑去楼上写信答应下来。"

她离开书房后，慢下了脚步。写信太简单了。

她希望自己知道那天见到基普乐先生时该说什么！

日子慢吞吞地往前走。周六那天，梅里坐在花园里，发现自己竟然在想科林。即将与编辑的会面让她想起与科林一起去镇上的那天。而现在，他已不在身边。尽管伊莎贝拉姑妈一片好意，她还是想单独见见基普乐先生。她将自己陷入如此困境，就得自己解决。

跟瓦格纳夫人喝杯茶或许会好些。她朝屋里走去，发现草坪旁边蒲公英的绒毛已经没有了。那些比空气还轻的种子，已经飞到其他地方落地生根了。梅里走进厨房时，瓦格纳夫人正站在烤炉前，用她那裹着毛巾的手举着烤盘。她转过身，微笑着。

"来得可真是时候。我刚从烤炉里取出你最喜欢的小甜食——杏仁曲奇。"

"闻着好香啊！谢谢您。"梅里在厨台旁的椅子上坐下。"我是来找点乐子的。曲奇和茶就管用。"

"在为今晚的事情担心吗?"瓦格纳夫人把曲奇放到窗台上冷却,然后从火炉架上取下茶壶,倒了两杯茶。"您能把写文章的事情告诉姑妈,我觉得很了不起!这次见面一直让她既兴奋又紧张。"

"我也是,或许处境不同吧!我好像《圣经》里的丹尼尔,马上要走进狮子的洞穴了。"

"上帝与丹尼尔同在!也与你同在,亲爱的。"

"我知道,可我就是忍不住担心逃跑之前被狮子咬得发痛。"梅里走到窗前,从烤盘上拿起一个曲奇。温热的饼干在她的舌尖融化,"唔……"

瓦格纳夫人斜倚着厨台,双手交叉放在腰间问道:"您打算怎么跟基普乐先生说?丈夫病了,跑了,还是死了?"

梅里一动不动地看着车道。还有不到两小时,姑妈的马车就会在这里候着了。她摇了摇头。

"都不是。"

梅里从衣橱里取出上次跟科林一起见基普乐先生时,穿的那件黑棕条纹的裙子。她把衣服套在圈环上,系紧上衣扣子,又打开帽盒,取出一顶仅有天鹅绒花边装饰的普通黑草帽。她不让自己看上去花哨,也不想太女性化。

伊莎贝拉姑妈站在门口,看着她把帽子戴在盘好的发辫上。

"如果你勾几缕鬈发出来,还会好看一些。"她眨眨眼睛,"或许你可以用魅力征服他,让他愿意听你说话。"

"等他听了我说的话,就不一定觉得我有魅力了。"她跟随姑妈走到马车道,彼得斯已经驾着敞篷马车在等着了。

一路上,她们都没有说话。梅里那戴着手套的手一直叠放在腿上。直到最后时刻,她才告诉姑妈,她想单独与基普乐先生见面。

马车转到迪尔伯恩大街时,她看到了右首边四层楼高的俄里翁酒店。太阳已经落山了,在双扇门外的柱式入口处,街灯照出基普乐先生矮矮胖胖的身形和他那姜黄色的胡须。

梅里的内心胶住了一般。

姑妈牵起她的手,指着那人问道:"是他吗?"

"是的。"梅里的声音在发颤。

"他看上去没那么可怕啊!"

彼得斯先生从马车夫那高高的位子上跳下来时,马车颠簸了一下。他打开车门,梅里向前抓住他的胳膊。

"我应该先去,"伊莎贝拉姑妈说,"我想跟那位编辑说一点儿他的策略问题。在给他的杂志写文章方面,女性应与男性享有同样的权利。"

梅里往门口斜斜身子,不让姑妈出去。"我自己去,您在车里等我吧!"她慌慌张张地下了马车,沿着砖石小路来到基普乐先生身边。

"梅里,回来!"

她不听姑妈的话,将手滑进那位有些吃惊的男子的臂弯,拉着他经过门卫,走进人山人海的大厅。

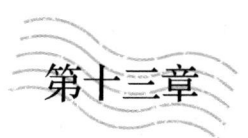

第十三章

梅里知道,过不了一会儿,姑妈就能追上来。她牢牢地抓着基普乐先生的臂弯,经过好几群穿着考究的客人,往高高大厅旁边的侧室里走去。跟随父母在酒店里居住多年,她相信那里肯定是能让人说话而不被打扰的地方。

"本特利夫人,这太反常了!我告诉您丈夫我会在门口等他,这样他就找不到我了。"他扬扬手,指了指他们身边的豪华休息区。

她的心怦怦直跳。她扭头往外看看,确认姑妈还没跟来——周围没有穿黑色绸裙、身材圆圆胖胖的女士。她松开抓着编辑的手,从手袋里取出他最近写的那封信。

基普乐先生接过信,浏览了一遍,皱着眉头对她说:"这是给您丈夫的信,我是邀请他来赴宴的。"

"您还提到为杂志写每周专栏的事,是吧?"梅里屏住呼吸。

"没错。"

"文章刊发后收到的读者反馈很让您满意,是吗?"

他换上一副高傲的神情说:"是的!那么如果您不介意,我要去门口候着了。希望没跟您丈夫错过。"

她又从手袋里取出几页手稿。"请您再看看这些。"

像是哄孩子一样。基普乐先生展开稿纸，开始读第一页，然后是第二页。他的眼珠左右来回动着，直到他读完最后一篇。过了一会儿，他抬头迎上她注视的目光。"写得很棒！您丈夫描写女性很有一套。我非常乐意带上这个，就不必麻烦他再邮寄了。"

她握紧拳头，扬起下巴，鼓起全部勇气，说道："我没有丈夫。"

"怎么可能？我7月份还见过他。"他脸上闪过一丝担忧，"您……您没事吧？需要我帮您找个医生吗？"他朝熙熙攘攘的大厅走了一步。

"谢谢您，不需要。我一点儿都没事！"她毫不畏缩地注视着他，"那是我写的，基普乐先生。以本特利先生之名发表的每一篇文章，都是我写的。"

她走到一张摆放着丝绸花束的圆桌前，从手袋里拿出一只铅笔盒和一小张纸，然后写下"虔诚婚姻的共同馈赠"。她把标题拿给基普乐先生看。"如果您愿意的话，请对比一下笔迹。是一样的。"

他盯着她一动不动。这里一片安静，大厅里的欢声笑语都隔绝在外面。那张纸飘落到了地板上。

"没想到啊！被一个小姑娘骗了，"他揪着胡须，"您为什么不一开始直接告诉我您的真实身份？"

她后悔没听姑妈的话，穿点更少女的衣服。如果她需要魅力，那就是现在。

"先生，我一开始没打算撒谎。我总是把名字写成 M.M. 本特利。您把我当成男士的时候，我很担心您知道真实情况后就不愿再采纳我的文章了。"她揉着脑袋，发卡都松了她也没留意到。"真的很抱歉！我从没想过会隐瞒成这样。如果您不想再用一位未婚女孩写的结婚主题的文章，我也能理解。"

他刻板的脸上迸出一抹微笑，"怎么可能，我……"

"我是不是迟到了，亲爱的？"科林冲了进来。他穿着黑色双排扣上衣、灰色条纹长裤，高高的白色衬衫领子下方还系着一个新式的黑色蝴蝶结。

梅里的心跳似乎都停止了。她往后退了几步，陷进一张天鹅绒长靠椅，"你来这里做什么？"

"按照约定会见基普乐先生啊！谢谢您在我不在的时候陪着他。"

他来了。来帮她。

基普乐先生一脸惊愕。"本特利……先生？"他看看梅里，"但是她……"

梅里站起来，把手放在科林胳膊上。"我已经告诉基普乐先生真相了，没有本特利先生。"她转过身，也看着那编辑。"这位是撒克里先生，这件事不是他的错。我违背他的心意，说服他来假扮我的丈夫。"

科林把手伸过去，环住梅里的腰。"我想用我的方式结束这种假扮，玛丽格尔德·蒙哥马利·本特利小姐。不好意思，基普乐先生，您能让我们单独说几句吗？"

"当然，"编辑一边小声说着一边往大厅走去，"玛丽格尔德·蒙哥马利？也难怪……"

他走后，科林带梅里坐到靠椅上。"你告诉他真相了，"他的眼神里有一种她读不懂的情感在闪烁，"我为你感到骄傲。"

"谢谢你！我只有坦白了后才能自感骄傲。"

他离她很近，那种温暖的感觉让她浑身有电流穿过。"怎么……你怎么知道这次会面的？"

他的脸红了。"我也要坦白。周一那天你离开音乐室的时候，我看了基普乐先生的信。"他用双手握住她的手，"我爱你！梅里。我不能让你单独见他。"

现在，她读懂他眼神中的情感了。爱。科林爱她。

"不论我们有多少差别？"她屏住呼吸，等他回答。

"选择比习俗更重要——这不是你在'虔诚婚姻的基石'那篇文章中暗示的吗？"

"所以你是注意到了。"她弯弯嘴角，逗弄似的笑了。

"每一词每一句。但我过了一段时间才敢确信你的意思。"

"我从无假话。"

"那么回答我。"他把她拉起来，抱住她，"你愿意做我的妻子吗？"

她依偎在他臂弯里，小声回答："愿意。"

他用拇指抬起她的下巴。"请大点声。"

"愿意！"

他那英俊的脸与她仰起的嘴唇越来越近。一个漫长而缠绵的吻，心里似有小鹿乱撞。她倚靠在他怀中。

"有人为我们演奏《婚礼进行曲》之后，你愿意再给我上几堂课吗？"

"一辈子都愿意！如果你不介意那家太简朴。"

"家怎样无所谓，我爱的是你。不管住在哪里，我都会感到幸福！"梅里甜蜜地叹了一口气，更贴近科林一些，再次亲吻他。

亲爱的读者：

我之所以喜欢写历史小说，是沉迷于描述现代女性对旧时代女性的憧憬。如同在《蒲公英的愿望》中，科林问梅里是否想"像黑尔夫人一样"成为作家。

尽管梅里和科林是虚构的人物，撒拉·约瑟·黑尔却是真实存在的，她是一个了不起的人物。1822年，她生下第五个孩子不久，丈夫就与世长辞了。撒拉面临着坚持工作与养家糊口的困境。在那个年代，女性没有多少机会。她曾在女帽店工作，后转向写诗歌，终于凭借长篇小说《诺思伍德》一炮而红。

在小说上取得的成功，让她得到了在《妇女杂志》（后发展成为《歌迪女士手册》）做编辑的机会。在我的虚构小说中，梅里给《基普乐之家周刊》投稿的那个时候，撒拉已经在《歌迪女士手册》工作二十余年了。

如今，时尚杂志《歌迪》被视为现代杂志真正的起点。在撒拉生活的那个年代，她用其编辑的身份影响着公民价值、文学、文化生活、居家、女权和女性责任。此外，撒拉编写了大量的文章支持确立感恩节。在她长期不懈的努力之下，1863年，林肯总统宣布，11月的最后一个周四定为全国性节日——感恩节。

有趣的是，尽管撒拉一直在《歌迪》工作了四十年，她还是鼓励女性读者们待在家里，以妻子和母亲的身份发挥自身的影响力，塑造自己的世界。

　　如今，新闻资讯昼夜更新，邮件推特等轮番轰炸，单凭一本杂志吸引大量女性关注的时代已经一去不复返了。

　　如果你是梅里，回想一下她那份对于写作的执着。文字付梓出版后，她成了为数不多的成功女性之一。

　　诚然，那是振奋人心的目标。

真诚的
安·肖雷

安·肖雷把一生中的大部分时间都用来收藏各种故事。她已经全职写作二十余年，文章见诸《心灵鸡汤》《一杯慰藉》等系列图书。小说处女作《光之彼岸》是贝尔登·格罗夫家庭系列的第一部，于2009年1月问世。该系列的最后一部《梦醒时分》2011年1月出版。肖雷的最新作品《真心姐妹》系列，与《野花盛放》一起在2012年1月问世。该系列的第三本《爱情甜蜜起航》2014年2月出版。在为这些书撰写致谢词时，她总是情不自禁地提起皮特的咖啡和德芙巧克力。

写作之余，肖雷还在当地学会教授历史研究、故事主线和其他有关小说写作的基础性课程。她与丈夫定居在俄勒冈州南部。

肖雷喜欢与读者交流。您可通过她的网站（www.annshorey.com）、博客（http:annshorey.blogspot.com/）或Facebook（http://facebook.com/AnnShorey）与她取得联系。

One Little Word

小小世界

阿曼达·卡伯特

致参与此书付梓的每一个雷维尔同人

很荣幸入选雷维尔出版社首本中篇小说集。

✉ 书信奇缘

我要教导你，指示你当行的路。我要定睛在你身上劝戒你①。

《诗篇》32：8

---

① 此译文选自1976年《圣经》新译本。

第一章

纽约市

1892年5月

"你还能做点什么?"

洛兰·考德威尔不想逃避。这个问题,她已经向自己问了十几遍了。

尽管刚吃完早餐才一小时,洛兰去办公室找安布鲁斯叔叔的时候,叔叔又让仆人送来一盘糖霜糕点。他伸手拿了一块塞进嘴里。"我不想听上去那么残忍,亲爱的!但你得现实点。养你这么大,就是为了让你嫁给一个有钱人。会弹钢琴、画水彩画、组织聚会,都不代表你能养活自己。没人会为这些才艺埋单。"叔叔咬了一口糕点,又喝口咖啡咽下去,接着说道,"叫我看啊,你别无选择了。你必须在9月14日之前嫁给罗伯特·西姆斯,要不遗产就会被你堂哥继承了。"

这两个选择都让洛兰心烦意乱。罗伯特爱她父母的家产远远胜过爱她,而艾伦堂哥肯定只会把考德威尔家的财富挥霍一空。一定还有什么别的办法!问题在于,尽管过去几周里,洛兰一门心思地想着这件事,却还是跟一年前一样毫无头绪。

上帝啊,求您为我指明您安排好的路吧!她已这样祈祷无数遍了。之前没有答案,现在也不会有。

没过一小时,女佣就敲响了洛兰的起居室的门。

"洛兰小姐,有您一封信。"

他在哪儿?火车缓缓停下,发出尖厉刺耳的声音。她凝视着窗外,默默地问自己。迈克在信里写得很清楚,是这座名叫普拉图·福尔斯的小车站没错。两年杳无音讯,不知道他在哪里、是死是活。她那深爱的哥哥,曾经是那么的精力充沛,那么的开心快乐。现在,他们很快就能重聚了。因此,洛兰一直在一分一分地数着火车抵达的时间。现在火车到站了,还是没看到他。

从纽约来的路上,她一直欢欣雀跃。但一下火车,那种兴奋就烟消云散了。她根据迈克的指示,来之前给他发了一封电报,告诉他火车抵达的时间。然而,当行李员把她的行李卸下来放到旅行包旁边时,洛兰环视了月台数次,还是没看到他的影子,谁的影子都没有。她无奈地叹了口气,朝车站走去。当然,侍从可以安排车辆送她去丁香花庄园。她扶着车站的门,转身回望一眼。就在这时,她看到一辆马车从东边驶来。

那是一辆再普通不过的马车,她常见农夫们用这种马车在镇上往返运送货物。唯一不同的在于马车的颜色。这辆马车被漆成紫色,那种丁香花似的淡紫色。这绝非巧合。诚然,她没想到会是这种车来接,但无论如何,迈克来了。

洛兰的心瞬间轻快起来。然而,她随即又低沉了下去——驾车的人并不是迈克。这人头发的颜色更深,身材稍高几英寸,也比迈克消瘦一些。不管是谁,都不是她哥哥。

尽管驾车人不是哥哥,但毫无疑问,从马车旁边印着的"丁香花庄园"几个黑色大字来看,这辆车属于迈克住的那家旅馆。那人下了马车。洛兰看着他,禁不住眨了眨眼睛。什么地方会派穿成这样的人来呢?他没有剪裁合体的制服,反而穿着一件颜色斑驳的夹克,从他那无比宽大的肩膀上松松垮垮地垂下来,一条裤腿上还粘着一块油污,手上戴的手套也不是同一副。他没戴帽子,棕色的头发露在外面。噢,迈克,你过的该是什么样的日子?

"您一定就是洛兰·考德威尔小姐吧?"车夫说道,英格兰口音很重。他与一般的工人不同,说话颇有教养。

"是的,我是。"她冷淡地回答道。这种语调是母亲教给她对待仆人要用的。洛兰吞咽了一下,试着扼制自己的想法——这个穿着邋遢的男子,可能是她见过最英俊的人了:他的五官像是完美雕刻出来的一样,散发着贵族气息。即使是罗伯特·西姆斯这样受过最佳教育的世袭贵族也没有这种感觉。"我还以为我哥哥会来。"

那车夫耸了耸肩膀说:"迈克让我替他过来。"

"您是说考德威尔先生?"如果说贵族小姐有什么看不惯的,那无礼是算得上的一个。

他似乎感到很好笑。"迈克,"他强调着这个名字,"现在在忙。但您无须担心，考德威尔小姐。我完全可以把您送到丁香花庄园。"

"我相信你会，您叫……"她的声音渐渐变小，希望他能告诉她名字。

"姓曼，但您也可以叫我乔纳。大家都这么叫我。"

"好的，乔纳。"洛兰指了指脚边的两个包，说道，"这些包和那行李箱是我的东西。"

不费吹灰之力，他就把行李箱搬上了马车后面，然后帮洛兰上了马车。之前曾有很多人将胳膊环在她的腰间，之前也曾有很多人把她抱起来。但他是第一个，能用这么简单的动作就让洛兰血脉贲张，热浪滚滚。她要嫁给的那位罗伯特就从没让她有过这样的兴奋感。

"这里离丁香花庄园有多远？"洛兰问道，试图用个寻常的问题掩饰她的过敏。

乔纳的眼神告诉她，他已经注意到了她绯红的脸颊。多么尴尬啊！"驾车大概十分钟吧！沿路的乡村风光很美。但不凑巧的是，丁香花还没开。如果您能在这里住上三到四周，就能看到盛放的丁香花了。"他的话稀松平常，只是说话的口吻和投来的目光意味深长。乔纳·曼似乎觉得他俩是身份相当的，可他明显是个仆人。

"我不想在这儿住那么久。"洛兰简短而漠然地回答道，不愿多做解释。事实上是，她打算在普拉图·福尔斯一直住到说服迈克跟她回纽约。

乔纳弯起嘴角微笑道："您可能会改变主意的。迈克就是这样。

他看到那副景象，以为自己只会待上一周左右，后来觉得是几个月。而到现在，已经过去一年半了。"

没有人知道。洛兰一直在担心哥哥，不知道他人在哪里，过得怎样。他以前最多也就离开家几小时。"我不明白，他怎么能在酒店里待这么久？"她本不愿说出自己的想法，但这想法就是情不自禁蹦了出来。

"或许，他在这里找到了一直在寻觅的东西吧！"

这毫无道理。"迈克在家什么都有。"

"您确定吗，洛兰小姐？"

她转过身去，想要指责他的无礼几句。但他那自信的笑容让她清楚，他会像拎起行李箱一样轻松地将她的不满抛诸脑后。所以她什么都没说，只是目不斜视地盯着前方，好像在欣赏美丽的风景一样，同时无视这位明显不知道仆人要言谈得当的无礼男子。

大概十分钟后，他驱车从主干道转向一条蜿蜒小路。乡下的环境比她想象中要优美一些，山峦微微起伏，树梢抽出新芽，小路两边则是一排排的灌木丛。灌木丛那心形的叶子表明，这是丁香花无疑。丁香花盛开的美景立马浮现在她的脑海里。她深深地吸了一口气，希望自己能闻到一些花香。这太傻了，等到丁香花开的时候，她肯定已经离开了。但她能让詹金斯从花市上买一束回来。

他们沿着蜿蜒曲折的小路行进着，然后到了一个岔路口，左边的路更窄一些。乔纳继续在主路上驾驶，让马儿拐了最后一个弯就到了。见过乔纳的衣衫褴褛，洛兰还以为会是一栋破破烂烂的房子呢！但眼前的却是希腊文艺复兴时期风格的豪华大庄园。房屋似是由白色大理石建造而成，可以说是洛兰见过的最漂亮的建筑了。六个两层楼高的爱奥尼亚式柱子支撑着入口处的三角墙，将宽敞的门廊下长长的窗户框了起来。不论在哪里，这座房子一定都是美轮美奂的。但它坐落在这一望无际的草坪，被丛丛丁香花环绕，简直美得无与伦比。

那位站在门口台阶朝她挥手的就是她哥哥了。洛兰看清是他，眼睛都放大了。迈克比她记忆中瘦了一些，头发长了一些。但最出乎她意料的是，那个通常穿着考究的哥哥，现在竟然穿着几乎跟家里厨师一样的制服，还揽着一位像是洛兰洗衣女工一样的高大的金发女子。迈克有这么多财产，到底为什么要当个厨师呢？这位洗衣女工又是怎么回事？

"洛兰！"哥哥抓住那个女人的胳膊，朝着马车小跑过来。"真高兴你能来！"他伸出手，把洛兰从包车里抱下来，又紧紧地抱了她一会儿。那一会儿，洛兰知道，不管是什么原因让他来到这里，不管他的模样如何变化，他都是他的迈克哥哥，是她疼爱了一生的男人。

她歪歪头看着他的眼睛，然后笑起来。"为什么觉得我不会来呢？你写最后一个字的时候都在确认，不是吗？"迈克的信就放在她随身的手袋里。尽管那短短几句话她已烂熟于心，在火车上时，她还是拿出来读了好几遍，反复回味哥哥精细的字迹。

"我希望你能来。"他坦诚道。他拉过那位金发女子，搂到身边。"我来跟你介绍一下，这位，也就是我想让你来丁香花庄园的原因。"

他看着她的时候,笑容无比灿烂。"这是贝蒂·弗里曼。我们明天下午就要结婚了。"

第二章

他没想到她这么漂亮。乔纳皱着眉头,打开工作坊的门。过去一年里,他都在这间房子里做工。他知道,她就是人们口中"那个"纽约考德威尔家族中的一员。他本就估摸到,洛兰会是一位趾高气扬、娇生惯养的小姐,事实果真如此。但他没料想到的是,与迈克不太相像的洛兰竟如此美丽,简直不可方物。乔纳从不喜欢深棕色的头发和巧克力色的眼睛,从不在乎任何一位他抱上马车的女性,也从不渴望认识一位纽约社会名流。洛兰·考德威尔在他脑海中挥之不去,简直没有道理。

他点亮灯,朝工作台走去。拿起一块木头,乔纳笑了。这就是他来这里的原因:那八块上完胶、固定好的椴木就差凿型、雕刻了。用不了几小时,他就能雕刻好旋转木马里最重要的一匹马的马腿。

他的旋转木马!一想到这个,乔纳紧皱的眉头就舒展开来,脸上露出开心的笑容。就算洛兰·考德威尔把他看作贵族脚下的泥土又怎样?就算她对他衣服上的油污露出嫌弃的神色并扬起那精心描画的眉毛又怎样？这都不重要。重要的是，他在这里，将一生的梦想付诸现实。

乔纳把木槌放在凿子上，凿了第一下。他没理由一直想着洛兰。他应该见不到她第二面了。迈克和贝蒂一结完婚，她就会离开了，也就永远离开了他的生活。这正是他所希望的。同时，他也希望迈克不后悔邀请他妹妹过来参加婚礼。迈克好像出生于此地一样，很快地适应了这里的生活，但洛兰不会。

乔纳后退后一步，仔细观察了这块木头，然后才凿了第二下。他甚至觉得这里很少有人知道，迈克是数年前在一场马车事故中遇难的纽约名流弗雷德里克·考德威尔和阿德莱德·考德威尔的儿子。尽管有时候乔纳也会想，为什么迈克来到了这小小的旅馆？但他不会过问。更重要的是，乔纳理解摆脱家族职责有时是必要的。不管怎么样，在过去的四年零十个月的时间里，他自己就是这么做的。两个月之后，他就要回特雷伍德了，去过祖先们为他择定的生活。但首先，他得完成这个旋转木马。

他面带微笑，打磨着马腿边缘。乔纳想着，就算他永远都无法再回美国，这些五颜六色的马儿也能继续为丁香花庄园的旅客带来欢乐。可想到洛兰·考德威尔骑在其中一匹马儿身上的画面，他的笑容就淡去了。简直愚蠢！他怎么又想起迈克的妹妹了呢！她对他的态度已经很明确了。无比明确。在她眼中，他就是个仆人，不值得她的任何关注。

她怎么看待他并不重要。但乔纳承认，如果她知道自己不屑一顾的这位工人，实际上是未来的特雷伍德子爵，家族史可追溯到查理曼大帝时期的乔纳·曼德雷，表情一定特别好笑。那也不重要。重要的是这位拎着精致压花行李箱的小姐，不要毁了迈克和贝蒂的大喜之日。

想着想着，乔纳雕完了一条马腿。他将注意力转向另一条成形的马腿，试着抛开盘旋在脑海中的琐碎小事。不知怎的，他就是无法不去想那个压花行李箱。LMC。第一个字母和最后一个字母肯定没错——分别是洛兰·考德威尔名与姓的首字母，那么 M 代表什么呢？玛丽？玛莎？玛格丽特？还是什么其他的？这些也应该是不重要的，但就是让他这么关注。

"我不明白。"洛兰坐进一张异常舒服的椅子里。迈克告诉他，这是间仆人的会客室，能有这么舒服的椅子，简直奇怪。这里还有很多事情她不明白，其中一件是这座庄园里的很多房子都空着，迈克偏偏给她安排了一间特别小的客房。还有，她是他妹妹这件事，他只告诉了贝蒂和乔纳。然而，跟一个困扰了她两年的事情相比，这些都不算什么。

"你为什么离开我？"

迈克缓慢地摇摇脑袋，一缕头发掉落在额前。他说道："我没有离开你，洛兰。我只是离开了一种我不想拥有的生活。父母亲尚在的时候就已经够糟了，他们走后，安布鲁斯叔叔搬到了家里……"他的声音渐渐变小了，让洛兰想起哥哥和叔叔总是激烈争吵的那段日子。幸运的是，在父母丧生于马车事故之前，迈克就拿到了他那份遗产，所以叔叔并没有抓着他不放。

迈克不耐烦地把头发拢到后面。"我不想在那个只能看到贝蒂是个洗衣女工的世界里,更不想融入他们之中。父母亲所认识的每一个人都会跟你反应一样。"洛兰还没来得及辩解,迈克又继续说,"别否认。你见到她时,我看见你的表情了。"

"我很惊讶。大吃一惊,实际上是。"

"别试图粉饰了。你是反感。"

洛兰没意识到自己的情感流露竟然那么明显。"抱歉!真的,我很抱歉。"她永远都不愿让自己的哥哥伤心,"是那个无礼的乔纳·曼让我很生气。"

"乔纳是个好人。他也是我留在这里的原因之一。"

"好人"绝不是洛兰用来形容他的词语。傲慢自大、盛气凌人,英俊得不像话。当她意识到乔纳·曼占据了自己那么多思绪,洛兰叹了口气。"那个人不知道自己的身份,但我们不要说他了。我不懂你,迈克。你本可以继续在银行工作,有朝一日当上行长,还能在一众女孩中挑一个做妻子。"

哥哥摇摇头,他那双蓝眼睛严肃地看着洛兰。"我从没想过做个银行人。我还是小孩子的时候,就一门心思地想着做厨师。你不记得,我偷偷跑到厨房去看他们做饭吗?"

洛兰点点头,想起那个时候,迈克会给她拿来曲奇,骄傲地告诉她这些曲奇是他帮忙做的,但不能告诉母亲。

"我喜欢做饭,"他继续说,"我也擅长做饭。我真的相信这是上帝的安排,正如他安排我娶贝蒂一样。"迈克的嘴角浮现出洛兰从没见过的那种微笑,"贝蒂的祖先或许不是乘坐五月花号来的,但与父母亲想让我娶的任何一个上流社会小姐相比,贝蒂让我更幸福。"无论是迈克的真诚,还是他说起贝蒂时的心理流露,都是确凿无疑的。

"很抱歉我表现得这么势利。"洛兰说道,歉疚感像科尼岛上的浪花一样袭来,"你应该是幸福的,哥哥。"

"你也是,妹妹。"再重温多年前两人之间的称呼,迈克咧嘴笑了。但他的笑容随着一句话消失了,"我想安布鲁斯叔叔是想让你嫁给罗伯特·西姆斯吧?"

洛兰点点头,肯定了哥哥的猜测:"这也是我为什么来的原因。我想弄清楚我该怎么过这一生?"洛兰看着哥哥,感觉泪水在眼眶里打转,"我不像你这么幸运,迈克。我不确定上帝对我有什么安排。我只知道我的生命一定有嫁给他以外的意义。他重视我,只是因为我能帮他还清家族贷款。可我希望被爱。"

"你也应该被爱。"迈克沉默了一会儿,"或许你该换换环境了。你有没有想过去趟英格兰?追溯一下家族历史,看看母亲的故事里那个叫马克斯韦尔的人是否真是一名贵族。"

洛兰知道哥哥是想帮她,但这不是解决问题的办法。"母亲一直期望我能嫁给一位伯爵或公爵,或有什么其他爵位的人。但我不在乎。"

"那你为什么不留在这里呢?我和贝蒂度完蜜月回来之后,我们可以再商量。"

一丝希望的火苗在洛兰心底点燃了。或许这就是她需要的,在不同的环境中用更多的时间来思考。

"好的,我留下。"

第三章

洛兰在肩头裹上一条披巾。这紫红色和金色相间的佩斯利涡旋纹花呢,总是能让她精神百倍。今晚,她不仅需要这份精神,柔软的羊毛还能带给她温暖。晚餐美味可口,说明迈克立志成为一名厨师的选择是正确的。他远不只是一名厨师,更是一名了不起的大厨。有人可能认为,鱼杂烩汤、新鲜出炉的烤面包和大黄派怎么都行,但精心的烹调能让这些佳肴风味更加独特。

食物妙极,服务无可挑剔,餐厅装饰也极尽精美。但当洛兰享用迈克烹饪的美味佳肴时,总觉得少了点儿什么。或许是因为这里客人寥寥无几吧?除了她自己,只有三对夫妻。四小撮人坐在餐厅的四个角落里,尽管房间布置保障了各自的隐私,让人没机会听到其他客人的谈话,但对洛兰而言,这显得有些孤单。这种孤独感一直持续到晚餐结束。迈克邀请她晚上跟他和贝蒂待在一起,但她不想去打扰。因此,她裹上披巾下了楼,或许呼吸一点儿新鲜空气能让她脑袋清醒一些。

太阳已经下山了。一些星星透过云层在天空中闪闪发光,但没有月亮的身影。这里的夜晚还是跟纽约大不相同。更安静，更祥和，而且奇怪的是让人不感觉孤独。尽管在餐厅里孤身一人，但走到室外之后，洛兰就感到身体里有了一股能量，发现自己很想探索一下迈克一年以来始终唤作家的地方。

庄园右边有一个网球场和一个棒球场地，而马厩在旅馆后面。晚餐前，洛兰在门廊散步时，左首边一个中等大小的八边形建筑吸引了她的注意力。与主建筑不同，这个房屋并非由大理石筑造而成，而只是简单的木质建筑，以其奇特的外形吸引游客的眼球。房屋七面有窗，另一面安装着一扇荷兰式两截门。尽管窗户宽大，房门紧锁，还是有光从门窗边缘透出来，让洛兰知道里面是有人的。

她好奇地推开门，然后倒吸了一口气。虽然她料想到这里会是一个什么工作坊，但绝没想到的是：六七个美轮美奂的木质小马斜靠在墙上，她可从没见过。这已经够让人吃惊了，但工作台前的那个男人更是让洛兰的心漏跳了一拍。

"进来吧。"乔纳说。他那样笑着，梅里都不知道他有没有注意到她的困惑。洛兰第一次看见他破破旧旧、油渍斑斑的衣服时，她还以为他就是个普普通通的工人，从没想过他会是能做出如此美妙物件的能工巧匠。洛兰确定，那些无比漂亮、被刷上油漆的马儿，就是这个拿着木槌和凿子的人的杰作。

当洛兰环视着屋里或做好或没做好的马儿时，乔纳的笑容更灿烂了。"您已经看出来了吧？这是为旋转木马而做的。丁香花庄园的每个人都知道我在这里做什么，但暂时还不能让客人们看到这些马。要等到所有的马都做完,旋转器械安装好之后才可以。帕克先生——也就是这里的主人——答应的。"

乔纳看着她,好像在试着理解她为什么要到这旋转木马的制作室来。他或许觉得是因为她很无聊吧?确实也有点,但主要是好奇心驱使。

"我会为迈克的妹妹破次例的。您愿意在这里待多久都可以,但不要乱摸乱碰。"

他这样倒是显得很大方,尤其是她曾那样对待他。洛兰指着马儿说:"我欠您一个道歉。我不知道这是您喷涂的。"

"还有雕刻。"乔纳举起一块显然要做成马腿的木头说道。他就那么举着,洛兰注意到他手指修长,布满伤痕。看样子,雕刻旋转木马比她想象中要危险多了。

"太不可思议了。"

乔纳耸耸肩膀,好像这些杰作都微不足道似的。"如果您曾见过旋转木马,您就知道,它们应该会很梦幻很漂亮。"

"我见过。每年夏天跟着父母去科尼岛时,迈克和我就会去坐旋转木马。"

乔纳用木槌敲着凿子,从马腿上凿下一小块木片。"那很可能是查尔斯·卢夫木马。"

"我从没听说过旋转木马还有名字。我只知道脑海中最完美的事情,就是坐在一匹木马上跟着它飞翔。木马们的色彩如梦如幻,看上去甚至比真马还漂亮。"

"那一定是卢夫木马了。就是他教我学会雕刻的。"

洛兰走到已竣工的马儿前,细细观赏它们金色的鬃毛和宝石般的缰绳。今天真是惊喜满满的一天——第一次发现哥哥成了一名厨师,还要娶一个洗衣女工;还发现她原以为只是一名普通工人的他,竟然能做出如此精美的木马。"你的更加漂亮。"

乔纳摇摇头,说:"只是跟卢夫的有点儿不同。我的装饰更多。"

洛兰听到了乔纳的提醒,所以并不触碰那些木马。她慢慢地在房间里走来走去,仔仔细细地欣赏每一匹木马。"有的马儿比其他的小一些。"她说。

正在雕刻的乔纳抬起头,回答道:"那是因为它们要放在第二排。第二排的台面比前面的要小。如果里面的木马跟第一排的大,比例就不协调了。"他又把注意力转移到那块木头上去了。不一会儿,木块就成形了。乔纳继续说道,"这会是个小型的旋转木马——只有十二匹马。但我想做成双人座的,有的人喜欢坐在一起。"

想起曾经在科尼岛上的旅程,洛兰皱了皱鼻子说:"迈克就从不想跟我坐一匹马。"

"为什么?您是他妹妹啊!男人都喜欢跟最亲爱的人一起坐。"

她努力想象着自己爬上旋转木马,罗伯特·西姆斯陪在她身边的画面,但却想不出来。相反,不由自主地,自己与乔纳坐在一起的画面,竟然在脑海里挥之不去了。多么傻啊!

她决心把这些愚蠢的想象抛诸脑后,于是,向工作台走去。"您为什么想制作旋转木马呢?"她问道。她从不知道竟然有人喜欢这个,更不知道竟然有人如此擅长设计雕刻这美妙的物件。

"我在家里看到一个。"

"在英格兰吗?"今晚,他的口音听上去更清楚了。毫无疑问,乔纳出生在英国。

乔纳点点头:"虽然我住的特雷伍德没有旋转木马,但我在巴斯坐过一次,就一直难以忘怀。父母以为我早就忘了。但不幸的是,我非但没有忘记,反而几乎沉醉于它。最终我们商定,我应该来美国向某位大师学艺。"

乔纳的回答反而引起了洛兰更多疑问。父亲说人们一旦从欧洲来到美国,就很少会再回去了。但乔纳仍然把特雷伍德当作自己的家,很明显打算再回去。还有就是,他好像是在征得父母的同意下才来到美国的。洛兰猜测他应该比自己年长几岁,做事之前无须经过父母同意的。

她看着乔纳又在继续雕刻的马腿,想象着它被涂上色、安到马身上后的样子——现在的马身子还像一张小桌子。"我想看成品都等不及了。"

乔纳似乎感觉有些好笑,他抬起淡褐色的眼眸看着她说:"您会看到的。我答应帕克先生要在6月1日之前完成,除非您着急回纽约过那空洞乏味的生活,就肯定能赶上揭幕式。"

洛兰深深地吸了一口气,努力不被他的话激怒。他又是那副火车站里放肆无礼的样子了。"您知道我在纽约的生活是什么样子的吗?"

"远超乎您的想象。"他停下来,去凿马蹄后方丛毛处的一小片木头。他再次望向她时，眼神里便没有那种戏谑的意味了，"我知道，您可能会觉得我这么说会有些冒昧，但我还是得说，不管您觉得迈克和贝蒂是否般配，我都希望您别搅了他们的婚礼。

一直到第二天早晨，乔纳的话还在洛兰脑海里回响。他错了，她不会伤害迈克的。就她所知不会。然而，她没能对贝蒂表示欢迎这件事，可能已经让哥哥伤心了。她可以——她也愿意——做出补偿。

半小时后，洛兰敲响了贝蒂的房门。她进去的时候，与贝蒂同住的两个女仆就匆匆跑开了，留下洛兰和未来的迈克尔·考德威尔夫人在房间里。迈克的新娘穿着一件淡蓝色的裙子，虽然明显是旧的，但洗得干干净净、熨得平平整整。她那淡金黄色的头发盘成新式的高髻发型。在洛兰的印象里，新娘们都穿着长长拖地的华美长袍，蒙着精美的面纱，以及佩戴着缤纷闪耀的各色宝石。贝蒂什么都没有。但她的那双闪闪发光的眼睛和微微泛红的脸颊毫无疑问地表明，这是位新娘。

"早上好！小姐。"

洛兰摇摇头："请叫我洛兰吧！毕竟我们马上就是姐妹了。"

"谢谢您，小姐……嗯……洛兰。"贝蒂跟乔纳·曼不一样，她永远不会逾规越矩。她指了指椅子，示意洛兰坐下。洛兰落座后，她才在一张凳子上坐下来。贝蒂紧握着双手，向洛兰附过身去。"我想让您知道，我从没想过迈克这种人会爱上我。他超乎了我的一切想象，迈克是这世界上最善良最完美的男人。"说这话的时候，贝蒂的眼睛里闪着真诚的光，嘴角也一直挂着微笑，

"我第一次见他的时候,心跳得那么厉害,我感觉自己都不能呼吸了。直到现在,他还是会让我有这种感觉。"

"我为你俩感到高兴。"尽管她或许敷衍地说出了这句话,但事实并非如此。看着贝蒂的脸庞,听着她那样讲述,洛兰知道,尽管父母会反对这场婚姻,但迈克和他的新娘拥有她一直向往的东西:深沉而永久的爱。他们或许并不富裕——这会儿洛兰又在好奇,哥哥是怎么把遗产花光了的——但两人都毫不在意。

洛兰清清喉咙,吞下不知怎么挂在嘴边的一些话,从口袋里取出一个小巧的天鹅绒手袋。"希望你今天愿意戴上这个。"

一副钻石耳环滑落到她手心里,贝蒂倒吸一口气。"我不能。这是真的钻石,是吧?"她小心翼翼地触摸着这石头,好像担心会碎掉一样。

洛兰点点头:"这是祖父送给祖母的结婚礼物。"每个耳坠都由三颗钻石组成,细小链条将它们连在一起,做工无比精致,"祖父说,三颗钻石代表着祖母、他自己和他们未来的孩子。"

洛兰总是可以解释得甜美动人,但贝蒂的反应还是不同寻常。她脸上几乎血色全无地问:"如果我把它们丢了怎么办?"

"那几乎不可能。"洛兰拿起一个耳环,举在贝蒂脸旁。然后扭扭贝蒂的脑袋,让她看到镜子里自己的样子,"你自己决定吧!贝蒂,但我真的很希望你能戴着它们。"

"真好看。"贝蒂拿着耳环,脸上绽放出大大的笑容。"我已经有了一对新的蓝色的,"她说,"加上一件借来的古老的东西,这更完美了。"

贝蒂马上答应了,洛兰很开心,但她摇摇头说:"恐怕你得去借点别的了。我想让你留着这对耳环,这是我送给你的礼物。"

贝蒂目瞪口呆,她拒绝道:"我不可以……"

"不,你可以!我坚持。"

第四章

　　呼吸着清晨的空气，洛兰的嘴角泛起笑容。走路的时候，她那塔夫绸衬裙嗖嗖作响，脚踩在柔软的草坪上，几乎没有声音。鸟儿在树枝间啁啾，似乎完全不受她打扰。这是一个美好的早晨，是欣赏乡村风光、品味乡村气息的好时光。洛兰好久都没感觉自己如此自由。在这里，没有别人的期望，没有仆人随时待命，也没有呼朋唤友的午后拜访。尽管安妮不在时，洛兰不能把头发梳得像往常一样好，但她也不介意。丁香花庄园的生活比家里来得更轻松畅快。

　　除此之外，在这里，她也无须留心给哪个人留下好印象。经常光顾庄园的寥寥几个客人，也不属于洛兰和叔叔的社交圈。她暗自思忖，这或许就是迈克选择在这里安居的原因之一吧？几乎没人能认出他，然后去跟安布鲁斯叔叔告状。

　　现在迈克结婚了。一想到这个，洛兰还是感到很惊奇。婚礼非常温馨，只是场面很小，出席婚礼的除丁香花庄园的员工和洛兰外再无其他人。她不知道有没有人注意到，新娘一直在频繁地摸自己的耳朵，确保没把新耳环弄丢。洛兰觉得这动作非常可爱，就像从贝蒂眼里闪烁出的爱意一样惹人怜惜。

切完蛋糕后，迈克和贝蒂就去度蜜月了，员工们也回归了正常的工作。只有洛兰无所事事。一天晚上，吃完一顿绝不能与迈克手艺相比的晚餐，洛兰回到她的房间，想着自己一定不能再去打扰乔纳·曼了。毫无疑问，他的木头房子很漂亮，但同样毫无疑问的是，他不喜欢她。那不重要，洛兰告诉自己，她只需与他保持距离就好了。

早餐后，洛兰走出门去，暗暗决心一定不会去乔纳制作梦幻木马的那座八边形屋子。

她就那么走着，丝毫不在乎清晨雾水渐渐打湿她的鞋袜与衣衫。在丁香花丛间漫步时，洛兰忽然发现自己竟有了一种从没想过的期待。再多住一个月，就能看到盛开的丁香花了，就能坐上装好的旋转木马了，还能——最重要的是——再见到迈克。或许到那时，她已找到上帝为她安排的人生之路。

洛兰告诉帕克先生自己想至少续住到6月初时，他点点头，好像已经料到了她要说什么，并表示希望她享受这段时光。洛兰也希望如此。这也是为什么她开始探索这片土地的原因。

洛兰停下脚步，她皱着眉头，一下子就认出了面前这座房屋。不知怎的，尽管最不想，但她还是不知不觉地走到了旋转木马工作室。她本可以转身离开——她当然可以——但她的手举了起来，敲响了房门。

"请进，洛兰。"乔纳的声音很温暖，对她落落大方地笑着。

或许来这儿并不是什么错误,毕竟现在的乔纳既不像那个说她的生活空洞乏味的傲慢男子,也不像那个在迈克和贝蒂婚礼上一直盯着她不放、好像唯恐她搅局一样的人。现在的乔纳魅力四射。

他正在埋头打磨木马腿,抬起头对洛兰说:"我一直想见到你呢!"

他是吗?洛兰惊讶地眨眨眼睛,乔纳则继续说:"我想告诉你,你能送给贝蒂那副耳环真好。昨晚的晚餐桌上,大家都在讨论那副耳环。"他咯咯地笑了,"迈克一走,谢里尔做个饭可真是捉襟见肘。聊聊那耳环还能让大家忘了吃得有多一般。她好像觉得煮个粥就已经不错了。"

洛兰晚餐时从不吃粥,但这不是她的兴趣点。她注意到的是乔纳的话。"那耳环不是做做样子的!"她告诉他,声音比自己想的都要尖厉。尽管她不知道什么原因,但这个男子就是又把她推到了生气的边缘。如果换个旁人这么说,她会不屑一顾,但她想要反驳乔纳,想让他明白。"我不是很了解贝蒂,但我了解她能让迈克幸福。我想用耳环感谢她,欢迎她成为家里的一分子。"迈克问起那副耳环时,洛兰也是这么回答的。

乔纳用手拂过木块,边点头边说:"不论是什么原因,你让贝蒂很开心。用高乃依的话说,付出本身已经超过礼物的意义。"

他今天真是出人意料。他不仅欢迎了她,现在又来这个。"你读过高乃依?"

乔纳耸耸肩膀,好像这没什么了不起的,然后拿起一款不同的磨砂纸。"在他所有的戏剧里,我最喜欢《说谎者》,我还去剧院看过呢！"

他竟然看过法国戏剧。真有意思。

"你今天到这儿来干吗？"他问道，"无聊？"

洛兰不想承认自己本不打算再到这里来，至少在她发现乔纳·曼还有另一面的这个时候。她甚至觉得，跟他在一起或许会比较有趣，"你的马儿让人难以抗拒。"

"而我不是。"与其说他在问话，倒不如说是一句表白。

"你很复杂，"洛兰说，"你看上去像个普通的手工匠人，但口音说明你教养不错，你也明显受过很好的教育。"

"我曾是个有钱人，"乔纳说，"经历丰富，去过很多地方。"他的右手在雕刻好的马腿上慢慢移动，精心打磨着，直到木头表面看上去丝般顺滑。他打磨到马蹄底部时，又抬起头来，"如果让你在全世界选一处最喜欢的地方，你会选哪里？"

"这很简单。我选炮台公园。"洛兰知道自己笑了，"自由女神像我百看不厌。很多年前，麦迪逊广场公园展出自由女神的胳膊和火炬时，我每周都去看。"

"朝圣一般？"

她摸着他摆在工作台上的马腿，耸耸肩膀。跟她想象中的一样顺滑。"我从没那么想过。我只是对那尊雕像非常着迷。看到自由女神像的时候，我就会想，它在移民者眼中是个什么样子？"

"我的观点不代表大家的观点。我认为，自由女神象征着希望、自由和重新再来的机会。"

洛兰好奇乔纳是不是在躲避英格兰的什么事情，所以，他才要到这里重新再来。她跟他还没有那么熟,不能问这样的问题。因此,她问道:"你最喜欢哪里?"

"切斯特。"乔纳又拿起一块木头,伸手去够凿子,"你或许没听说过。建于罗马时期的古老城墙包围着那座城市。我在上面漫步的时候,常会想象那个年代的生活。"

"那里没有旋转木马,对吧?"

他摇摇头。

"那我就不想住在那里了。"洛兰朝乔纳身后的工作台走去,那上面放置着一个还没有涂色的木马头,"这个看上去比其他的更精美。"马儿的鬃毛上装饰着繁复的花朵,鬃毛本身也更长、更精细一些。

"因为那是领头马,"乔纳解释道,"如果你仔细观察旋转木马,就能发现其中一匹马比其他的都更精美。雕刻师们用领头马来展示自己最精湛的技术,运营者们则用它来计算旋转圈数,保障顾客们每一次乘坐的时长都一样。"

洛兰从没注意过领头马,不知道在科尼岛上乘坐旋转木马的时候还错过了什么。"你会像画家在画作里署名一样在马上做标记吗?"

"很少。但可能会在领头马的某些装饰里发现雕刻师名字的首字母。"

乔纳这么说着,洛兰就觉得他有意这么做,于是她问了。

"或许吧!"他赞同地说道,"但不是在浪漫侧。"

"浪漫侧?"这个早晨听到的全是新鲜词儿。

"我们把面对旋转木马平台外的木马一侧叫作浪漫侧。这一侧更精美,看!"乔纳走到一个做好的木马跟前,抚摸着马身的右侧,说道:"看这些细节部分。如果你再看看另一侧,就会发现很多是漆上去的。"

洛兰看着乔纳把马拉出来面向自己,她就能看见另一侧了。尽管鬃毛和缰绳都是雕刻出来的,但花朵不是,而是上色形成的。"这有道理。因为很少有人能看到。"

"也节省了很多时间。有时候我们让学徒来上漆,因此这一侧又叫学徒侧。"

洛兰感觉一阵兴奋。这或许不是关于人生的答案,但在迈克回来之前,她可能能找点事情做了。"我可以做!我的水彩画画得还可以。"

她本以为乔纳会很乐意让她帮忙,可他却皱了皱鼻子。"油漆不一样。"

"我可以学。"洛兰越想这事,就越希望能帮忙做旋转木马。

"或许行,也或许不行。"乔纳拿起木槌和凿子,继续做马腿去了,"技巧当然重要,但我也担心你做到一半感觉无聊就不做了。学徒侧虽然没有浪漫侧那么重要,但也需要好好做。也就是说,必须由同一个人完成。"

"我能做到。我也愿意做。"

乔纳眼皮都没抬一下,就摧毁了洛兰的希望。"对不起,洛兰。但我见过你这种小姐。"

木屑的辛辣味充斥在空气中,但洛兰丝毫不在意。她凝视着这个性情多变的男人。"我这种小姐是什么样的?"她追问,声音里充满了愤怒。

"浅尝辄止的人。你们开始做某件事,但总是半途而废。"乔纳把木槌放下,迎上洛兰注视的目光,"我无意指责,只是一个简单的观点。你们生来就是花瓶,我都怀疑你这辈子还没做过什么有用的事情。"

洛兰一动不动地瞪着他,试图忍住内心涌动的沮丧感。"你太自命不凡了!乔纳·曼。"她最后又说,"不知为什么,你就是觉得出生优越的人一无是处。你错了!"

"我错了吗?那证明给我看。"

"您确定要做吗?"帕克先生一只手捋着他那灰金色的头发问道。洛兰走出旋转木马小屋后,回到丁香花丛边,决心控制住自己不发脾气。她一边走,一边打主意。她只需要庄园主的同意就可以了。

"是的,我确定,"她坚定地说着,"我想让自己有点用处。"还要证明乔纳是错的,"我知道,迈克和贝蒂走了之后,您的人手有点不够。我想做迈克的工作。"显而易见,乔纳很尊重迈克。如果洛兰能像迈克一样做顿饭,乔纳就不得不承认他称她为花瓶是大错特错的了。花瓶!单是这个词就让她怒火中烧。

这位丁香花庄园的主人赞赏地看了洛兰一眼问:"考德威尔小姐,恕我冒昧问您一句,您曾经做过饭吗?"

她不愿撒谎。"没有。但我看家里的厨师做过。"说实话,她既没迈克看得多,也从没真正给厨师打过下手。但是,做顿简单的饭肯定不会特别困难,"再说了,如果我需要帮忙,还有谢里尔在呢!"

帕克先生沉默了一会儿。"谢里尔的工作确实太多了。那好吧!考德威尔小姐。您可以帮谢里尔为仆人们准备饭菜。"

"谢谢您!帕克先生。您不会后悔的。"

三小时过后,洛兰已经没那么自信了。她把肉放进烤箱里去的时候烫到了手,打鸡蛋也不在行。现在胳膊又揉面包揉得酸疼。会好的。等她把面包放进烤箱里,就只剩削土豆和做布丁了。

"您为什么想做这个?"洛兰走进厨房的时候,谢里尔一点儿都不热心。这位女厨师一头黑发,三十多岁的样子,看上去一脸疲惫,好像洛兰只是在帮倒忙。"没必要做这么多。我本来打算用客人的剩饭菜做个杂烩呢!"

但杂烩只会跟粥一样不好吃。洛兰决心做一顿真正的晚餐。"我想证明我能做到。"

谢里尔看着洛兰前面堆起的土豆,一脸严肃,极为不满:"您现在在证明的是:您以前从没削过土豆皮!"

"您是什么意思?"尽管她说的是事实,但洛兰觉得没有必要承认,"我削过皮。"

"到土豆中间,皮要薄。"谢里尔投降似的叹了口气,从洛兰手里接过刀和土豆,向她展示削皮的方法。谢里尔削起来确实很好。

洛兰拿起另一个土豆,试着模仿谢里尔的做法,但只是成功地划到了手。"噢!"

"您为什么不放弃呢?"

"绝不！我一定要证明自己可以，我不会失败的。"

但当她把饭端上餐桌时，她知道自己失败了。烤肉太干，面包太硬，布丁太甜。只有土豆泥还能吃。可是土豆泥太少了，根本不够吃。

"帕克先生，真的很抱歉。"洛兰眨眨眼睛，不让沮丧的泪水掉下来。她对主人说了自己尝试的过程："我努力做了，但还是不够好。明天会好些的。"

这位高高瘦瘦的男人摇了摇头："我也很抱歉，考德威尔小姐。但没有第二次机会了。不管我欠您哥哥多少人情，您也不能再去厨房了。"

泪水从洛兰的脸颊上流淌下来。这次失败已经够糟糕了，但这么在众目睽睽之下失败更让她感到屈辱。洛兰试着不去想这次晚餐灾难，而是对帕克先生的话起了兴趣："您欠迈克什么人情？"

他完全无意掩饰自己的惊讶："您是说他没告诉您？"

"告诉我什么？"这开始像个谜了。

"迈克来这里的时候，丁香花庄园几乎难以维系下去。我知道，不出几个月，这里就要关门了。但他鼓励我说，如果能做一点改进、准备一些美食，就能吸引更多顾客。他是对的。"

这听上去像是迈克会做的。他总是提出建议，而这些建议又往往都是非常有用的。"所以，迈克的厨艺帮助了您。"

庄园主的嘴角倾斜一下，露出一抹微笑。"厨艺，还有钱。您哥哥把他继承的财产都用到了这个地方。他也是丁香花庄园的主人。"

第五章

"你想出去走走吗?"虽然乔纳怀疑洛兰不会答应,但还是觉得她把晚餐搞砸后,需要喘口气。饭做成那样,乔纳并不奇怪,但有些人说的话太过伤人了。因为洛兰没跟他们一起吃饭,其他工人说话的时候就没留心。山姆说即使以前的粥也比今天的饭强,而谢里尔也说洛兰绝不可能是迈克的妹妹。然而,当门打开的时候,他们看到洛兰就在厨房里。她一定是听到了。

乔纳制止了大家,不让他们再说这种话。但他知道,伤害已经造成了。

这会儿,洛兰坐到门廊上,肩膀下垂,微微摇晃着。

她抬起头,有些茫然地看着乔纳问:"你不是每天早晨都要工作吗?"

"我可以破个例。"

洛兰坐直身子。她又是他第一次见到的那个仪容端庄的少女了。"如果你是来幸灾乐祸的,"她说,语气非常平静,就像风平浪静的池塘水面一样,"就太幼稚了。我确实做饭没做好,但还没完。"尽管她的声音里没有生气的意味，但肩膀晃得更快了，当她用手去抓椅子扶手时，脸部竟有些抽搐。她或许会否认，但她似乎不仅仅是自尊心受伤了。

如果有什么是乔纳不喜欢的，那就是看着别人痛苦了。他半蹲在洛兰旁边说："让我看看你的手。"

但她一动不动，反而睁大了眼睛。乔纳不禁好奇：她是因为自己注意到她的难过而惊讶，还是因为自己想做点什么而惊讶呢？"为什么？"

"因为很明显，你受伤了。"洛兰拒绝把手从椅子上拿下来，乔纳就硬生生地把她的右手掰下来，翻过来看。难怪她的脸都有些抽搐。两根手指上起了两个大水泡，另一根手指上还有刚结的痂，明显是被刀切过。"一定很疼吧？"

洛兰耸耸一边的肩膀。"我敢说迈克刚开始学做饭时也这样吧！"

"或许是吧。但没必要受这种罪。凉水能管用，我带你去。"

他站起身来，伸出手帮她从椅子里站起来。她这次没有拒绝。洛兰起身的时候，乔纳弯起手臂，把她的手放了进去，然后下了四个阶梯站到地面上。

"厨房在另一边。"他带着她穿过房间时，洛兰说道。

"我知道。但我们不去厨房。"没必要再去那个会让她回想起失败的地方，"我们要去的地方更好。"

"远吗？"洛兰的声音不再颤抖，更镇静一些了，"我不想听上去像舞会上的辛德瑞拉。但我不能在外面待太久，明天会特别忙。"

"你明天要做什么？"不是做饭吧，他希望。工人们不想再吃今晚这种饭了。

"洗衣服。"

乔纳不禁钦佩起她了。洛兰比他想象中要坚强多了。不过，洗衣服？他一想到一个手上起着水泡、带着刀伤的姑娘在洗衣服，就疼得皱起眉头来。"你确定要洗衣服吗？"

梅里用力地点点头："我或许不能代替迈克，但我能做贝蒂的活儿。"

告诉她贝蒂比她更加强壮有力也没用了，所以乔纳只是说："没人期望你去代替贝蒂。"

洛兰停下脚步，抬头看着他，眼睛充满了好像不以为然的神情。"甚至连你也是？如果这是真的，那你让我证明自己不是花瓶的时候是什么意思？"

意识到自己至少是引起这些水泡的部分原因，后悔袭遍乔纳全身。"洛兰，对不起。我没想到你当真了。事实是，我没完全说实话。当你提出要帮我给木马上色的时候，我就想找个理由。那就是蹦到我脑子里的第一个。"

"为什么要找理由？我向你保证了，我画画比做饭强多了。"

乔纳看到她假装生气，不由得笑了。"这个我相信。问题是，我不希望找别人帮我做木马。我想百分之百地靠自己完成。"

"即使是每天工作十八小时？"

"听上去有点儿傻，是吧？"他们穿过修建平整的草坪，沿着两排丁香花间的小路走着。不一会儿就到了目的地,"旋转木马是我唯一的机会了。"这是乔纳自己最不愿想到的,更别说与人谈起了。他指着位于一片空地中间的池塘,问道:"看,这是不是比一桶水要好些?"

"也更好看。"洛兰认同地说道。

诚然。他带她来这儿,还有一个原因——想要跟她分享他在丁香花庄园最喜欢的地方。月亮和星星倒映在平静的水面上,总是能抚慰他的心灵。他希望洛兰也能像他一样得到安慰。但他不会这么说,反而平淡地告诉她:"每年这个时候,池塘里的水都很凉。你可以把手放进去。"

一定比她说的要疼得多,因为她并没有拒绝。她跪在水边,向前俯着身子,把一只手浸在水里。"很凉吗?"她猛地把手抽出来,水花四溅,"冷得刺骨。"

乔纳坐在她身边,希望能鼓励她继续:"这样能缓解烫伤。"

"那是因为手冻成冰块就感觉不到水泡的疼了!"

即使洛兰抱怨着,还是把两只手都放进水里去了。"想点儿其他事。"他建议道。

洛兰转身望向他问:"你说这是你唯一的机会了?为什么?"

她为什么挑了一个他不想讨论的话题呢?乔纳深深吸了口气,又缓缓呼出来。"我在英国还有事情。"他这么告诉她,希望她不会详细再问了。他来美国时做了好几个决定,其中一项就是不会让任何人知道他的真实身份。他听说一些美国人一心尊崇头衔,对有来头的人阿谀奉承,而另一些美国人则对这种势利者嗤之以鼻。乔纳对这两群人都不感兴趣,他来这儿是为了学习雕刻的,不想被任何事情打扰。

洛兰的表情说明,她还在等乔纳的解释。"我曾是个有钱人。我有五年的时间可以追求梦想,现在这五年马上就要过去了。"

"你回英国后要做什么呢?"

"接手家族的生意。"

"那是……"她的声音渐渐变小,希望他能接着说完。

乔纳谨慎地措辞:"照看土地。"所有人都以土地为生。

洛兰把手从水里拿出来,晃了晃,像是要重新恢复感觉。"跟做旋转木马相比,那会让你更开心吗?"

乔纳摇摇头:"那不重要。那是我的责任。"

洛兰拧干最后一条毛巾,把它放在艾丽斯拿给她的那个稍大点儿的桶里。就差这最后一步了,她只需再把所有的亚麻织物都浸入靛蓝漂白剂里,让它们看上去白得发亮。洛兰发现自己思绪不定,一会儿想着她从迈克那儿学到了什么,一会儿又想起昨天晚上跟乔纳的对话。洗衣服不需要像做饭那样全神贯注,对于洛兰来说,可真是件好事。

尽管洛兰刚刚得知迈克也是丁香花庄园的主人时有些惊讶,但她越想就越开心。这或许不是父母想要的结果,但至少他正在实现自己的梦想。况且,迈克跟乔纳还不一样,他不是临时落脚。

听完乔纳的话,洛兰意识到,她一直找不到人生目标这件事也许会因祸得福。他一定特别痛苦,虽然已经找到了喜欢做的事,却不得不放弃。

她从桶里拿出一块毛巾，使尽全力把它拧干，也试着忽略水泡带来的疼痛。她也曾质疑父母的决定，每每想到他们的期望时，尤为如此。但她从没怀疑过父母的爱。乔纳的家庭似乎不一样，或许不了解情况就妄做评价不太合适。许多农夫都会把自己深爱的土地遗传给儿女，乔纳的父母坚持让他回伦敦也是有些残忍的，毕竟他在这里找到了快乐。

洛兰将毛巾放进筐里，继续工作，直到把所有床单被罩里的水都拧干，将它们都晾到绳子上。然后，洛兰开始了第二项任务：熨枕套。

五分钟后，洛兰把第一个枕套平铺在熨烫板上，然后从火炉上取下熨斗，压在枕套上。毫无疑问，洗衣服比做饭简单。不可否认的是，手在那么热的水里已经有些泡裂了，拧毛巾的时候水泡也很疼。但除此之外，她知道自己能做些什么了。

"那些浆粉去哪儿了？"

洛兰扭过头看着洗衣女工的领班艾丽斯："您什么意思？"

"原本有满满一桶浆粉，现在只剩一半了。"

"但我没给任何东西上浆。"洛兰满腹疑惑，急匆匆走到洗衣房的另一边。艾丽斯指着她早先填满床单被罩的两个桶。其中一个桶还满满的，里面的织物带有明显的蓝色，而另一个半满的桶里却没有。

噢，天哪！"我一定是把毛巾放错桶了。"

艾丽斯拳头紧握，放在嘴唇上，对洛兰的态度在脸上表露无遗。"谢里尔一点儿都没说错。您只会添乱，一点儿不中用。那些浆过的毛巾,"她愤怒地发出哼声,"得重新洗了!把它们取下来……"艾丽斯说了一半就停下,吸了吸鼻子:"什么味道?"

洛兰闻到了织物烧焦的味道,立马冲到熨烫板那里把熨斗拎了起来。但太晚了,枕套已经烧坏了。

洛兰努力忍住不叹气。这还不到中午,她作为洗衣女工的职业生涯就已经结束了。

第六章

半小时后,洛兰从房间里走下楼,她知道自己已经没有任何理由再向帕克先生请求做其他什么工作了。不管他欠迈克多少情,这位主人都不会再让她搅和庄园的正常运营了。乔纳是对的。至少从丁香花庄园的情况来看,她是个毫无用处的花瓶。这个想法比水泡还要刺痛,或许她真的太娇生惯养了,或许因为她之前做的事情都太轻松了,现在还不适应失败。但她确实失败了。两次。等迈克回来,除了尝试失败的经历,什么都没法告诉他。

与此同时,她接近一个月里都无所事事。在来这儿的火车上,有一本书还不错,于是她翻开继续读读。今天,她发现自己无法专心于故事情节,待在房间百无聊赖,于是就下了楼,想着或许能找个人聊聊天。但客人们常去的几个屋子现在都空无一人。

洛兰在会客室里走来走去的时候,她看见有一架钢琴藏在一株大型盆栽棕榈树后面。她滑坐到钢琴凳上,掀开钢琴盖,发现里面一张乐谱都没有。这里既没有人在意她弹什么,也没有老师非要她记住最喜爱的谱子,洛兰非常开心。过了一小会儿,她弹出肖邦《雨滴前奏曲》的前几个音符，感到整个身心都轻松畅快。康格里夫说的对："音乐有魅力，能够驯服野兽，软化石头，弯折纠结的老橡树。"尽管洛兰不会把自己形容为一头野兽，但弹完表示暴风雨结束的最后一段和弦时，她发现自己是微笑着的。

"真棒，亲爱的！"赞美声伴随着轻柔的掌声一道传来。

洛兰转过身，惊讶地发现原来这里不止她一人。如果她知道有听众，一定不会弹出声音的。可实际上，当她弹奏肖邦描绘严重风暴的强有力的和弦时，融入了自己的每一分沮丧，让郁积的情感释放在游动的指尖，而弗格森夫人都听到了。弗格森夫人和她丈夫昨天刚抵达庄园，洛兰在别人的介绍下认识了这位体格魁伟的白发妇女。

"这正是这座庄园所缺少的，"弗格森夫人继续说着，"一点儿音乐。"

洛兰站起身来，向前走去，来到这位客人身边。"谢谢您！弗格森夫人。我不知道有人。早晨的时候，大多数人都在外面。"

弗格森夫人在一张加垫长椅的边上坐下来，也示意洛兰坐到她身边。"我有点心烦。原本以为会享受这里的生活，但其他客人似乎都不怎么友好，我也没什么事做。哈罗德不喜欢玩棒球，可我们也不会打网球。"

"您想学吗？"尽管没带球拍，但洛兰觉得帕克先生那里可能有供客人使用的那种。

弗格森夫人摇摇头："不太想，亲爱的。我和哈罗德是来这儿休息的。"

眼下她很无聊，洛兰之前也这样。一个想法忽然闪现在洛兰脑海里，她不禁露出了微笑。弗格森夫人就是上帝给她的答案。难怪她一直感到沮丧，她一直在错误的道路上跋涉，试着让自己做好迈克、贝蒂的工作，但实际上，她应该找回自己。她一直将自己跟迈克、贝蒂甚至乔纳相比，但实际上，她应该好好利用上帝赋予自己的能力，那些让她与众不同的才华。

洛兰或许不擅长做饭或洗衣服，但她可以弹钢琴。不仅如此，她还能把客人们聚到一起。她这个才能是安布鲁斯叔叔发现的，他认为洛兰擅长组织一些活动，让大家都参与进来。

迈克不仅仅为丁香花庄园投资，更重要的是带来了新点子。虽然洛兰不能贡献出她继承的财产，但她能做点事情，让迈克的梦想更加完美，或许还能为自己创造一个美好的小天地。这或许不能持久——洛兰不确定她是否愿意长年住在这里，她还得想办法不让艾伦堂哥把家中的财产挥霍一空——但只要她还在这里，就能为客人们提供一些活动，让他们在丁香花庄园拥有难忘的假日回忆。

"弗格森夫人，您打桥牌吗？"

这位年长女士的蓝眼睛里忽然闪烁出兴奋的光芒："是的！我特别喜欢。怎么了？"

她打算看看是否能吸引其他夫人也加入打桥牌的游戏中，洛兰又问了弗格森夫人一个私人问题："您和您丈夫喜欢远足吗？"

"不，不，亲爱的！那听上去就很累。"

不远足。除非其他客人喜欢，那么就不去。

弗格森夫人皱着眉头说:"当然,我和哈罗德会绕着家里的植物园散散步,我们喜欢欣赏那些各种各样的花草树木。"

不远足,但可以一起散步。这些活动组织起来都比较简单,或许也能吸引各个年龄、体能各异的客人们参加。"这里也有许多不同的花草树木。"洛兰说着,在脑子里暗暗记住。虽然庄园近旁几乎都是丁香花,但四周还有小树林,她已经见过十多种不同的灌木丛了。

"帕克先生没提起过。"

"还有一个不小的池塘,足够划划小船了。"

"我从儿时起就没再划过船了。"弗格森夫人说着,语气里充满了渴望。

"如果我能找到一艘,您和哈罗德今天就可以去划船的,您看好吗?"

弗格森夫人的笑容回答了一切。"咱们中午再说。"洛兰向她许诺。

她有计划了。下面就是艰难的一步了:说服帕克先生。

第七章

帕克先生不在。女总管克劳迪娅说他应约去了镇上，要到傍晚时分才回来。这太让人失望了。更糟糕的是，洛兰跟弗格森夫人刚说完话没多久，天空中就飘起了雨，划船之旅更难成行了。虽然洛兰并不觉得自己是个气象专家，但她一看这铅灰色阴沉沉的天空就知道，随时可能下场透雨。其他客人似乎也与她悲观地不谋而合。大家聚在一起吃午餐时，看上去比听说迈克要给它洗澡的小松饼猫更闷闷不乐。

除弗格森夫妇外，昨天来这儿的还有三对夫妇，客人一共有十五位了。这会儿，大多数人都满腹牢骚。尽管洛兰向每一个走进餐厅的客人都打了招呼，但最多也只能得到敷衍的回应。

只有弗格森夫人和她丈夫一起经过拱形门的时候面带微笑。"我把池塘的事情告诉哈罗德了，他答应带我去划船。"她看了丈夫一眼，好像看着自己的铠甲骑士，"我们就只差一艘船了。您找到船了吗？"

洛兰没有。虽然下着雨，她还是跑到工棚里去看了看，希望能找到那么一艘小船。不幸的是,那里面就只有草坪躺椅、门球杆、球和其他各种各样的网球用品。她甚至还去马厩里找了,但就是没有船的影子。

"反正,这种天气我们也没法去划。"弗格森夫人努力让自己的话听上去很坦然,但她的表情确是非常失望的,"没关系。"

但有关系。客人们来度假就是想玩玩的,而不是坐在屋里无所事事。"下雨天最不好了。"洛兰说道。

虽然,洛兰一直都在想着组织室外活动,但他们在坏天气里这么沉闷,更让洛兰觉得她应该立马着手安排室内活动了。尽管最好还是等帕克先生回来,得到他的许可之后再行动,但洛兰真的不想让客人浪费一下午的时间,尤其是很多人刚刚来到这里。如果迈克在这儿,他一定会做一顿特殊的美餐,弥补坏天气带来的不快。但她又能做什么呢?

"我讨厌下雨天,尤其是小时候。"弗格森夫人紧抓着丈夫的胳膊说道,"一下雨就无事可做。"

"您一定是独生女吧?我和哥哥会在屋里彼此追逐,总是把母亲气得发疯。"洛兰想起儿时的情景,咯咯地笑了。迈克不是那种坐得住的孩子,一到下雨天,他就有很多鬼点子。正是迈克儿时一些古灵精怪的做法,让洛兰有了关于室内活动的想法。

"追逐听上去挺有趣,但我和哈罗德玩儿这个似乎有点太老了。"

洛兰摇摇头:"或许是,也或许不是。但您肯定适合玩我组织的游戏。"

"那是什么呢？"弗格森先生第一次开口说话了。

洛兰笑道："您得等一会儿。"

等饭菜都端上桌，洛兰说道："下午好！"她希望声音没暴露自己紧张的心情。虽然洛兰已经主持过几十次活动，但那都是在自己家里，而不是这个几乎全是陌生人的公共场所。完全没办法预测，他们会有什么样的反应。

"大家一定都注意到外面的乌云都在流泪吧？这样的天气，也总是让我想流泪。"她假装擦泪水的时候，客人们都笑了，让洛兰一阵开心，"下雨天也不一定就是无聊的，我想证明一下。希望大家下午两点都能到会客厅里来，让我们一起度过一段有趣的游戏时光。"

人群安静了一会儿。正如洛兰担忧的，她如此邀请可能会让大家感到惊讶。然后一位男子说话了："是什么游戏呢？"

洛兰慢慢地摇摇头："听着，先生，您要知道，女士永远都不会泄露自己的秘密。您只需要到会客厅来看看为您准备了什么就好。"这位男子对他妻子不满地嘟囔了些什么。

洛兰强迫自己吃下谢里尔做的饭，吃完后，她就完全想不出之前摆在自己面前的是什么了。饭后两点前的那一小时的时间里，洛兰都在想会有多少客人会来——如果有人愿意来的话。让她兴奋的是，钟在两点整敲响时，午餐桌上的每个人都出现了。好奇似乎真的拥有强大的吸引力。

"很高兴能见到各位。"洛兰轻描淡写地说。她绝不会承认自己曾多么担心，这个想法也会像洗衣做饭的尝试一样夭折，"今天下午我准备了许多节目。但首先，我们得互相认识一下。"洛兰缓缓地环视着房间，向每一位客人点头致意。"虽然大家已经互相介绍过，但我怀疑我们还只是知道对方的名字。那就做点儿改变吧！我将会邀请各位分别向大家介绍你们中间的某个人，说出关于这个人的三样事情：他的名字、他最骄傲的事、他遇到过最有趣的事。"

"那我们要怎么知道这些呢？"一位女士问道。

"您可以问您的搭档。"

看着每一对夫妻都开始转向彼此，洛兰摇摇头："这样太简单了。在这个活动里，我希望各位女士能挑选不是您丈夫的人做搭档。"

刚才问洛兰问题的那位女士微微喘了一口气。那会儿，洛兰甚至担心她会马上离开房间呢！这毕竟可以算是一个极不寻常的要求。或许洛兰本该要求女士与女士搭档、男士与男士搭档，但她就是想让这次活动成为一场真正的冒险。女士们惊讶而好奇地看着自己的丈夫，而洛兰的脸上则始终保持微笑。

终于，弗格森夫人站起身来，走到房间里最年轻的一位男士身边。"塔尔博特先生，不知您是否愿意做我的搭档？"坚冰就这么融化了。

组队完成后，弗格森夫人又发言了："考德威尔小姐，似乎您还没有搭档啊！我们怎么了解您呢？"

洛兰环顾四周，竟然看到乔纳。那一身油迹斑斑的衣服不见了。他那身黑色套装尽管有些过时，但依旧很合身，一定是手工定制的。

他父母的农场想必收成不错，才有钱给他制作这样好的衣服。

"你怎么在这儿？"洛兰问道，她不确定自己惊讶的到底是这身套装还是他没去工作。

"我来吃午饭的。你的安排我也听到了，就过来满足一下好奇心。"

她简短地点了点头。"好的，女士们、先生们！您都知道游戏规则了。请移动您的椅子，不要被其他小组的人打扰。"男士们把家具重新归置好之后，洛兰又继续说道，"大家现在有十五分钟的时间，来了解自己的搭档——足够用来回答那三个问题了。"

因为所有的椅子都有人坐了，洛兰就带着乔纳坐在了钢琴凳上。尽管她的视线有些受阻，无法看到整个会客厅里的情况，但还是能听到客人们已经开始低声交谈了。

乔纳歪歪头看着洛兰，好像是第一次见到她一样。"我知道你的名字，那么请告诉我你最骄傲的事情是什么吧！"

洛兰没想到自己也要回答这个问题。她想了一会儿，最后说："我有迈克这么个哥哥。他有着我没有的勇气，也知道上帝的安排，可我依然还在寻找。"

乔纳点点头。"能有哥哥是很幸运的。"

"你没有兄弟姐妹吗？"

"没有。我父母结婚后二十年才有了我。我觉得他们那时或许已经快要放弃了。不管怎么说，我是他们唯一的一个孩子。"他皱皱鼻子，让洛兰不禁好奇他与家人的关系到底如何。或许照顾年迈的父母，就是让乔纳不得不回英国的一个原因吧。"我一直希望自己能有个兄弟姐妹，有人与我一同分享父母的关爱。那一定很棒。"

"迈克可不只是分享关爱，他还有要求呢！我都怀疑他考验父母耐心的时候都是故意的。"

"他都做过什么？"乔纳听上去特别感兴趣。

洛兰握紧双手，想着迈克的时候，嘴角也不由得弯了起来。"母亲总是不遗余力地想让我们的言行举止尽善尽美。即使是鸡毛蒜皮的小事，她也要坚持让我们说'请'或者'谢谢'。迈克觉得这很无聊，也拒绝这么做，就会被惩罚不能吃晚饭。几次下来，他就认识到自己的错误了。算是吧！但他依然不愿说'请'，反而用法语去说。他告诉我，他要把这个字留到最重要的场合。所以，当我收到他写着'请'字的邀请信时，就知道我必须来了。"

乔纳的脸上露出大大的笑容，那笑容之灿烂似乎可以照亮最阴沉的下午。他的话也让洛兰感到温馨。"很高兴你来了。"

"我也是。"这样说的原因有很多：她与迈克重逢，有机会遇见乔纳，也有机会在这里改变自己。洛兰站起身来，越过盆栽的棕榈树观察众人的动静。"看看他们。听听。他们在笑呢！"大家的声音明显提高了，在私密的谈话中，偶尔还会迸发出阵阵笑声。丁香花庄园的客人们再也不是彼此眼中的陌生人了。

"我得说你的实验确实成功了。"乔纳又冲洛兰笑了一下，甚至比之前的笑容更温暖。"祝贺！"说完，洛兰还不知道他要干什么，乔纳就把她的手拉到唇边，留下了一个吻。

第八章

"我说,小姐,当我看到每位客人都在玩打手势猜字谜的游戏时,简直是大吃一惊啊!也不只是玩,是享受!"帕克先生那灰色的眼睛闪闪发光,"您是怎么说服他们的?"

自从早晨他说要跟她聊聊之后,洛兰心里的紧张感就一直不断积聚。这会儿终于烟消云散了。在之前一轮热热闹闹的猜字谜游戏过程中,弗格森先生摆动胳膊模仿一架风车,就在这时候,帕克先生走进了会客厅。尽管他什么都没说,但眼神还是暴露了他的震惊。洛兰本以为自己要受到一顿训斥了,但帕克先生似乎并没有因为她不经允许就举办午后活动而生气。恰恰相反,他看上去很满意。

"那不算难,"洛兰说道,"人们或许会说想在假期的时候好好休息一下,但他们真正想要的,是一种跟家里不同的娱乐体验。我只是提供了这种娱乐而已。"

帕克先生向后倚靠在椅子上,似乎在思索什么。他缓缓地转动眼珠,审视着这间位于会客室和用人区之间的办公室。当他望向洛兰的时候,一抹笑容浮现在嘴角。"您还有其他想法吗?"

洛兰只是不知道怎么开口。"有,先生。我想组织一场棒球锦标赛。我还想找艘船,让大家享受泛舟湖上的乐趣。我甚至还想说服您购置几辆自行车。"

帕克先生咯咯地笑了起来。"您绝对是迈克的妹妹!他脑子里就满是主意。"他开始大笑起来,"有时候,我觉得我唯一可以做的就是遏制他的热情。看样子,我似乎也得这么对您了。"帕克先生眨眨眼,他的话更令人愉悦了,"过一段时间再买自行车吧,但您可以从地窖里搬两艘船出来。那船不漏水,就是需要再漆一遍了。所以我才一直没拿出来。我可不希望有人在那样美的池塘上划这么破的船。"

能有两艘船已经超乎洛兰的期待了。"我可以给它们涂漆。"她赶在帕克先生改变主意之前说了出来。有了这两艘船,再加上竞走、棒球和划船,就能把原先设想的棒球锦标赛扩大为种类丰富的运动会了。

"您确定想涂?"帕克先生小心翼翼地问道,"乔纳可以做。"

洛兰自信地对着庄园主人笑了笑,想让他放心。或许较劲比较愚蠢,但既然乔纳选择完完全全独自制作旋转木马,那么洛兰也想凭一己之力组织这场活动。"我明白您的疑虑,毕竟我做饭洗衣的尝试都惨淡收场了。但我真的擅长画画。再说了,乔纳还在忙着做旋转木马呢!"

帕克先生沉默了一会儿,明显是在考虑她的话。最终,他点点头:"好吧!但您需要在旋转木马的小屋里工作。我让乔纳照看您,可不能再有什么类似的灾难发生啦!"

"谢谢您,帕克先生。"洛兰没有反对。帕克先生这样说,她就又有机会跟乔纳多些时间相处了。

乔纳。洛兰微笑着走出办公室,关于乔纳的想法让她欢心不已。他比洛兰见过的任何一个人都要有魅力。就在她以为自己已经了解他时,他又做了件出乎意料的事——亲吻她的手。

洛兰停下脚步,低头看着自己抓着楼梯栏杆的手。看上去与往常并没有什么区别,但感觉就是不一样了。都是乔纳的错。也曾有其他男子亲吻这只手,但没有一个能让洛兰有这样的感觉。当乔纳抬起她的手放到嘴边时,这种英勇的行为让她的心都漏跳了一拍。即使是现在,好几小时已经过去了,她还是能感受到他的嘴唇压在手面上的感觉。她表现得像个小女生,但仍然……无须否认。乔纳十分完美。

乔纳或许没意识到,洛兰跟迈克很像。他本来应该专心致志地为领头马上色,却发现自己越来越频繁地偷看洛兰。他本以为洛兰是个三分钟热度的人,可他错了。一个只有三分钟热度的人,绝不会坐在地板上刮漆皮。洛兰不是。她专注而坚毅,还十分有魅力。在除旧漆的过程中,无论是折断了指甲,还是擦伤了关节,洛兰都没有抱怨过。相反,她一直在感叹涂好新漆后这船会有多么美。

"你享受这个过程,是吧?"乔纳放下画笔,注视着洛兰。她那闪闪发光的眼睛、微微泛红的面庞让他心生欢喜。不经意间,几缕鬓发掉落在耳边,让她看上去更加美丽动人了。尽管乔纳知道自己应该干活了,可还是无法将目光从那跳动的发丝上移开。

"我很享受，"洛兰轻轻笑了一下，回答道，"我没想到自己会喜欢。"她指着周围地板上散落的漆片，坦诚地说。她活动活动手指，然后又笑了，"有时候我觉得，似乎这里的生活也在让我摆脱往日的旧漆。"

乔纳眨了眨眼睛。她的这种诚实让他惊讶。"那会是什么颜色的漆呢？"

"你说我还是船？"

"都是。"

"船比较简单。一艘外面用淡紫，里面用深紫；另一艘相反。"洛兰停顿了一下，歪歪脑袋，考虑怎么回答第二个问题，"至于我嘛！我不确定。我只知道父母的期待。"

"婚姻。"乔纳竟然没料到自己因为想到这个而心烦。

"你怎么猜出来的？"洛兰的声音中有那么一丝讽刺。

他耸耸肩膀，假装没有想到她与某个讨厌的男子交换婚礼誓言的场面。"大多数父母对儿女都有这样的期待。"他从迈克那里知道，曾是社会栋梁的考德威尔先生和夫人在数年前离世了。尽管纽约上流社会没有英国贵族阶层数百年的历史，但在很大程度上是一样的，其中就包括对一段门当户对的婚姻的期待。

"我父母的期待比这高。"洛兰皱皱鼻子，"母亲的祖先是英国贵族，她一直无法忘怀，期盼我能达到那样的状态。父亲则希望能有人悉心照顾我。因此，他们觉得我必须嫁给一位相当的美国男子。叔叔已经给我挑选了一位。"洛兰低头看着小船，像是被那简洁的线条所吸引。但她快速地眨了眨眼睛，乔纳也明白了，她在忍住不流泪。

"如果你不嫁给他会怎样呢？"或许他不该问这个问题，但他就是想问——不，他必须问——这样才能了解她的一切。因为不知怎么的，乔纳已经完全被她吸引住了。她来这里仅仅一个多星期，就已经给乔纳留下了在丁香花庄园期间最难忘的回忆。

洛兰抬起头，眼眶湿润着。"我就没有遗产了。"

"我明白了。"这是个大问题。像洛兰这样长大的女孩是很难养活自己的。

"不，你不明白，"她摇摇头，"如果我不能做到遗嘱中规定的内容，家产就会落在堂哥手里。但他现在就是个败家子。如果别人说的没错，他会用我父亲辛辛苦苦挣来的家产去建一个大赌场！"洛兰拭去自己的眼泪，"一想到父母的遗产变成赌场，我就恨。"

尽管他无比地想要把她拥入怀中，但他不敢这么做——至少不是在她这么脆弱的时候。不能让她误认为自己能逾越友情帮助她。乔纳深深地吸了一口气，说道："那不会是你父母的遗产。那只是他们的钱。你和迈克才是他们的遗产。"

洛兰咬着嘴唇，乔纳感觉她似乎马上就要流下泪来，心中十分痛苦。然而，洛兰抬起头看着他，一脸哀伤。"我从没这么想过。这样一来，想起艾伦和他那浪荡的生活也就不那么难过了。但我还是希望父母从没掌控过我的人生。所有的父母都这样吗？"

"我不知道。"

那双漂亮的棕色眼眸透着困惑。"或许只是我们的父母吧！我不明白为什么父母坚持让你去做农夫，你显然更擅长成为一名旋转木马雕刻师。但至少他们没逼迫你走进一段包办的婚姻。"

乔纳决定不推翻洛兰认为他是农夫之子这件事。她无须知道，其实自己就是父母会为她挑选的夫君。他无法随心所欲娶她为妻，也无法帮助她阻止可恶的堂哥将家族财产挥霍一空。告诉她，就太残酷了。然而，就算乔纳不能向洛兰坦白一切，但也希望她能知道自己对这个问题无能为力。

"我们的境遇其实是相似的，"乔纳慢慢地说，"我父母也对我未来的妻子提出了要求。按照家族传统，各代长子要迎娶一位远亲。我有三个选择：杰西卡、朱利恩和乔斯林。"乔纳不用闭眼睛都能想出三姐妹的样子，她们深深烙印在乔纳的记忆里。但在他心中，那黄头发蓝眼睛是无法与洛兰的深色之美相比的，"那是三位可爱的姑娘。"

"你爱她们吗？"

让洛兰去想这个问题的真实答案！乔纳不愿直接回答，只是说："我不会让父母失望的。"

但如果他可以选择，乔纳一定会娶一位洛兰这样的女子。噢，为何要闪烁其词呢？如果他可以自行决定，就他自己，他一定非洛兰不娶。如果事实如此美好，又为何要止于想象呢？如果可以，乔纳·弗朗西斯·爱德华·威廉·斯蒂芬·曼德雷一定会向洛兰·考德威尔求婚，才不管她中间名是什么。

第九章

听说你哥哥用不了三周就回来了。弗格森太太抓着洛兰的胳膊朝池塘走去,为第一次划船比赛做准备。如洛兰所愿,客人们对她安排的运动项目很感兴趣,两队之间进行了友好的竞争。现在两队打平了,也意味着划船比赛会吸引更多人的关注。每一位客人都盘算着,或参与比赛,或当啦啦队呐喊助威。

洛兰倒是预料到了这一点,但让她没有想到的是弗格森太太竟然想与她一同那么早就过去,但弗格森太太似乎想同她谈谈迈克。

尽管洛兰认为弗格森太太应该腿脚利落,并不比她差,但她却紧紧地抓着自己的胳膊,并把头靠了过来,好想要说什么秘密似的。

"我和哈罗德想多待一个星期,这样我们就能尝到迈克的手艺了。听博尔顿夫妇说,他做鳟鱼的方法跟别人都不一样。"弗格森太太轻声笑着说,"博尔顿夫妇去年在这儿的时候,莉迪亚想说服你哥哥当她的私人厨师,被他拒绝了。但她可不是轻言放弃的人,我猜她还会继续劝说。"

博尔顿夫妇两天前就到了丁香花庄园了,而且博尔顿太太刚得知洛兰是迈克的妹妹,就对迈克的烹饪技术不吝溢美之词。

"我觉得她今年应该更没戏了。"洛兰知道迈克对丁香花庄园投入了多少心力,她真的无法想象他会离开,除非贝蒂在这儿不开心,"但是,也还是有可能的。毕竟婚姻对迈克的改变还是挺大的。"

"爱情确实可以改变一个人。哈罗德对我的爱带给我很多快乐,这是我不曾想象过的,而且也确确实实改变了我。我们结婚之后,我就老想撮合别人,想把同样的快乐带给我所有的朋友。"弗格森太太长舒了一口气,满脸都是笑意。"看到你和乔纳在一起的样子,就让我想到我刚和哈罗德恋爱的那几个月。"

恋爱?这个想法吓到了洛兰,她的双脚僵住了。她停下来看着弗格森太太,她们刚才还在很愉快地走着,现在她要解释这句话有多荒谬了。"弗格森太太,我想您误会了。乔纳没有在追求我。"

这时两只鸟在争一个树枝,弗格森太太笑了。过了一会儿,洛兰想她可能是被鸟儿的滑稽举动给逗笑了。但弗格森太太接下来说的话证明她想错了。"可能他现在没在追求你,可他不久就会了。你俩之间的爱慕是藏不住的。"她轻轻地拍了拍洛兰的胳膊,"看到一对情侣如此相爱真是很感人呢!"

她一定是误会了。洛兰和乔纳并没有相爱。他们……洛兰不知道该怎么描述他俩之间的关系,但那并不是爱。她很确定他们之间不是爱。

"我不想让您失望，但我们并没有相爱。"

弗格森太太的微笑变成了大笑。"哦，亲爱的！我可能看书的时候得戴上眼镜，但这双老眼还是很敏锐的。我知道我看到了什么。就乔纳而言，当你在屋子里的时候，他眼里就没有其他人了。他的目光一直追随着你，你也一样。你一有机会就盯着他看。"

洛兰的脸不知不觉地红了。"我没意识到这么明显。"她希望——啊！她多么希望——没人能注意到。尤其是乔纳，如果乔纳误会了就真的太尴尬了。

洛兰意识到她欠这个弗格森太太一个解释，说："我确实常常想到乔纳，没错，但那仅仅是因为他不同于我认识的其他男人。他会同我争辩，他也会挑战我，他……"

"让你感觉到你是活生生的。"弗格森太太接口道。

洛兰没有理由否认，说："是的，确实是这样。"

弗格森太太带着胜利的微笑，又轻轻地拍了拍洛兰的手臂。"你现在沉浸在恋爱中，亲爱的。相信我。我对爱情还是有所了解的。"

洛兰闭了会儿眼睛，试着消化消化弗格森太太的话对她产生的影响。难道这个女人注意到了洛兰努力忽视的东西？难道洛兰对乔纳的感觉真的是爱情？她强迫自己睁开眼睛，凝视着她最初和乔纳走过的路。紫丁香花的花苞现在长得更大了，似乎在暗示那些开得正盛的花朵：它们再过一两周就可以盖过它们的风采。现在这儿的鸟儿比那晚更多，阳光代替了苍白的月光。同样的场景，却又有些不一样。她还是同样的那个她吗？还是不一样了？她现在坠入爱河了吗？可能是吧。没人能像乔纳一样牵动她的想法，没有哪个男人成为她梦里的男主角。也没有哪个男人可以像乔纳一样，仅仅是冲她微微一笑，就给她带来那样的感觉。但是这些都无法改变一个事实，那就是他们俩是没有未来的。

"他永远都不会追求我的。"洛兰说出这句话的时候，多希望这不是真的。

弗格森太太挑起眉，好像在质疑洛兰的话："为什么永远不会？"

"因为他的父母希望他可以娶一位远房亲戚，而且我……"洛兰停顿了一下，不想解释艾伦堂哥的事情。她昨晚做了个噩梦，梦到人们在离开艾伦赌场的时候痛哭着，因为他们的钱没了，他们的未来也毁了。她醒过来的时候在想，如果她允许那样的事发生，她还能不能活得心安理得。没办法把这些话都说出来，所以她决定说："我知道我父母想让我怎么做。"

弗格森太太收敛了笑容，自打她认识洛兰以来第一次看到她这么严肃。"这是你的生活，洛兰。可不能白白错过你的幸福。"

一定有办法阻止这一切。乔纳把刷子蘸进紫色颜料中时，皱了皱眉头，他想在头马的花环上最后再修饰一下。他应该专心做事，不应该想洛兰。很荒谬，洛兰一直在他的脑海中挥之不去，更荒谬的是，任何一件事都让他想起她。听到客人们笑，乔纳就觉得是洛兰让他们开怀大笑；在去池塘的路上，他会想起那晚带她洗起了水泡的双手。就在今天早上他用稍硬的毛巾擦脸上的泡沫时，又想起她不会洗衣服，还有她不甘心失败的样子。

乔纳用笔刷的尖头轻触着马，画了一朵丁香花。这才是他应该做的事，而不是想洛兰在哪里，或者那天他的嘴唇轻吻她的手指时，她的双手有多么柔软。他一个白天都在想洛兰已经够糟糕的了，现在连做梦都会梦到她。昨晚乔纳梦到他回到了托伊伍德。那没什么特别的，因为他经常梦到家里，但昨晚却有所不同。洛兰在他身边，跟客人们问好。在梦里，她是他的子爵夫人。客人们看起来很满意，洛兰光彩照人，他内心安宁而美好。之后，乔纳醒来，万分失落。他不能娶洛兰为妻。

如果他没有在杰西卡、乔斯林和朱莉安娜中选一个的话，她们并不会伤心。她们都会跟别人结婚，但乔纳的父母却会很失望。他们在把抚养他长大的过程中，一直给他讲曼陀丽家族联姻的故事。告诉他这不仅仅是个传统，这是关乎荣誉的事，一个几百年来不成文的约定。不论乔纳心里真正爱的是谁，他都绝不能违背世世代代的传统。他不能让父母蒙羞，更不能给曼陀丽这个家族带来污名。即使是为了洛兰也不行。

"晚上好！乔纳。"他心中念叨之人走进了旋转木马展示厅，她脸上的笑容告诉他，她现在显然比他愉快得多。她匆匆向他走来，后来放慢了脚步，仔细地观察他正在绘制的马的两侧，甚至弯下腰来看看马儿抬起的前腿上的马蹄铁。"真的是太壮观了！我还以为这会难以实现，可它比我想象的还要漂亮。"洛兰的开心溢于言表，乔纳知道她不是为了取悦他才这么说的。她把头歪向一边，眯起眼睛，好像在仔细检查这匹马。"你把你名字的首字母写上去了吗？"

乔纳点点头。这可能有点自大，但是他想在马身上留下他的记号。"我不仅仅写了名字的首字母，仔细看看那朵丁香花。"他在马脖子上刻了丁香花，并在马脖子上画了一个丁香花花环，他还在花环中间用黑色的字写上了"J.曼恩"。那并非他的真名，但这没什么关系。乔纳·曼陀丽，未来的托伊伍德子爵不会雕刻旋转木马。这是乔纳·曼恩的作品。

"真是完美。"洛兰边说边朝他笑了笑，笑容甜美迷人，"这个旋转木马的一切都很完美。"

乔纳可以感觉到自己面露喜色。虽然对自己在美国停留的最后几日感到惶恐，但他很高兴他会把自己的一部分留在这里。更高兴的是洛兰对他的创作充满兴趣。

"木马配件预计在两周内到达。从我所得知的情况看来，只需要一两天就可以把它们组装好。"平台和撑杆是出自同一个厂家，驱动旋转木马的发动机则来自另一家厂商。到月底，这个展示厅就会有可以运转的旋转木马了。

"很遗憾迈克和贝蒂在揭幕的时候不能到场，他们非常喜欢旋转木马。"

乔纳听出了洛兰话中充满惆怅，思索着这会是怎么回事。当然，她难过的并不是因为迈克和贝蒂在旋转木马开始开放的时候不能见到它。

"等他们回来，有的是机会坐在旋转木马上玩耍。帕克先生同意每周日下午将旋转木马向公众开放，让每一个人，包括丁香花庄园的员工都有机会享受它带来的乐趣。"尽管洛兰听到这个消息后会很开心，但乔纳觉得没必要告诉她。这是他第一次商讨建造旋转木马时就已经做出了的规定。他想确保每一个人，不论生活中是什么身份，都可以坐他制作的旋转木马。

洛兰环顾了一下展厅，数了数。"所有的旋转木马都能在两周内准备好吗？"

乔纳尽力不让自己皱眉。他其实是有点落后于原订计划的，而且他推测洛兰知道这一点。她不知道的是，她才是让他耽搁原订计划的原因。因为他在雕刻的时候花太多时间想她了。"差不多吧！但是我可以做到。"他会做到的，即便这意味着他得不眠不休，"我还剩一匹马没刻。"

"而且这个需要彩绘。"她用手指了指远处靠在墙上的那匹小马。

"那个是领头马的小伙伴。"他说道，"它们俩设计相同，就是略小一点，因为它是放在第二排的。"

洛兰把手放在没有绘制的那匹小马的背上，就好像她打算骑上去似的。她开口说话时，有点犹豫。"你可以让我学着画那边吗？我真的很想试试。"

尽管他本意是想拒绝她的，他想告诉她，他希望这个旋转木马完全出自他手，但发现自己不愿意说出任何一句让她希望破灭的话。反而，他一想到洛兰会参与到他的创作中来，就感到一股暖流涌上心头。她已经证明自己不是一个轻言放弃的人，就算她画得不如乔纳好，也不会被人注意到的。

"乔纳，拜托了，"她说这句话时眼神充满渴望，"我不会让你失望的。"

  乔纳深吸了一口气。她用了一个对她和迈克而言有特殊意义的词，这并不是无意之举吧？这对洛兰很重要——非常重要。乔纳的最后一丝犹豫消失了。"好吧！"他说，眼神注视着她，"但是有一个条件。"

  "什么条件？"

  "两边都由你来画。这会成为你的马。"

  她开心得整个人都明亮起来，这让乔纳认为自己毫无疑问做了一个正确的决定。"真的吗？"她说。

  "真的。"

第十章

她现在已经画了一个星期了,这一个星期以来她一直躲在画板后面。当乔纳意识到他们俩要同时工作时,他便在两张画板中间挂了一个帘子,以防他雕刻产生的碎屑毁掉她的画作。这很实用,虽然说有那么一点点让他感到沮丧。洛兰坚持在她画完之前,乔纳都不可以看她的马;而事实是,虽然乔纳对洛兰的进展非常好奇,但他最希望的还是能看到洛兰。这感觉很奇妙:听着她的声音,闻着她身上的香水,还有颜料和松脂混合起来的芳香气味,但却不知道她是喜是愁,不知道她柔软的鬈发是否拂过她的脸颊。

"这真的很有趣,我不知道你怎么会放弃。"洛兰的声音从画板后面传来,没说清楚但还是能感受到她要表达的意思,"或许我不会放弃,我可以找时间在家里做。"尽管这么说,但乔纳知道这不过是个梦想罢了。管理托伊伍德需要耗费大把的时间和精力,这也是他非回去不可的一个原因。他的父母年纪大了,虽说他们并没有唠叨,但他知道他们需要他承担起管理家族封地的责任。

"希望如此。"乔纳听出来她声音里的惆怅,他希望能做点什么来安慰她。但他不想撒谎,他可能永远也不会再雕刻木马。但他不会把这件事告诉洛兰,就好像他永远不会告诉她旋转木马已经不像以前那么重要了。一个月以前,乔纳就觉得等他离开美国的时候,最遗憾的事就是离开他制作的马。如今,他知道自己最大的遗憾是即将离开洛兰。他会怀念他们的谈话,她的微笑,以及他们两人之间恬静的默契。他会怀念听洛兰弹琴,看她让客人们感到舒适自在。为什么要否认?他会怀念有关她的一切。

"也许,你可以时不时地回来,"洛兰说,她的声音又一次充满了活力,"我一直在想,决定每年夏天都会回来,即便是待那么几天。我想坐旋转木马,回忆一下曾经为创作它尽过一份力量,让我很幸福。"

她停了下来,他很好奇她在想什么。"或许我们可以相约,同时来到这里。"她最后说。

不会的!乔纳第一次感谢画板的存在,因为它能遮住她的视线,让她无法看见他的反应。他不会回来,只是因为托伊伍德会消耗掉他的时间和精力。一想到洛兰跟她的丈夫一起坐旋转木马,他就感到心痛得无法承受。除非……

他听到一声轻柔的笑声,猜想是什么引起洛兰的兴趣。"你准备好了吗?"她问道。

准备好看到她和她丈夫一起吗?她当然不是指那个。"准备好什么?"

"看我画的这匹马。"

"你完成了?"乔纳觉得她还需要一两天的工夫。

"是的。颜料还湿着,但是我已经准备好接受你的检查了。"

他放下手里的工具,走到画板前。这边洛兰也走出来了。她的手指上沾着颜料,脸上也有一块污点,但真正吸引乔纳注意的是她眼中流露出对自己作品的没把握,这个对自己的能力充满自信的女人,此刻竟然这么软弱。

"希望你能喜欢,"她轻声说道,"我希望它足够好。"洛兰用颤抖的双手移开一块板子。

乔纳盯着她的创作的那一瞬间惊呆了,一时间说不出话来。他从没有想到,一点也没有想到。第二排的马准确来说,不是那么精致。尽管它们的设计跟外围的那些马别无二致,但它们的精细程度却略逊一筹,因为很多细节是画上去的,而不是刻上去的。但洛兰却在二维空间里克服了这份工作的挑战,她绘制的这匹马可以与头马比肩了。

"你不喜欢?"

乔纳摇摇头,他很遗憾自己的沉默引起了误会,"没有,洛兰。我喜欢,非常喜欢,喜欢得说不出话了。你画得太美了!"他慢慢地绕着小马看了一圈,小心翼翼地,让自己不要碰到颜料,虽然他的手指迫不及待地想触碰一下。她在马脖子周围画的丁香花栩栩如生,让他忍不住想用手指摩挲一下,以便让它的香气散发出来。

"你真的觉得它很漂亮?"她的声音里充满惊奇,好像不相信他说的话似的。

"简直是完美。"乔纳想打消她的疑虑,但他更希望她知道自己绝不是毫无用处的花瓶。这个女人可以做任何事。几乎可以做任何一件事,他不能说得绝对,是因为他回想起了她试着做饭洗衣。"我自己画的都没有你的好。"他摇摇头,"我好像在说谎?其实,我做的任何一件事都没有你画的这匹木马好。它绝对是完美的!"

尽管看得出来洛兰并没有完全相信他说的话,但她的脸上泛起了微笑。"你能喜欢它,我很高兴。我不想让你失望。"

"你做到了,它太美了。"

乔纳不知道自己为什么这么做,但在他制止自己之前,他将手放在洛兰的腰上抱起她旋转起来。他们就这么旋转着,比旋转木马的转速还快,每转一圈,他就觉得内心升腾起激情。这个女人,这个不一般的女人,正在帮助他实现他的梦想。她画的这匹马太美了,她自己更是如此。

乔纳感到头有点晕,便把洛兰放下,然后他缓缓地、小心翼翼地将嘴唇贴向她的嘴唇。

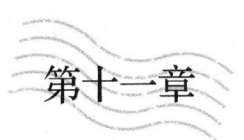

第十一章

这是她经历过的最美妙的事。洛兰的脑袋有些晕眩,不但因为乔纳让她绕着圈转,而且因为他是如此接近,如此亲密,让她感觉轻飘飘的。以前那个与她保持一臂距离的乔纳不见了,取而代之的是她梦想中的男人。她爱他,而他也爱她。弗格森夫人说得对,洛兰陷入爱河了。

乔纳将她抱住,洛兰的喘息声中都带着愉悦。这是她一生都渴望的。原来,她爱的男人触碰她时是这样的感觉。乔纳的手,温热而坚实,他轻抚着洛兰的背,在她心中激起一阵阵涟漪。乔纳低下头,他眼中那金绿色的部分也随之变得深邃。不过这只是前奏。当他亲吻洛兰时,她感觉独立日那天燃放的烟花又在她身边再次盛开。与之前相比,这次的烟花更加美丽,更加震撼,让她感到头晕目眩。

当亲吻结束之后,两人之间留出了一段距离。"噢,乔纳!"此时洛兰小声说道,"感觉太美妙了,你真棒。"

"你也是。"他松开双手,往后退了一步,脸上原本温馨的微笑突然间变成了另一种表情。洛兰也不知道这是什么表情，看上去有点懊悔，不过她觉得这不可能。

乔纳又往后退了一步，然后，指着几分钟前洛兰刚刚画完的那匹马。"当你说自己擅长绘画的时候，我真不应该怀疑你。如果鲁夫先生看到你画的马，一定会立马雇用你。"

这不是她想象中的情景。她从乔纳脸上看到过爱意，当他告诉她，她很棒的时候，从声音中还能听出他的温柔。现在全都消失了，眼前的乔纳就是两周之前的样子，当时她还没开始和他一起工作，似乎刚才那一吻从来没有发生过。

不，那一吻确实发生了！洛兰依旧能够感受到乔纳轻抚她时所带来的甜蜜。但是乔纳却将话题转到了绘画上。她不想讨论旋转木马，只想回味刚才被乔纳抱住，与他亲吻时留下的美妙感觉。只是乔纳再次拉开了两人之间的距离。

尽管现在她只想离开这里，好让刺痛眼睑的泪水流出来，但洛兰没有这么做。逃避解决不了任何问题。她会留在这里，或许能够明白乔纳为什么会有前后矛盾的表现。

"你的意思是，让我去画最后那一匹马？"她问道，心中暗自庆幸声音中没有流露出伤心。他摇摇头："我有个更好的想法。那块圆板上还没有想好画什么，不过，如果你想在上面画画，一定会让这个旋转木马更加特别。"

很显然，乔纳希望他俩回到一小时之前那种同事加朋友的关系，忘掉或者回避刚才那一吻。即便洛兰身上的每个细胞都知道她想要的不只是朋友关系，但是洛兰不知道该怎样才能打破乔纳在他俩之间竖起来的壁垒。她能做的就是等待,期待时间能够解决这个问题。

"什么圆板?"她问。

乔纳为了回答她的问题,拿出一张纸,在上面画出了旋转木马的轮廓。"圆板的设计意图,就是为了掩盖一些机械装置。"他解释道,声音中不带一丝情感,好像刚才的吻根本没有发生过,"我来告诉你为什么我们需要这一部分。"他继续在纸上描画,"旋转木马的顶部看上去就像是一把撑开的雨伞。这里是中心柱,是最重要的部分,从中心柱向外扩散的部分叫作弧形支架。"乔纳接着画出几根直柱连接弧形支架与主平台,"这几根直杆会穿过马身,同时起到支撑顶棚的作用。"随后话题回到顶部设计上,乔纳在上面画了一个圆圈,"这就是圆板。你可以看到,它能够遮住这些装置。我们一般都会在圆板上画上画,简单或者精致些都可以。"

洛兰看了看这幅图,估计了完成这项工程的工作量。"我不确定能够画出很精致的东西。"现在距离组装旋转木马还有不到一周的时间。她闭上眼睛,想要回忆起当时去科尼岛的情景。"当时也坐了旋转木马,但是我记不得那块圆板上画了什么。"

乔纳放下铅笔,对她笑了笑。这是一个友好温暖的微笑,但不是洛兰想要的那种。"这并不奇怪,很多人都是先关注动物。如果经常坐旋转木马,才会开始关注其他细节。"他看了看那幅图,随后又望向洛兰,"你有什么想法?想不想试试在圆板上画画?"

"当然了。"或许这个回答很蠢,或许这样会让她的心受到更多伤害。但洛兰就是无法拒绝。

四天之后，洛兰依旧对乔纳态度的改变而感到困惑。他们每天夜里都会一起工作，她在圆板上的绘画进度比自己预想的更快。她先是画上小船，然后是旋转木马。工作期间，她和乔纳聊了不少，聊的话题也很多，比如说寒冷的天气会让紫丁香花延迟绽放，也会聊到顾客对于旋转木马的潜在反应。但只有一件事没有被提及，就是那个吻。在洛兰看来，乔纳避而不谈的原因只有一个：他后悔了。

"来跟我喝杯茶。"弗格森女士拉住了正从大厅穿过的洛兰。尽管他们要等到迈克回来才能喝到下午茶，但帕克先生同意，每天下午在大厅里为那些选择留在室内的客人提供茶和咖啡。

洛兰叹了一口气。当她看到一个女人孤独地在那里，她就应该意识到弗格森女士肯定需要一个伴。一般来说，洛兰会很享受与知心朋友在一起的时光。但是，她今天没有心情与人交流。

"我很担心你。你都有黑眼圈了。"弗格森女士说道，同时端起一杯茶给洛兰。"最近一直在忙着帮乔纳画旋转木马。"这句话是事实，但并不是让她如此疲惫的原因。

弗格森女士露出了疑惑的神情，好像在思索着什么。"真想在你眼里放一点火花，让你看上去不像是阿特拉斯，好像整个世界的重量都压在你肩上了。到底怎么了，洛兰？"

洛兰喝了一口热茶，尽管她不想用自己的心事去麻烦弗格森女士，但是之前弗格森女士曾给过她很好的建议，或许这一次也能如此。洛兰说："自从他吻了我之后，一切都不一样了。"弗格森女士将茶杯猛然放到桌子上,动作过快以至于茶水溅到了茶托上。"你说什么?你是说乔纳吻了你?"

"这事已经过去五天了。"洛兰又喝了一口茶,茶的清香让喉咙非常舒服,"我不知道,但我还能回想起当时的美妙感觉,但从他的表现来看似乎这一切都没有发生。"

弗格森女士皱起了眉头:"吻你之后,他说了什么吗?"

"他告诉我,我很棒。"

"好,很好。"弗格森女士又举起了茶杯。"但随后他竟然跟我说,我可以为旋转木马画画,并以此为工作。"虽然这话也包含着赞美,但在那个特殊的时刻,这不是洛兰想要听到的话。弗格森女士似乎也同意这一点,因为她的脸有些泛红。"这个男人在想什么?求爱不是这样的。""你错了,弗格森女士。乔纳不爱我,他不是在跟我求爱。在他看来,这个吻是一个错误。"一夜夜的辗转反侧让洛兰坚信了这一点。

"我不相信。"弗格森女士又一次拿起茶杯,附身向前,将手放在洛兰的手上,"如果说有人恋爱了,那一定是乔纳·曼恩。或许他是害怕了,有些男人会这样,或许他是因为父母指定要娶的姑娘而感到烦心,因为他爱的是你。肯定是这样,我愿意赌上我媒婆的声誉。"

洛兰也希望她说的是真的。"我不知道该怎么办。"那些无眠的夜晚,洛兰坚信乔纳后悔吻她;同样是这些夜晚,洛兰也意识到迈克和弗格森女士说的是对的。如果总是想要达到别人的期望,那她就无法生活。她要做的就是沿着上帝指定的那条路坚定地走下去，这个人生不包括一场没有爱的婚姻。"我爱乔纳。"洛兰承认。尽管这些词会在她脑海中不断回响，但这是她第一次说出来。"但我不知道该怎么做。"

弗格森女士喝了一口茶，看上去似乎正在思考洛兰的情况。"我觉得你要做的只有一件事。"她终于开口了，"你需要变得勇敢，我知道你母亲或许告诉过你，一个女人永远不要主动。但是你必须这么做，去告诉乔纳你爱他。"

洛兰感觉脸上的血液都流走了。"我做不到。"或许当着弗格森女士的面她还可以承认自己的爱，但是对着乔纳说就是另一回事了。

弗格森女士严肃地点了点头："只要你想去做，就没有做不到的。"

她错了。"如果你吃了我的东西或者用了我洗过的毛巾，就不会这么说了。"

"这不一样。"弗格森女士摇了摇手，否定了洛兰的话，"你现在还没下定决心。想一想，你做饭或者洗衣服之前，会想到之后发生的所有事吗？"

洛兰摇了摇头："不会。因为那很简单。"

"所以，你错了。也许让乔纳袒露内心会比较困难，但如果你觉得他值得你这么做，那就去试一试。"问题就是，洛兰不知道该怎么做。总不能就这样走过去，然后跟乔纳说她爱他。如果她不这么做，乔纳就会离开丁香花庄园，再也不回来了。那么，洛兰的下半辈子，就要在他到底爱不爱她的疑惑中度过了。提起这样一个敏感话题已经够可怕的了，但是如果不提，未来会更加可怕。

洛兰闭上眼睛，希望能找回勇气。她睁开双眼，朝着弗格森女士轻轻地点了点头，她同意了。但是，首先她要搞掂自己的事情。如果说这几天在丁香花庄园学到了什么，那就是无论乔纳说什么，她都不会嫁给罗伯特。即便这么做会让堂哥艾伦得到她的遗产，引起闲言碎语，她也不能嫁给一个自己不爱的人。

"谢谢你！弗格森女士。"洛兰一边说一边起身，顺手将空杯子放在托盘上。"我还有几封信要写。"罗伯特和她叔叔都应该知道，她已经做出决定了。

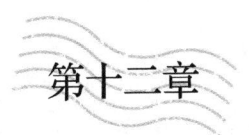

第十二章

"你做得比我想象的好多了。"乔纳第二天跟她说,"这块圆板太漂亮了!"尽管洛兰非常紧张,但她还是挤出了一个微笑。她希望那些乘坐旋转木马的人能够喜欢圆板上面的图画,更重要的是,她希望乔纳能够相信他俩就像这画和旋转木马一样适合。这也是洛兰为此倾注心血的原因,她在上面画了领头马及其同伴。

第一幅图中,一个男人站在领头马边上对着妻儿微笑,他的妻子骑在马上,怀中抱着婴儿。第二幅图中,婴儿变成了小姑娘。姑娘自己一个人骑马,而她的伙伴骑在一个比较小的马上。第三幅图中,小姑娘长大了,她骑在马上,眼睛注视着骑在领头马上的爱人。由于圆板是一个环形,坐旋转木马的人将会随着木马移动而看到这不同阶段的一幕幕画面,形成了人的一生。

"我希望讲述一个女孩的一生。"洛兰说道,而此时乔纳正在仔细端详每一块面板。主面板用丁香花丛、爱心以及涡卷形花字体进行点缀。今天晚些时候,这些面板将安装到环形圆板上,然后将圆板放到指定位置以遮盖其他装置。

"你画的是你自己吗？"

洛兰摇了摇头。她故意将女孩画成金色头发，而女孩的爱人则是一头黑发。虽然洛兰很想将男子画成乔纳的样子，但她最终没有这么做。"这个姑娘代表了每一个女孩的梦想。"

"婚姻和孩子吗？"

"那是一部分，还有更多。她们最想要的是爱。"洛兰的心跳开始加速。这是她想好的开场白，可以说是鼓足了勇气。她会按照弗格森女士所说的，向乔纳表达自己的爱。"乔纳……"

在她说完整句话之前，有个男人走了进来。"最后的配件也送到了，工人们已经准备组装旋转木马了。"

"很好，我们准备好了。"洛兰错过了这个表白的机会。

接下去几小时可以说是一片混乱，或者说对洛兰来说是这样。工人们来到这里敲敲打打，将一块块木头和金属组成旋转木马。其他人则在调试蒸汽机，给旋转木马提供动力。

"你能让他们待在外面吗？"乔纳问道。当时有几个客人因为对这里发出的声响感到好奇，想要进来看看。"如果他们看到了组装过程，就会少了些奇妙的感觉。"

所以洛兰就成了站在门外的保安。她花了好几小时让大家相信这会是一个很棒的旋转木马，而且向他们保证两天之内就会对外开放。最终，人们眼看等了那么久都没有见到旋转木马，就纷纷回到了酒店。

随着太阳西下，工人们也纷纷离开。乔纳来到外面，脸上带着疲倦，眼中却充满了激动的光芒。

"你想看看吗?"他问洛兰。"当然了!"

乔纳打开门,兴奋地领着洛兰往里走。洛兰突然停了下来,虽然她看到过所有部件,但眼前这个组装完成的旋转木马完全超乎了她的想象。

"太壮观了!"为了盖过蒸汽机的声音,洛兰提高了嗓门。随后她望向那些画上去的小马,之前这些美丽的画还靠在墙上,现在则安装到了平台上,就在圆顶以及圆板的下方,没有任何瑕疵。

乔纳非常高兴。"这正是我想要的效果。当然,我现在还不敢相信这已经是完成品了。"他朝洛兰笑了笑,眼里全是幸福的光芒,"谢谢你所做的一切。"

"我做的只是一小部分。"

"但却是很重要的一部分。没有你,虽然我依旧能够完成这个旋转木马,但不会像现在这么漂亮。"他用手指了指领头马还有圆板上的画,"这些都是那么特别,谢谢你,洛兰。"

乔纳爬上平台,拉动控制杆,启动发动机。旋转木马便开始旋转,他跳下来,站在洛兰边上,看着这些木马不停地旋转。

"我觉得第一次应该属于我俩。"他告诉洛兰。当他确保一切都正常后,先是启动刹车,然后帮助洛兰爬上平台。

"你不坐吗?"当洛兰骑上领头马时,她问道。

"我就站在你边上。"

正如洛兰在画中所描绘的那样,在夫妻与孩子中,一般来说都是男人占据领头马的位置,所以洛兰感觉这样不对。"你应该坐在领头马上。"洛兰坚持自己的看法,"我会骑上我的马。"

就在那短短的几分钟里，他俩就像是第三幅画中那个年轻女性与她的爱人一样。

乔纳点了点头，然后重新启动了平台。这一次还包括了其他部分。音乐声比正常情况显得小一些，这样就不会引起客人们的注意。不过，洛兰可以很清楚地听到音乐。

跟着旋转木马一起转动，这或许是洛兰一生中最美妙的一次骑木马经历。她一直注视着乔纳，在接下来的三分钟里，她几乎都没怎么呼吸。这是她想要的，和她爱的男人分享两个人一起创造的东西；这就是她想要的生活，无论在这里还是在英国，都没有关系。只要他俩在一起，一切都无所谓。

最后音乐渐渐变弱，乔纳关掉发动机，帮助洛兰从平台上下去。他开始朝门的方向走去，不过洛兰用手拉住了他的胳膊，示意他停下。洛兰的手因为担心而变得冰冷，而她的心则跳得飞快，好像要从胸口跳出来似的。她知道这或许是唯一的机会。

"我真希望刚才的旋转木马永远不要停。"她温柔地说道。

乔纳点了点头，似乎明白洛兰的意思。或许他清楚，但是还有很多话要说。洛兰希望自己的话能够打动乔纳的心，希望他不要像忘记那个吻一样轻易忘记他俩的感情。

洛兰望着自己深爱的男人，想要试着微笑，但是她的双唇并没有弯起来。她用尽了全身力气说："一个月前我还不知道生命中该追寻什么，现在我知道了。"

尽管乔纳轻微地睁大了眼睛，似乎她的话让他有些吃惊，但他没有说话。

洛兰深吸了一口气，然后缓缓吐出，趁着这个时间她在考虑该怎么说。"我知道一个女人不应该说这些事，但我希望在你回到英格兰之前能听到这些话。"她停顿了一会儿，最后说出了深藏在内心深处的那句话，"我爱你，乔纳。我希望成为你的妻子。"短暂的一瞬间，洛兰看到乔纳眼中闪过一丝幸福，但紧接着就是悲伤。"你不是有一个指定的未婚夫吗？还有你的遗产呢？"他问道。

　　"我不能嫁给罗伯特。我不爱他。我已经和他还有叔叔坦白了这件事。"洛兰的手没有从乔纳的胳膊上松开，一方面能够稳定自己的情绪，一方面也能够防止乔纳转身离开。"我觉得遗产不是最重要的。你说得对，我父母留给我的遗产不是钱，希望堂哥艾伦不会浪费这笔钱。如果他肆意挥霍，那也是他的事情。我不会阻止他，我的生活不能永远是这样。"

　　"那你会变得贫穷。"

　　洛兰摇摇头："你让我明白了，一个人所作所为比他拥有的财富更加重要。我不需要新的礼物，也不需要昂贵的珠宝，我要的只有爱。"洛兰望着乔纳，希望他能够明白，"我要的就是你。"

　　"哦！洛兰。"只有三个字，却充满了情感，这让洛兰有些哽咽。"我真希望自己的情况和现在不同，可惜不是。"他握住洛兰的手，好似在安慰她，"我无法给你想要的。你知道，我要负起家族的责任。"

　　洛兰想了想，尽管她没有见过乔纳的父母，但是她无法相信乔纳的家人会如此残忍地让他远离真爱。"他们肯定会理解的，只要他们知道我爱你。"

他用严肃的眼神望着她:"这和他们能否理解没有关系。我们家族的声望现在岌岌可危,这件事比你我更重要。"

听上去他很愤怒,洛兰想要知道,他究竟为什么生气。是因为自己目前的处境,还是因为洛兰索求的爱是他无法给予的。或许继续追问,或者不明不白地"明智选择",因为洛兰知道真相之后不会有好的结果。即便她的心非常受伤,甚至她都害怕这伤永远难以愈合,但洛兰不能就这样不明不白地离开。

"你不爱我。"这是一句陈述句,而不是问句。乔纳眼中充满了痛苦。"我并没有这么说。"

"但你就是这个意思!你宁可抛弃拥有幸福的机会。"一瞬间,洛兰的悲伤全化作愤怒。"乔纳·曼恩,你是个笨蛋,而我是个大笨蛋。我是多么没有自知之明才会相信有人会爱上我。"

她将手从乔纳手中抽出,握紧拳头。"再见!乔纳。希望你所谓的荣誉能够给你带来幸福。"

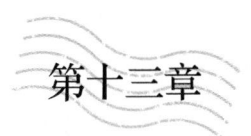

第十三章

　　他就是个笨蛋！乔纳对自己说。他绕着旋转木马一圈一圈地走着，似乎走了上百圈。洛兰从展示厅冲出去的时候，他没有追上去。他不能追上去，因为他怕再次伤害她。他紧紧攥着拳头，指甲插进手掌里，与他带给洛兰的伤害相比，这点痛苦算不了什么。她不该受到伤害。美丽、勇敢的洛兰应该得到爱和幸福，这两样东西他都没办法给她。

　　乔纳加快了步伐，几乎跑了起来，但是他没办法从回忆里跑出来。看到洛兰伤心，让他痛苦难耐。如果她只是生气还好，不仅仅是因为她应该生他的气，还因为如果只是生气的话，到明天早上就会没事了，至少在她生气的时候，能不这么伤心。如果他们两个人运气都不错的话，那明天早上她就会想明白：他们是不会在一起的。

　　哈！乔纳突然停下来，他意识到自己就是一个伪君子。他怎么能期待洛兰相信他自己都不相信的东西？他抬起头来，凝视着圆板和洛兰梦想中的场景。虽然她给他看的时候他没有承认，但是那也是他的梦想。他希望他的妻子像洛兰画里的人看自己的丈夫一样看他，就是洛兰在他们坐旋转木马时看他的眼神。那三个J小姐中不会有一个能用这种眼神看他。J小姐是他给父母满意的三个姑娘取的绰号。乔纳对此确信不疑，他对她们也不会露出他和洛兰在一起时的笑容。

  他心烦意乱地叹着气，把灯关上，锁上门离开了。如果他继续待在这里，只能不停地想着洛兰。这个旋转木马本来是他梦想的体现，但是现在，每当他看到它就会想着和洛兰一起度过的时光，他们一起欢笑，一起友好地争论，其实争论的事情无非就是领头马的马鞍涂成什么颜色这类。他离开旋转木马的话，可能会容易忘记她一点。

  其实并没有作用。他心里烦躁，不想进房间，他在外面漫无目的地走着。没有用。不管他去哪里，不管他看到什么，脑子里全是洛兰。紫丁香的香味，脚下去年落叶的"沙沙"声，微风轻轻吹着他的脖子，带来一阵凉意，这些都让他想起了洛兰。每次他想起洛兰，就会意识到自己破坏了多么美好的东西。他感觉自己的一部分被拿走，没有什么能填补他内心的空虚，除了洛兰。

  一只猫头鹰叫着，一只田鼠急匆匆地找东西躲起来。对于别人来说，这只是一个普通的夜晚，但是对于乔纳来说是不一样的。他的心被自己的愚蠢行为压得难以忍受，发出沉重的叹息。他之前还认为洛兰是个温和懦弱的人，真是大错特错。她远远比他想象的要坚强勇敢。她向他表白了爱情，希望能和他结婚，这是对世俗礼法的挑战，不仅如此，更重要的是，她还愿意放弃一切——

纽约舒适的生活，老朋友们的陪伴，家里的支持——只是为了他。他就是一个傻瓜，拒绝了他所见过的最好的姑娘的爱，仅仅是为了维护家族传统。

乔纳停下来，凝望着天空，就像天空会给他答案一样。虽然没有得到答案，但随着他放慢脚步，思维也变得没有那么混乱了。那段世仇已经过去两个世纪了。即使他不娶J小姐中的任何一个人，也不会将这段仇恨重新点燃。他还想到：是时候开启新的传统了——为爱而结婚。杰西卡、乔斯林还有朱莉安娜根本就不会介意，因为她们曾经表明过，她们其实都偷偷谈了男朋友，希望他在另外两个姐妹中选择。这样就只剩下他父母的问题了。乔纳不会骗自己觉得说服父母是一件容易的事，但是他也知道他和洛兰之间的爱是一辈子的事。

他做了决定。乔纳朝紫丁香厅走去，是时候为自己的愚蠢做出补偿了。他进去的时候，打开怀表，看了下时间。十二点半了，太晚了。无论他想跟洛兰说什么，他都不能现在去找她。他会在明天早上第一时间见到她，见到她的时候，他会跟她说，她是对的。他们之间的爱才是最重要的。他总有办法让父母理解，即使他们不理解，即使他们不接受洛兰，乔纳也会娶她，因为她才是他爱的人，是他的另一半。

这样想过之后，他感觉好受一点了。他爬到床上，尽管不指望能很快入眠，但还是睡着了。

洛兰坐在椅子上，尽力想让注意力集中在窗外的风景上。乡村低缓的山丘景色宜人，如果是别的时候，她一定会沉浸在风景之中。今天,她除了内心深处的空虚之外,什么情绪也没有。她曾经以为没有什么比父母的去世更难过的了,但是她错了。乔纳的拒绝更让她伤心,因为他毁掉了她的梦想。

她深吸一口气,庆幸火车上只有一半的人,这样她就不用跟其他乘客交谈了。不到一个月之前,她到普拉图·福尔斯镇来,确信迈克的来信是上帝对自己祈祷的回应。在来的路上,洛兰跟坐在她旁边的一位中年女士说,她确信和她哥哥团聚是开启新生活的第一步。她完全错了。

虽然有时候很开心,但是她在紫丁香庄园的日子只是一段插曲,并不是新生活的开始。现在,原本看起来充满希望的未来转瞬即逝了,生活暗淡无光,她对爱情和幸福的美好梦想就像晨雾一样被吹散。在短短几周里,洛兰遇到了——也失去了——她唯一会爱上的人。她像清楚自己的名字一样确定这件事。

火车"嘎吱嘎吱"地开向纽约,洛兰尽量让自己的情绪平复下来。早上离开丁香花庄园太冲动了。但是,她的确没有办法再见到乔纳了。她把行李留在了房间里,告诉帕克,她过几周就会回来。一旦乔纳回英格兰了,她就会回去和迈克还有贝蒂待上一段时间。她会给每个季节都设计好活动项目,之后她就离开。但是,她得先给自己疗伤。

"我今天早上没有见到洛兰。"谢丽尔似乎因为乔纳来问她,打扰了她准备早餐而有些不满,她噘着嘴说,"你去问问弗格森太太吧!她们整天待在一起。"这就意味着他要再等半小时,等客人们来吃早餐的时候才能问。虽然他有点恼火,但是乔纳没有别的选择。他敲门的时候，洛兰没有回应，他推断，她没有在度假村里。帕克先生应该知道她在哪里，但是乔纳没能找到他。弗格森夫妇走进来的时候，乔纳的精神一下子紧张起来，他大步走向那对老夫妇，问他们见到了洛兰吗。"她走了。"这是他最怕听到的。他深深地伤害了洛兰，她宁愿离开也不愿再见到他。如果他没有这么愚蠢就好了！"走了？去哪了？"虽然逻辑上来说，只有一个地方，但是乔纳还需要确认一下。"她坐早上的火车去纽约了。"弗格森太太说，她的语气让他感觉就像一个刚刚吃了酸柠檬的人，"她没说为什么走，但如果我猜的话，我觉得肯定和你有关。你做了什么？"

"我是一个笨蛋！"乔纳不能跟别人说他到底怎么犯蠢了，因为这意味着洛兰有可能会由于比大部分有修养的女士主动而受到责备。但是他不能为自己开脱。弗格森太太说得对，是他的错。

老太太点点头，好像一点儿也不惊讶。"你昨天晚上已经犯蠢了，如果你现在不去追她的话，那就更蠢了。"

这正是乔纳打算做的。"我不知道她住在哪里！"如果乔纳到纽约去找考德威尔家的住址，这太困难了，但是他一分钟也不想耽误，"您知道吗？"

"我知道。"弗格森太太撇下丈夫，走到会客室里，在客人写信的小桌子旁坐下，拿出一张纸，写下一个地址。"她可是万里挑一的好姑娘。"她说着，猛地把字条塞进乔纳手里，"别让她从你身边跑了。"

虽然他很担心这已经发生了，洛兰可能会不愿意再跟他说话了，乔纳还是点点头，跟老太太道了谢。他除了担心洛兰，什么也做不了，在下一班火车到之前，他在车站坐了一小时。四小时之后，他坐上一辆双轮马车，向洛兰家驶去。

这座红砖三层联排别墅，虽然没有他父母在英格兰的庄园大气，但是设计得当，整个住宅区也高档雅致。正是迈克跟他描述时，他所想象的样子。他快步走到台阶上，摇响了门铃。

"对不起，先生。"一个穿着整洁的女佣得知乔纳要见洛兰时说，"洛兰小姐走了。我不知道她会什么时候回来。"

她一定是去朋友家了。虽然他不愿这么做，但今天下午他不得不追到她朋友家去见她了。"她今天回来过，是吧？"

"没有，先生。"女孩摇摇头，"我们已经有快一个月没见过洛兰小姐了。"

乔纳的嘴唇紧紧抿起来。他之前认为她肯定会立马回家，但是，洛兰再一次让他感到意外。她会去哪儿呢？她没有回来换衣服，不可能穿着旅行时的衣服就去拜访朋友。他打算再叫一辆马车，随即意识到，他不知道去哪儿找她，拦了车也没用。他倚着考德威尔家的铁门，脑子飞快转动：也许她去找卢弗先生了，商谈为他工作的事情？乔纳摇摇头，否定了这个想法。洛兰就在这个城市里，但是她在哪儿呢？他闭上眼睛，希望能屏蔽掉纽约的人、事和声音，专心想洛兰会在哪里。几秒之后，乔纳的眼睛睁开了，他回想起了一天早上他和洛兰的对话。他知道她在哪里了。

第十四章

她漫无目的地走了几小时,随便找地方停下来吃了点东西,休息了一下。虽然她也进了几家商店逛了逛,但是没有什么东西能引起她的兴趣,洛兰甚至回忆不起来中午吃的是什么。现在已经接近傍晚了,她还像一艘无舵的船一样,在原地打转。或许,她应该直接从火车站回家的,但是她想在回家之前做出决定。一旦她跨进家门,叔叔肯定想要知道,既然她拒绝了罗伯特的求婚,那她之后打算怎么办。到现在为止,她还没想清楚。

她的思维还是很混乱,脚下没有方向,只是在机械地走着。乔纳现在在干什么?在展示馆里,为旋转木马的盛大开场做准备?还是在休息,在池塘上划船?这些问题接二连三地轰炸着她,洛兰忽然惊奇地睁大了眼睛。她不知道乔纳在哪里,但她知道自己到了哪里。原来她脚下并不是在漫无目的地走,她来到了她应该来的地方:巴特利公园。

从下火车的那一刻开始,洛兰就不知道该往哪里走。现在,她没有必要继续闲逛了,她知道她想要的就是站在公园的海岸边。

她会在那里找到想要的答案。

　　海水轻拍着岩石；海鸥在头上高飞，偶尔降落下来，看看能不能发现面包屑；远处耸立着自由女神像。洛兰凝视着海面，深吸一口气，尽力平复自己落寞的情绪。一切看起来都和原来一样，但实际上又不一样。她之前总是认为这个公园很特别，今天看起来却是那么普通。自由女神像过去总是能带给她内心的平静，今天却没有。什么都没有用。她望着那个代表着很多人希望和梦想的雕塑，以前也曾代表着她的梦想，现在，洛兰知道自己错了。雕塑没有改变，改变的是她自己。她不再是那个相信自己会有一个充满爱和幸福的未来的小姑娘了。

　　孩子们蹦蹦跳跳地在公园里跑着，发现了一只鸽子，开心地叫起来。母亲看到孩子们可爱的样子，幸福地微笑着。几对夫妻走过，手挽着手，有着他们自己意识不到的甜蜜。过去，洛兰觉得在这里看着游客是一件有趣的事。今天，她满脑子只是那个男人，他把自己得到幸福的机会扔掉了，也扔掉了她的。

　　她再次深呼吸了一下，挺起肩膀。想这些也没有用了，她应该把乔纳忘了。可她不想这么做。但是，她现在需要把注意力放在这个月里发生的开心的事上，或许，这样她就能知道未来该怎么办。

　　她沿着公园走着，控制着自己的思绪。她和迈克团聚了，遇到了乔纳，迈克对贝蒂的爱情，帮助乔纳画旋转木马，组织丁香花庄园的活动项目，爱上了乔纳。

　　紧紧抓着铁栏杆，洛兰看着举着火炬的女神雕塑。不管她怎么做，不管她怎么努力让自己不去回忆，她都会想到乔纳。他是她生活的中心。但是，这已经没有意义，因为他已经离开了。她闭上眼睛，希望眼泪不要流下来。

"洛兰！"

她太傻了。现在，她竟然觉得听到了乔纳的声音。

洛兰继续闭着眼睛，手还放在栏杆上。"洛兰！"

声音更大了，也更近了，她还是觉得像乔纳的声音。

虽然她确定不会是他，但她还是睁开眼睛，转过身。

"乔纳？"她喃喃道，不敢相信自己的眼睛。那个人正向她飞奔过来，看上去好像乔纳。声音也像……

"乔纳！"她的泪水哽住了喉咙，声音低沉沙哑。

"能找到你真是太好了！"他在离她几英寸的地方停下来，表情严肃。

她的心跳开始加快。他到这里来了，乔纳在找她！内心涌起一阵希望，但是洛兰马上遏制住了。仅仅因为他到这里来了，并不能表示他改变了主意。但是他来找她了，没有什么能抹杀这一点。

"如果你现在让我走，我也不会怪你，但是我希望你能先听我说。"

他站在她面前，眼圈很黑，他的语气里充满了焦虑。他怎么会认为她会让他走？他出现了，意味着他们可能还有机会，因为乔纳不会为了再拒绝她一次而跑来找她。洛兰的喉咙哽住了，她没有办法说话，但她向前倾了一下，让乔纳继续说下去。

"你说得对，我就是一个笨蛋！"他伸出手，想要抓住她的手，但是又放下了,"笨蛋才会把上帝赐予的礼物扔掉,但是我差一点就这么做了。我差一点就扔掉了你的爱……还有我自己的。"

洛兰的呼吸变得急促起来,心跳也加快了,当她听到"爱"的时候,她的心里充满了希望,哽在喉咙里的东西也没有了。

"你爱我?"

乔纳点点头,他的眼睛里闪烁着光。

"我比自己想象的还要爱你,但是我必须告诉你事情的真相。"

真相?听起来会有不好的事情发生。恐惧和希望交织,她的心剧烈跳动起来,洛兰内心默默祈求着平静和理解。他们在公园的长椅上坐下,他转头看着她,把她的手放在自己手里。"我其实不叫乔纳·曼恩。"

洛兰想过他有可能说的情况,但从没想到会是这个。"我不明白。"

"你知道,我是从英格兰一个叫托伊伍德的城镇来的。我没有告诉你的是,托伊伍德其实是我们家族的封地。父亲去世后,我会成为托伊伍德子爵。"

洛兰想到她就像对待一个普通的工匠一样对待的人,其实是英格兰的贵族,她微微颤抖着。这太讽刺了!她毫不知情,却爱上了一个堪称完美的人。他不仅符合父母遗嘱里的各项要求,竟然还满足了母亲不切实际的愿望。但是,乔纳没有说他会娶她。他只是说了他爱她。

"这就是你的家族让你娶远房亲戚的原因吗?"如果爵位意味着一大笔财富的话,他的父母可能会想把财产控制在家族内部。

"只是一部分原因。"乔纳靠近一些,他的眼睛一直盯着她看,紧紧握着她的手。"二百多年前,家族里两个堂兄弟之间出现了争斗。两个人都声称自己是托伊伍德的合法继承人。"

"怎么会这样?"她询问关于自己在英国的祖先的时候,母亲曾经给她解释过继承权的问题。这似乎很直接,"我以为会是长子继承爵位。"

乔纳点点头,他轻抚着洛兰的手背,她的胳膊轻轻颤抖着。"是这样。但是问题是,这对堂兄弟的父亲是双胞胎,没人清楚他们谁是先出生的。助产士本来在先出生的孩子脚趾上系了一根带子,但是他们两个躺在摇篮里的时候,带子松开了。从那之后,就没人知道谁是长子了。没能继承爵位的那个心里充满怨恨。"

"可以理解。他觉得自己被骗了。"虽然她也不喜欢父母遗嘱里的规定,但是父亲和母亲还是给了她选择权。那个托伊伍德的继承者确是命运的受害者。

乔纳继续说:"他们的儿子,还有儿子的儿子一直相互敌对,直到最后,女王下了命令,有了唯一的解决办法,那就是继承者必须娶家族另一个分支的女士为妻。从那时起,我们家族就有了这个传统。即使,现在我们在血缘上的联系也比较远了,但是这就是曼陀丽家族的传统。我会成为第一个打破这个传统的人。"

难怪乔纳的父母规定他必须这样做。传统很重要,尤其是历史悠久的传统。难怪乔纳要娶曼陀丽家族的人——曼陀丽?

"你说的是曼陀丽吗?"

"是的。"乔纳冲她微笑,笑容像夏日的阳光一样灿烂,"我应该早点告诉你的。我的全名是乔纳·弗朗西斯·爱德华·威廉·史蒂芬·曼陀丽,未来的托伊伍德子爵。我是史蒂芬·曼陀丽的后裔。另外一个分支是麦斯威尔·曼陀丽的后裔。"

"哦,乔纳!我不相信。"

他的眼睛眯起来,看着她,好像没理解她的话。"这是事实,你不相信的是哪一部分?"

"你的名字。"

"我承认它有点长,但这也是传统。每一个继承者都要以前辈子爵的名字命名。"

洛兰的心里充满了柔情,她把手放在乔纳的手上。"我的母亲告诉我,世上没有巧合,我们称为巧合的事其实都是上帝的安排。现在我相信了。"

"你什么意思?"乔纳问道。一对老夫妻从他们身边经过,微笑着,洛兰听到了那个老太太小声说:"他们让我想起了我们年轻的时候。"洛兰看着乔纳的时候没有笑,当她看到他听见她下一句话的反应的时候,才露出微笑,"我也是曼陀丽家族的。"

他瞪大了眼睛,因为震惊,脸部的血液似乎流到了别处。"你……你说什么?"

"这是真的!我的祖先来自英国。我不知道城镇的名字叫什么,可能是托伊伍德。我只知道因为一些比较麻烦的事情,我的曾祖母曼陀丽离开了英国。母亲说我们的祖先叫作麦斯威尔·曼陀丽。"乔纳的表情告诉洛兰,他知道她说出的真相的意义。她调皮地笑了一下,"用祖先的名字命名,不是只有你的家族才有。

总祖母的后代中,所有的女孩都以曼陀丽作为中间名。"

乔纳大笑起来:"这就是 M 代表的意思。我之前还想过首字母 M 代表什么,但是我没问。看来我应该早问你的。"

"还有,我未来的爵位,满足了你父母遗嘱里的条件。"乔纳的眼睛变得深邃,他眼睛里的爱这么强烈,洛兰觉得自己都无法呼吸了。他露出最最甜蜜的微笑,说:"现在只剩一件事了。"

他把洛兰的手放开,站起来,单膝跪地,牵起她的一只手。"你愿意嫁给我吗?洛兰·曼陀丽·考德威尔?"他停了一秒,说了他觉得可以说服她的话。

"嫁给我吧!"

✉ 书信奇缘

亲爱的读者：

　　希望您能喜欢洛兰和乔纳的故事，还有我在里面加入的有关旋转木马的细节。也许，你会奇怪，我为什么会让乔纳成为一个旋转木马雕刻工？这是因为十四年前，我得了旋转木马发烧症，那一年正好是国际旋转木马年。也许，这并不是巧合。在一个州际度假村的旅游信息区，我偶然看到了一个旋转木马。第二天，我就计划去看那些古老的旋转木马，参观旋转木马博物馆。

　　两年之后，一位患有同样病症的女士告诉我，我得了旋转木马发烧症。因为从来没听说过这个词，所以我进行了调查。我的词典里没有"旋转木马发烧症"这个词条。但是，当然它结合了旋转木马和发烧症两个词的含义。旋转木马很好理解，发烧症就有点微妙了。我的体温并没有上升，不过确实跟它的第二个定义有些相符："可传染的暂时性热情：一种狂热。"毫无疑问，我对旋转木马和彩绘的小马充满了热爱，同样毫无疑问，这确实会感染。我已经传染给了我妹妹，她已经在计划旋转木马的主题旅行了。随着时间的推移，问题是发烧的症状丝毫没有消退，反而更加严重了。我会让丈夫开车几百英里，只为看一个古老的旋转木马。爱荷华州旋转木马宣传展的时候，我就开始计划第一时间去看。并不是我一个人，成千上万的人都感染了旋转木马发烧症。这也就是为什么会有专门致力于旋转木马的组织，以及与旋转木马相关的杂志和会议存在的原因。

　　这些让我开始思考，旋转木马有什么样的魔力呢？我认为它有三点独特的地方：第一，就是不一样的美。现在我们买到的大部分东西都是流水线生产的，早期手工雕刻和绘制的旋转木马的精细程度和雕刻技艺着实让人惊叹。第二，对于很多人来说，旋转木马能勾起他们童年的回忆，那可能是他们最后一次坐彩绘的小马。第三，旋转木马能使人快乐。你见过有哪一个人在旋转木马上愁容满面吗？我从来没见过。虽然坐在上面可能并不舒服，音乐也可能太吵了，但是坐在旋转木马上就是会让人很开心。

　　如果你想了解更多，我在我的网页（www.amandacabot.com）上传了图片和链接。在"书籍"一栏里点击 *Sincerely Yours*（书名未定）的封面，之后再点击"故事背后的故事"链接。

　　最后，我希望您在不久的将来能至少坐一次旋转木马，也希望你也能得上旋转木马发烧症。

　　此致

阿曼达·卡伯特

✉ 书信奇缘

心怀梦想是阿曼达·卡伯特生活中重要的一部分。从幼时记事起,她就梦想成为一名作家。我们应该感到庆幸,她在小学时成为剧作家的努力并不成功,所以她打算成为一名小说家。她梦想着十三岁之前,能够卖出自己的书。她实现了自己的梦想,从那之后,她就开始了故事创作。现在,她用不同笔名创作了超过二十五部小说。

她的作品曾入围 ACFW 卡罗尔奖以及最佳图书奖,并进入 CBA 最畅销图书榜单。

阿曼达是一位受人欢迎的演说家、ACFW 成员,以及美国浪漫小说家协会的创始人。她和高中时期的恋人结婚,她的丈夫和她一起追寻她所热爱的事物,陪她开车几百公里寻找故事素材。他们在东海岸定居多年,完成了追寻很久的梦想,现在住在美国西部。

A Saving Grace

格雷斯的解救计划

简·柯克帕特里克

再一次
献给杰里

不饥不渴,炎热和烈日必不伤害他们,因为怜恤他们的,必引导他们,领他们到水泉旁边。

《以赛亚书》 49:10

第一章

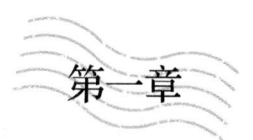

……妈妈不能离开那里。格雷斯阿姨,请让她回家吧!我已经失去爸爸了。

谨致问候

卡洛琳,八岁

格雷斯·哈撒韦打开这封信的时候,正坐在俄勒冈州罗灵斯普林斯牧场宽阔的门廊里。她在摇椅上前后摇着,听着风的鸣响和母鸡在草地上啄食发出低低的叫声。读信的时候,她卷起一缕栗色的头发。当信件在早餐后送达偏远的俄勒冈牧场时,她没有料想到卡洛琳的请求。在同一信封里,还附有另外一封落款是一位律师的信,对此做出了解释。信上说格雷斯的朋友丽贝卡,也就是卡洛琳的母亲在华盛顿州普吉特海湾边上一个叫奥拉勒的小镇里,在一个像疗养院一样的地方接受住院治疗。

在丈夫溺水身亡后，卡洛琳的母亲变得十分沮丧，觉得自己需要找个地方排解心情。她把八岁的卡洛琳交给了俄勒冈达尔斯的一位朋友照顾。

律师接着写道，这位朋友拜访过霍姆斯夫人，对于她的情况很是担心。

> 哈泽德·琳达医生和她的丈夫经营着那家疗养院，霍姆斯夫人在他们的全力帮助下，看起来变得日渐消瘦。他们强烈推荐一种非同寻常但表面上看起来成功的营养管理方法，其中包括禁食。那位朋友没能说服卡洛琳的母亲离开那里。卡洛琳是你的教女，卡洛琳和那位朋友让我把她的信和我的解释一同寄给你。即使不能抚慰她的母亲，如果你能来安慰一下卡洛琳的话，请告知我们。
>
> 谨上

落款是达尔斯的一位律师，日期是1911年3月。

格雷斯一点一点地咬着厨师放在餐具柜上的撒糖屑曲奇饼干，信放在她的亚麻布短裙上。小卡洛琳，这个孩子是她的教女，她现在正承受着深深的伤害。格雷斯几个星期不在牧场教钢琴生活也能维持，但她很不想违背对牧场的承诺。当她不在的日子里，她喜欢的牛仔也可能会找别人一起去野餐。可是，一个孩子处于忧患之中，她的母亲——格雷斯多年的朋友——沉浸在悲痛之中。她不确定自己能做什么。但是别人请她去帮忙了，哈撒韦家的人从来都不会拒绝一个如此真诚的请求。格雷斯希望牧场里的人了解到这是为了一个孩子,能够允许她暂不履行合同。

奥拉勒。小镇的名字读起来就像在唱童谣一般,但是,她的朋友在那里发生的事情听起来却不是一首舒缓的歌曲,而是一段刺耳的旋律。

乘马车一路向北,在绵绵春雨下的泥泞道路上赶了三天,才抵达达尔斯。每当车轮轧到石头或碾过坑洼之处时,她瘦小的身躯就会撞到两边的乘客,不得不重新弄好固定草帽的帽针。在驿站过夜的时候,格雷斯就会十分怀念罗灵斯普林斯牧场的羽绒床垫和热腾腾的早餐。雇主们在让她离开这件事上表现得很好,就连她的学生也表示他们今后会想念她。牛仔摘帽向她致意,看起来丝毫没有因为他们不能在繁茂的棉白杨下吃冷肉和芝士而感到失望。或许,平静友好地道别是一个好的迹象,让她可以去做上帝想让她做的事,也让她知道自己喜欢牛仔可能只是一种暂时的心情。

到达哥伦比亚河畔熙攘的达尔斯小镇之后,格雷斯立马跟律师取得联系,知道了卡洛琳住的地方。当她弯腰凑近那张圆圆的带着泪珠的小脸的时候,孩子的胳膊紧紧绕着她的脖子。格雷斯听她诉说自己如何想念爸爸妈妈,任由孩子抱着她轻轻地摇动,卡洛琳头发上薰衣草香皂的味道让她觉得甜甜的。

"我很担心。"珍妮在把卡洛琳送去床上睡觉之后跟格雷斯说。她现在照顾着卡洛琳。在橡树桌子旁,珍妮坦诚地跟格雷斯进行了交谈。"首先,奥拉勒十分闭塞,就是一个产木材的小镇。

你得坐渡船才能到那里，而疗养院就更远了，在上山的一片建得乱七八糟的建筑里。那里的人从不友好微笑，他们看待来访的人就像他们藏了枪或者匕首似的。"她喝了一大口冷牛奶，"他们会搜寻食物，看看你带了什么吃的和喝的。"她凑过来小声跟格雷斯说，"他们甚至没有将我手提袋里的手枪拿走，就拿了一块我在糟糕的路途上维持体力剩下的牛肉干。"她拿起一块饼干，咬了一口。

"丽贝卡说什么了吗？她怎么样啊？"

珍妮扫了下落在她丰满胸部的饼干屑："她说他们待她很好。自从伯特兰死后，她在那里能过得开心一点。真是可悲啊！"珍妮摇了摇头，"你知道他给她留下了一笔可观的遗产。"格雷斯点了点头。珍妮继续说了下去，"但是，她肯定很憔悴，绝对瘦了二十磅。我知道她有一段时间穿上紧身褡都很费劲。我们在孩子出生后都会这样，但是丽贝卡怀孕时增加的体重一点都没减。"

丽贝卡一直以来都有点胖，所以，格雷斯希望珍妮说她形容憔悴是在夸张。她看着珍妮在第二块饼干的淡黄油上抹了一层厚厚的黑果木果酱。

"她到底是怎么治疗的？她告诉你了吗？"

"在饮食上进行特殊控制。你要喝茶吗？加点糖？"格雷斯摇了摇头。珍妮叹了口气。"那个医生写了这本书，是我在某个地方买到的。这本书很……很惊人！大部分都是女病人，我敢说那里根本不需要慈善捐助。家具很不错，地板也很干净。高大的树木底下有一个个小木屋，我没有往里面看过。那个丈夫很英俊，叫萨姆·哈泽德。但是那个医生……"珍妮说话的时候,她吃的冷羊肉黏在了上颚上,"医生是妻子,当她进到房间里的时候……整个房间气氛都很压抑。她姓哈泽德,本人也是一个危险人物。但丽贝卡都听不进去任何对医生或者'荒野山庄'不利的话,'荒野山庄'是疗养院的名字。"珍妮手里拿着剩下的饼干,看着格雷斯,"当然,我没把这些都告诉卡洛琳。那个孩子感觉失去了亲人。如果母亲选择去了一个荒野,整天在那里躺在床上,谁又不会有这种感觉呢?我觉得丽贝卡现在很脆弱,也做不了什么,但总能陪陪孩子而不是在那地方待着吧?当然,她的脑子现在像针垫一样扎满了针,心眼儿都从里面渗出来了。"

格雷斯悄悄走进卡洛琳的房间。她要和卡洛琳一起睡,但并不想把她吵醒。她点了一根蜡烛,将盘发的小梳子从头上取下,烛光在椭圆的镜子里摇曳,她蓝色的眼睛在烛光下显得很暗。她真的很想知道,比起珍妮,她还能多做些什么来拯救她的朋友。对于说服别人她并不在行,当她进入一个房间的时候,也不会"气场"充满屋子。当不得不说服别人的时候,她更多的是一个影子,而不是光亮。在她们的友谊中,丽贝卡一直处于主导地位。丽贝卡嫁给了一个俄勒冈人,格雷斯就从芝加哥到了俄勒冈,因为丽贝卡坚持说格雷斯在西部生活会有意思得多。她第一次出远门是卡洛琳受洗的时候,六年之后她回来了,当了一名旅行音乐教师。她很喜欢这个职业,如果不是丽贝卡邀请她过去,并为此多次联系敦促,她是不可能找到这份工作的。当她知道丽贝卡的丈夫死了,格雷斯立马回到她身边陪着她。一个月之后,丽贝卡正如她所期待的那样,似乎熬过了丧夫之痛。格雷斯就回来继续工作了。现在,六个月过去了,她的朋友真的遇到了困难,她将自己隔离在那个叫奥拉勒的地方之前,都没有跟自己联系,这让格雷斯很担心。上帝,请给我指引吧!我真的不知道怎么帮助一个悲伤的女人走出丧夫之痛。

"我听到她说的了。"

"什么?"格雷斯回应卡洛琳,"我以为你睡着了呢!"

"我没有。我'巧巧地听到了'。"

格雷斯听到她的奇特用词,微笑了一下。"是吗?我确定情况肯定没珍妮说的那么糟。我要到那儿去……"

"把我也带上!"卡洛琳在床上坐起来,睡衣上的蓝色缎带在蜡烛下闪着微光,"求你了,求你了!带我走吧。"

"珍妮对你好吗?"

"对我很好,但是我想妈妈。我还想爸爸。"

格雷斯坐在她旁边说:"我知道,妈妈也很想你——还有爸爸,如果可以的话,他一定会陪在你身边。但是上帝是爱你的,上帝会照顾你的。"卡洛琳点点头,接过格雷斯从口袋拿出的手帕,"医院通常不允许孩子去,我们俩都很不放心让你一个人待在宾馆里。你在这里和珍妮一起等着,这样更好,是吧?"

"也许吧!但是她不是针垫。她是一个好妈妈。"卡洛琳抽泣起来。思念的痛苦让卡洛琳心疼起来。

"是,是。她不是针垫。"她轻抚着孩子的胳膊,"你妈妈经历了巨大的痛苦,我会尽最大的努力抚慰她的伤口,把她带回来。"

"你保证,你保证会把她带回来?"

"我……我保证。"

卡洛琳坐在床边上,伸着胳膊要格雷斯抱,她纤细的胳膊就像绳子一样,缠绕着格雷斯的心。

"我给你唱首《摇篮曲》吧,怎么样?你该睡觉啦。"

"就像妈妈之前那样吗?"

"就像妈妈那样。"她抱着卡洛琳,开始唱"睡吧,小宝贝",之后又唱了"安静,小宝贝",她用平稳的女低音唱着,当唱到"美梦到天亮"的时候,她听到孩子的心紧贴着自己均匀地跳动。她看着她的眼睛轻轻眨着闭上,慢慢地将她哄睡着。卡洛琳的头发如花瓣般柔软,格雷斯将她脸上的头发撩到耳后,小心地把她放在枕头上。她把蜡烛吹灭,在黑暗中脱了衣服,换上睡衣,然后在床的一侧躺下,盖上被子。一阵微风从窗户吹进来,吹拂着她的脸。

答应将丽贝卡带回来,她怎么让自己陷入了这样的境地?如果珍妮跟她说了卡洛琳有多想她,仍然没有说服丽贝卡回家,那格雷斯不知道自己会不会运气好一点。"上帝,只能看您要怎么安排了。"她祈祷完,耳边响起了《摇篮曲》:"守护你的天使,会把整晚的宁静带给你。"

她只能靠相信《摇篮曲》里唱的来度过夜晚,还有白天。

格雷斯的解救计划

第二章

　　信赖号汽轮将格雷斯从达尔斯带到这里,将她从哥伦比亚宽阔的蓝色海岸带到了波特兰,一个到处是树和树桩的城市,熙熙攘攘,就像以前的芝加哥。第二天一早,格雷斯就踏上了去西雅图的北海岸列车,火车从堆积着木材的小农场之间"嘎嚓嘎嚓"地向北驶去。她瞥见圣海伦火山和积雪覆盖着锯齿状的瀑布,她不知道瀑布的名字。在西雅图火车站,格雷斯走出一座恢宏的拱形大楼,看见有一些戴着草帽的女士在散发传单,争取女性投票选举权。格雷斯简直不敢想象。

　　几经周折,格雷斯找到一辆出租车。穿行在西雅图时,映入眼帘的是雄伟的大桥、波光粼粼的湖面,以及街道两旁的人造花圃里盛开的粉杜鹃和含苞待放的紫丁香。这里的景象和千里之外的牧场截然不同。在码头下了出租车,格雷斯买了隶属西港运输公司的"弗吉尼亚号"艉明轮船的票。在渡船上,她疲惫地坐在座位上。渡船在树木繁茂的小岛之间穿行,偶尔能瞥见宽阔的海面。她也许很享受海面上的水雾拂在脸上的感觉,但是她的脚很疼，远道而来的任务也没有完成。她凝视着窗外内陆航道上繁忙的景象，看着第一次展现在自己眼前的太平洋波光闪闪的海面，听着嗡嗡的汽轮声。过了一会儿，格雷斯拿出琳·巴菲尔德·哈泽德的《疾病治疗禁食》来读。她拆开珍妮给她带的最后一个芝士三明治，边看边用力嚼着。如果她想把丽贝卡成功带回来，就得尽可能多地了解那个医生和她的治疗方法。有一件事是确定的：那个医生的观点很奇怪。她不喜欢吃肉，声称"过度饱食是全人类的罪行"。格雷斯觉得，有很多事情比过度饱食卑劣得多，比如让妇女不吃饭以及让孩子没有母亲。

渡船在普吉特海湾的几个小岛上停留了一会儿。别人告诉她，在听到乘务员喊"卡尔沃斯航道"的时候，在那里下船就能到奥拉勒。她睡了一会儿，醒了，将珍妮给她的那本书看完了，放回毯制旅行袋里。医生那本书里的一个很重要的理论就是：所有的疾病，从感冒到肺结核再到牙疼，都可以通过禁食来改善消化道并"净化血液"以达到治愈的目的。她鼓励病人开始时只吃一点玉米粉，喝一点蔬菜汤，之后就吃番茄，最后喝橙汁，直到痊愈为止。"每天需要通过灌肠来排除体内废物，如果消化系统能够承受，可以增加灌肠频率。"灌肠？格雷斯不寒而栗。那个医生在书中的论述，就像她知道所有问题的全部答案，甚至还引用了弥尔顿《失乐园》来证明自己的推理。这太奇怪了。格雷斯到底要怎么做才能跟这样一个强势的人抗衡？如果丽贝卡已经受她蛊惑了，又该怎么办？

渡轮靠岸了，格雷斯拿上她的包走下码头的木板。周围高耸的冷杉树,让她不得不仰头才能看到树顶之间的天空。她拿着帽子,慢慢打量着四周。这个地方确实会让人自惭形秽,到处都是高大的树木和低矮的蕨类植物。不一会儿,天色就暗下来了,但是小店依然营业,招揽着乘渡船到这里的人。

"小姐,我来帮您拿行李?还是有人来帮您拿?"

"哦,你拿吧。麻烦了。"她把旅行袋递给马车旁站着的那个人,马车的一侧写着"奥拉勒宾馆"。一匹长着斑点的白马,在等待乘客时,弯曲着一条腿在休息。格雷斯是唯一的乘客。一只海鸥在她头顶猛冲下来降落在地上,摇摇摆摆地朝渡轮走去。格雷斯已经写信预订好了房间,她很满意宾馆接她时的高效率。她朝着放在渡船踏板上的行李箱点点头,随后那个人就走到木板坡道上将她的行李箱取下。他个头不是很高,但胳膊像树枝一样粗。他把行李箱扛在背上,回到马车旁,然后放下行李箱,准备扶她上车。格雷斯说:"我想去疗养院,是在去宾馆的路上吗?"

"疗养院?"他眼睛眯起来,只留了一条细缝,打量着她纤瘦的身形。"小姐,请见谅!我不知道您要去那里。那里比宾馆要远,我会每天早上划船送乘客去,之后再把他们接回来。来接你之前我刚从那里回来。"一定是划船和搬运行李使得他上身如此强壮,"你不会想在这个时间到那去的。访客都不会在天黑之后去那里。实际上……"他把身子探过来,小声说:"他们根本就不欢迎访客,我觉得你也不会是去那接受治疗的。"

"但是朋友能帮助病人痊愈啊!他们不让亲朋去辅助治疗也太奇怪了。"

"小姐，那里发生的事的确很奇怪。有些人去了那里就再也没离开过——除了尸检的时候。"

"尸检！你的意思是他们死在那里了？因为什么？"

"死的人肯定比我知道的要多。医生经常自己动手进行尸检，这样就没人知道他们的死因是什么了。但是，我认为他们是饿死的。医生所谓的禁食和饿死之间的界线很微妙。"

格雷斯太阳穴上的血管颤动了几下，她觉得自己手套里的手上冒出了汗。

"但是，还是有人去，当家里人劝他们回家的时候，他们说他们正在逐渐康复，不会离开。"

就像詹尼弗所说的一样，她没有办法说服丽贝卡回家。

格雷斯进到马车里，随即他们驶离码头。虽然她想把注意力都放在丽贝卡的境况上，但是她无法忽视这个小岛上的美景。他们驶过开阔的满是山羊的草场，点点积水闪着微光，黑白斑块的奶牛反刍着草料。微风轻轻吹来，格雷斯感觉肩上一阵微凉，将披肩拉得更紧一些。快到村庄的时候，她看见人们在菜园里除草，田间的鲜花如同彩色的边界线一般，将种植的胡萝卜和远处墨绿的森林分隔开。奥拉勒真是个可爱的地方，这里让她想起了在纽约的博物馆里看到的苏格兰风景画。他们经过一个小教堂，进入村庄，马车在一座看起来很舒适的二层宾馆旁停了下来。

一个很高的人——好吧，跟她五英尺三英寸的身形比起来，大部分男人都很高——从台阶上下来，拉过缰绳，向驾车的人点了点头，然后把马车拴在拴马桩上。他帮车夫一起搬下她的行李箱,动作跟车夫刚才一样娴熟。格雷斯随着他进入宾馆,他把行李箱从肩上放到前台的桌子旁,冲她摘了摘帽子。

"谢谢!您的礼貌让我有宾至如归的感觉,我很感谢。"格雷斯冲他点点头。

"小姐。"他摘下帽子,把它放在胸前,动作就像一个牛仔。不是阔边高顶毡帽,而是卷边礼帽,但是动作就像西部的人一样干脆利落。当他淡褐色的眼睛凝视着格雷斯的时候,她胸中有一种嗡嗡作响的感觉,这让她自己很惊讶,也让她的脸红了。他微笑的时候,眼角有皱纹,脸长得准确说来并不算英俊,但是很有魅力,头发颜色接近烤牛肉,修整得很得体,弯弯的眉毛让她想起了之前看到的贝多芬肖像。"很高兴为您服务。怎么称呼您?"

"哈撒韦。格雷斯·哈撒韦。"为什么她的心在颤动呢?

她几乎都不能呼吸了。

"我叫……克劳德·米利肯。很高兴认识您。"他的声音就像大提琴一般,深沉而平稳,她觉得他在说出自己的名字之前犹豫了一下,显得很温柔。"请到这边来。"他请她来到他面前的桌子旁,她跟前台服务员说了自己的名字。她知道他站在她旁边,用手梳理了一下微卷的头发,把帽子戴上了。她闻到了一股麝香的味道,并不令人讨厌的那种,是他身上散发的。服务员转身给她拿钥匙的时候,她看了他一眼,克劳德·米利肯先生盯着她看,一只胳膊肘抵着旁边高的桌子。他脸上流露出的赞赏让她赶紧把目光移回到办事员身上。她希望他没有看到她的脸红了,她很庆幸自己今天穿了一件高领的衣服。当她感到紧张或者尴尬的时候,她的脖子就会有一些粉色的斑点,就像煮熟的鲑鱼一样。

"给您。"服务员将钥匙递给她,"我会让威廉把您的行李箱送到房间。"

"谢谢!请问,餐厅的晚餐什么时间供应呢?"

"从下午六点到晚上八点。我们今天晚上有新鲜的黑鲈。"

"我还从来没吃过。"

"配上浆果的酱汁一起吃,是奥拉勒的一绝。"

"肯定很不错。"

"哈撒韦小姐,您介意晚上和我一起吃饭吗?"米利肯先生说,站得笔直,帽子再次放在了胸前。

"我……呃,我刚到这里。我还不能确定。"

"我自己喜欢晚一点吃饭。"

"嗯。呃……"

"那我们七点半怎么样?"

为什么不呢?她就自己一个人。他长得不错,还很乐于助人,他帮车夫把她的行李箱搬进来,他其实不需要这么做的。他们是在公共区域见面的,或许在餐厅吃饭时有个人陪着比自己一个人吃更得体吧?

"好的,七点半可以。谢谢您!"

"期待一会儿相聚。"

威廉搬起她的行李箱,从前台右边的楼梯走上去。格雷斯跟着他上楼,感觉米利肯先生还在大厅里,他或许在一直看着她。当米利肯先生跟服务员要房间钥匙的时候,格雷斯觉得这次晚餐约会的经历会很开心。

"当然,米利肯医生。"服务员说。

"医生?"她停下脚步。为什么他没做自我介绍?格雷斯转过身,抓着楼梯的栏杆。或许她应该跟他探讨一下哈泽德医生的禁食治疗法。也许这次晚餐不仅会很愉快,而且还能获得很多信息。她微笑着继续上楼,当她听到服务员的话时倒吸了一口气,"医生,疗养院一切顺利吗?病人情况都正在好转吗?"

"几乎可以确定是这样。就像哈泽德医生的病人所说的,在医生的治疗下,他们一天也没有浪费。"

第三章

格雷斯很庆幸威廉替她把门打开,因为她不知道自己颤抖的手是否能用长长的金属钥匙开门。将她的行李箱放在四帷柱大床旁边后,威廉把厚重的窗帘拉到一旁,打开窗户,海湾上的凉风吹动着白色的窗帘。

"哦,可以把窗户关上吗?不好意思,我有点冷。"

威廉照她说的做,问她需不需要在炭火炉里生上火。

"不用,我没事。"她给了他几个硬币作为小费。在威廉关门前,看到米利肯先生从门口经过,她的心跳顿了一下。这个人很吸引她,但是他对于禁食治疗的态度应该怎么评估呢?她还要去和他一起共进晚餐吗?也许她应该早下去一会儿,或者以头疼为由不去了。珍妮说过,疗养院唯一的男人是哈泽德的丈夫萨姆。哈泽德医生扩大了疗养院的规模,雇了新的施虐者?哪有受人尊敬的医生会使用被当地人描述为饿死病人的疗法?确实也有人会禁食,尤其是有宗教信仰的人。但是他们不会因为禁食而饿死。

她要去和他一起用晚餐。她有问题要问,她想尽力弄清楚医院到底在干什么。她偶然遇到这个医生，是一个天赐的机会。她会从他身上一点点收集她所能获得的信息以拯救丽贝卡。

她把行李箱打开，用一块湿布在衣服的褶皱上轻轻拍打。然后睡了一小会儿，酣然无梦。不到一小时，她就醒来起床换衣服。她穿了一件黄色的亚麻连衣裙，装饰着奶油色的花边，圆领十分雅致，芝加哥或者纽约的姑娘可能会穿这种时尚却不具有挑逗性的晚宴服。领口镶嵌了棕色的绲边，从胸前到腰部，装饰着一条条同样的棕色绲边，凸显了她二十四英寸的苗条腰肢。每当她穿上这件修身的裙子，总会觉得自己更高挑，也莫名地更加自信。今天晚上她需要这种感觉。她发现自己有点被这个男人吸引了。往好的方面想，他可能是一个邪教分子或者江湖医生；往坏的方面想，他可能是个草菅人命的医生，害人而不是救人。她不知道他究竟会是哪一种，但是她会想办法弄清楚的，在这个过程中她要坚定一点，控制住自己的情绪。

纤细手腕上的金表显示七点二十五分的时候，她走下楼去。手表是蒂芙尼的，是2月份父母送给她的二十五岁生日礼物，还附了一张字条，上面写着他们计划在她结婚的时候送她这块表的，但是他们不知道自己还能不能等到那一天。这个暗示可表达得一点也不含蓄。

她希望自己能够早到一会儿。也许她可以自己一个人到餐厅去，这样比克劳德·米利肯陪她一起进去更能显示出自己的独立。但是他已经站在下面的楼梯口了，他穿着深棕色的西服，系着黄色的领带，口袋里黄色的手帕像一朵花一样开在胸前，和领带很配。

黄色和棕色。天哪！他们两个看起来就像……一对，穿着一样的向日葵的颜色。

"你真漂亮，哈撒韦小姐。"

"谢谢。看得出你也很喜欢黄色，米利肯医生。"她点点头，向餐厅走去。她很高兴看到他因为惊讶挑起的眉毛。他们一起进入餐厅时，他碰了一下她的胳膊肘，她说不清楚自己的感受。餐桌上铺着白色的桌布，每张桌子上都有一个细高的花瓶，插着紫色的鸢尾花。

"我本周才开始在这里吃饭。"米利肯医生说，"但是，我觉得那边靠窗的桌子光线不错。"看她没有反对，他朝那边的桌子点头示意了一下，跟餐厅领班说要换个座位。他又扶了一下她的胳膊肘。她想自己应该穿一件长袖裙子的，那样他的碰触就不会让她皮肤微颤；餐厅领班帮她拉开椅子，他离开她身边时也就不会感到一阵凉风掠过。

"你之前在这里吃过饭，你有什么推荐的吗？"

"前台的服务员介绍过的，说这里的黑鲈很棒。我这周吃过两次，一点也没让我失望。谢谢。"领班递上来餐单，对他说："浆果酱味道特别好。"他拿出一副眼镜看着菜单，之后把眼镜收起来放回胸前的口袋里。

"我知道这个小镇的名字就是以一种浆果命名的。"

"是的，出自著名小说家和旅行作家罗伯特·路易斯·史蒂芬森。哈撒韦小姐，你对他的作品熟悉吗？"

格雷斯点点头。"但是，我没听过有一部叫作《奥拉勒》的作品。"

"这部作品出版于 1885 年。是关于包容缺点寻找彼此内心真正幸福的短篇故事。他是苏格兰人,我个人认为这里有一种苏格兰的感觉。故事的主人公还是一位医生,这总能给故事增添点别样的色彩。"他微笑着,淡褐色的眼睛盯着她看。

"你之前在自我介绍的时候,没有提你的职业。"

"有些人可能会不喜欢医生,刚刚认识一位美丽的小姐,我可不想冒险。"

格雷斯看着菜单,很庆幸餐单很大,拿起来看的时候能把自己挡住。

他看起来很有学识,也游历甚广,交流一些贴近心灵的东西,也完全不会有不舒服的感觉。不过,对于一个一方面想要和他保持情感距离,另一方面还想尽可能细致地盘查他的人来说,这并不是好迹象。

他们点完菜,格雷斯说她知道他在疗养院工作。

他刚刚把杯子拿到嘴边喝了口水,听到她说的话被呛了一下,他说对不起,然后用餐巾擦了下嘴唇,嘴唇稍厚,脸上没有胡楂儿。"你调查过我。"

"并不算调查。我在去我房间的时候偶然听到的。"她想起卡洛琳自己造的"巧巧地听到了",笑了一下。

"啊。"

"我很好奇。你在医院里做什么呢,米利肯医生?"

"我……实际上,我在做研究。还有,如果你不介意,请叫我克劳德。"

"好的,克劳德。什么样的研究?"

"和哈泽德医生一起工作,提升我的资历。我……对消化这方面很感兴趣,我工作的药剂公司也是如此。她的病人来自世界各地。现在有两位英国的女士,是刚刚到的。你为什么来奥拉勒?"

"我到奥拉勒来……"她停住了。她本来想说看望一位朋友,但是或许有一种更好的方式,可以让她深入了解疗养院的工作,找到将丽贝卡带走的办法。她咳嗽了几下来掩饰刚才的犹豫,喝了一口水。他巧妙地把话题从他在那里做什么转移到她到这里来做什么。"有一位朋友在疗养院里,我替她女儿来看望她。我到这来也是为了能帮助她康复。"

"你是护士?"

"不,我是音乐教师。我相信音乐能够抚慰心灵,在其他方式都无能为力的时候,帮助病人打开心扉。音乐能够促进治疗。我相信音乐也能帮助消化,当然,哈泽德医生的理论是通过禁食帮助消化。实行禁食,直到康复为止,我说得对吗?"

"当然。"

他的意思是病人"当然"需要禁食,还是"禁食之后,当然会痊愈"?

"我能问一下吗,你的朋友得了什么病?"

"一颗破碎的心。她的丈夫几个月前淹死了,她悲痛欲绝。"

克劳德皱了一下眉头,只是轻微地皱了一下,就像马的侧腹上为了驱赶苍蝇轻轻颤抖出的褶皱。"哈泽德医生不可能接收没有生理疾病的病人进行治疗。"

格雷斯从来没考虑过丽贝卡可能真的病了。

"从来没听说过她有什么病。"

"你看过哈泽德医生写的书吗?"

"看过。她直言不讳地说,'食欲是一种渴望,饥饿是一种需求','渴望永远不会得到满足,但需求在得到供给的时候可以减少'。我认为我的朋友在渴望关爱,她正在尝试以一种不寻常的方式找到被关爱的感觉。"

克劳德向后倚在椅子上。"你背过了她书中的话。"

"我并不赞成她所有的观点。"关于哈泽德医生,格雷斯想要表现得中立一些,并没有表达珍妮之前的尝试带来的深深担忧。她想让克劳德成为自己的同盟,"但是,我同意她说的,在没有饥饿感的时候仅仅因为食欲而进食,会对健康产生影响。我不确定饥饿会不会必然产生需求,还是说禁食是满足需求的一种方式?我最关心的是健康问题。我相信,这对你们医生来说,也是最重要的。情感和精神健康也包括在内。"

"说的很对。但是你的朋友肯定有生理上的疾病,要不然医生怎么能确定何时结束禁食治疗?"

"对……我理解你的意思。"

丽贝卡可能真的病了吗?是因为生病所以珍妮才会看到她变得消瘦了?难道是癌症?她要怎么做才能判断丽贝卡应不应该离开,然后帮她再找一家医院来治疗她真实的疾病?

格雷斯展开白色亚麻餐巾。"我能问一下,疗养院是怎么治疗的吗?"

"严格按照哈泽德医生书上写的进行:减少进食。按摩治疗、远足、大量运动,还有一些其他……活动。"克劳德说的时候,眼睛看向她的后面,"他们进行了妥当的安排。"他把目光移回到她身上,"你要去那里,预约了吗?"

"我觉得没有这个必要吧?我只是想去那里看望一下我的朋友。他们肯定不会不同意吧?"

他再次轻微皱了下眉。"我很乐意告诉你的朋友你想去看她。有时候,病人并不希望有人看望他们。我可以代你转达对她的关心。"

"很感谢你,但是我既然这么远来了,肯定会自己去看丽贝卡。我有一些事情要跟她说一下。我……"

"我只是建议一下。"他的声音尽量低柔温和,"为了你的方便。"

"我没有什么不方便,先生。"她听起来比预想的要坚决。放在半片贝壳上的牡蛎端上来了,紧接着是上面点缀着红色小浆果的水田芥沙拉。她稍稍松了口气,又看了克劳德一眼。他也在盯着她看,弯弯眉毛下的眼睛里充满了好奇。这让她很困扰,她对他很有好感,可这个人却纵容这些奇怪甚至可能是危险的治疗方式。

他们吃完了主菜,克劳德对黑鲈的评价确实很有道理。她从来没吃过如此可口的菜肴。酱汁香气扑鼻,还有淡淡的甜味。接着上了甜点,起泡的蛋白糖霜点缀以柠檬条,作为这顿完美晚餐的结束,让她的食欲得到了满足。但是,她探寻内情的渴望有没有得到满足就不确定了。每次她想多问一些关于"荒野山庄"或者琳达·哈泽德的细节时,克劳德总是很简短地回答,之后就转移了话题。她发现实际上变成她在向他讲述自己的生活。通常情况下，她能够让男人们了解自己的情况，但是他让她说起了在纽约第三大道社会服务所的时光，她在那里学习音乐，并为曼哈顿下东区的移民服务。"在那里的时候，不仅可以通过音乐培养友好的邻里关系，还能通过帮助儿童和他们的家长找到一种家的感觉。我喜欢在那里工作。"她告诉克劳德。

"你为什么离开了呢？"

"哦，我还喜欢冒险生活。我离开纽约去了明尼阿波利斯，在一所音乐学校里教书。之后去了辛辛那提，又去了芝加哥，最后到了俄勒冈。"丽贝卡让她到西部去的。她并没有将这一点告诉克劳德，只是说了一个朋友让她带着对音乐和孩子的热爱，去西部教书。

"你是从哪里到奥拉勒来的？"

"俄勒冈很高的一个荒原。"她告诉他，"我在那里一个很大的牧场上教孩子们钢琴。"她喝了一小口咖啡。他们两个都没有要红酒和其他餐后酒精饮料。

"这样看来，你在一个地方待不了多长时间。"

"一个牧场待一周，这样巡回上课。"

"不，我的意思是，听起来你不会在任何一个地方待太久。纽约，明尼阿波利斯，辛辛那提，芝加哥，高原牧场……"

"呃，我……待差不多一年的时间也不算到处漂泊吧？"其实，这就是漂泊。她总是无法安定下来，渴望着某种东西，但她自己又不确定是什么。她不能安顿下来，没有一个地方或一处的人能让她满足，父母对此感到很失望。他的洞察力让她很困扰。他们刚刚认识，他就直率地指出这一点。她想扯一下束身衣，觉得自己都开始出汗了。

"你之前在哪儿呀？"她也可以转移话题。

"加利福尼亚。"他回答，一个字也没有多说。

"你一直都待在那儿？"

"差不多是吧！"他将蛋白糖霜的碎屑推到盘子的边缘，没有看她。他确实不是一个喜欢夸夸其谈的人，但多说一点会更好啊！她得让他多说一些。

"你在疗养院里的病人有来自加利福尼亚的吗？"

"我不知道病人们都是来自哪里的。"他示意服务员结账，"实际上，他们也不算是我的病人。"

她没有提醒他，刚刚他还说了那里有来自英国的病人。但是，也可能是通过口音推断的，他或许真的不知道病人的来历。

"在帮他们……改善健康之前，好像了解病人的生活和家庭情况能够有所帮助。通常情况下，人们会认为这有助于治疗。"

"大部分人确实会这么想。"克劳德说。

"你明天早上会回疗养院吗？"格雷斯在他送自己回房间的时候问。

"应该会吧。你不介意的话，我们早点在大厅见？我们可以一起坐船去。"

"好的，非常感谢！"他们一起上楼。"能请你帮忙介绍我和哈泽德医生认识吗？我想见见她，询问一下丽贝卡的情况。"

"我不是很……好吧，当然可以！很乐意效劳。"说着，他帮格雷斯打开门，站到旁边，感谢她和他一起度过了美好的晚餐时光。之后他下楼到大厅里，回到了自己的房间。

在房间里，格雷斯坐在梳妆台前，回想晚上的事。她打开哈泽德医生的书，重读了一遍她向克劳德引用的部分：

> 食欲是一种渴望，饥饿是一种需求；渴望永远不会得到满足，但是当得到适当供给时，需求就会减少。没有饥饿感时进食，或者为了迎合食欲而不顾消化状况，患病是不可避免的。

格雷斯掂量着"需求"这个词。她喜欢《箴言》里对需求的定义，出自这句"所欲的成就，心觉甘甜"。她认为对食物的需求，并不是需求的唯一形式。每个人都有需求，这是我们与生俱来的。我们天生就会做梦，会感到饥饿，会追寻想要的。当一个人实现自己的目标的时候，灵魂就会感到甘甜。这就是满足。但是，主动禁食来追求健康，直到自己真的生病了，绝对不是一种健康的方式，即使它能使人们减肥。可以肯定，丽贝卡到这里来并不是为了减去几磅的体重，而且从来没听说过她患有任何疾病。她需要的是别的东西，这个需求是不能通过食物来满足的，现在缺少食物可能会影响她的判断，现在她没办法进食，即使她想这么做。

格雷斯最大的愿望就是把丽贝卡带回家，来减轻孩子的痛苦，也减轻丽贝卡的痛苦。这肯定是一个值得追求的需求。她只希望克劳德·米利肯医生能够帮助她，而不是阻碍她。

第四章

他们乘坐木船,穿过航道,朝着一个河岸驶去,岸上的树木笼罩在薄雾之中。桨叶嗖嗖地在水中划动,威廉每次把桨提起都会发出沉闷的撞击声,就像节拍器一样。一只苍鹭伸了伸腿,从茂密的树叶中飞入天空。格雷斯紧紧抓着船的两侧,克劳德就坐在她的正对面,位置稍高一些。当他们到达码头的时候,克劳德跳到甲板上,扔出系船的绳子,之后把手伸向格雷斯。格雷斯接受了他的帮助,从船上下来时,她没有站稳,在他胸前轻轻擦过。

"对不起。"

"坐船太久了,"克劳德说,"经常会这样。"他扶着她站稳,然后退到一旁,表现得十分绅士文雅。他将她的行李袋和自己的黑色皮箱从船上搬下来。今天早上,他看起来更拘谨,有点心不在焉,没有冲格雷斯微笑,也没有用充满赞赏的目光看她。

"请在中午回来,哈撒韦小姐。"威廉站在船上说。

"哦,我要在这里待一天。"

"也许吧!"克劳德说着把绳子扔给威廉。

"五点整准时集合。在虫子出来活动之前。"威廉朝他们挥挥手,准备划船回去了。

"会的。"克劳德轻轻地点了一下帽檐。

格雷斯看着威廉划船离开,他在水面上渐行渐远逐渐消失在薄雾中的时候,她心里变得不安起来。她现在是自己一个人了,沿着小径往上走,一个她并不了解的人跟在她身后,她也不知道他是敌是友。但是,他帮她提着旅行袋,小径湿滑难行,他现在也算帮了她一个大忙。

"荒野山庄"的建筑都是两层,房间很多,墙壁都粉刷成了白色,俯视着原野,淡淡薄雾缭绕着高耸树木的树梢。格雷斯看见一个个小木屋,就像冷杉树间放置的鸡笼一样。或许,丽贝卡就在其中一个里面,如果是这样,可能就更容易跟她说上话,说服她离开了。"这里有多少这样的小屋啊?"

"我不知道,这是刚建的。我们到了。"克劳德有点气喘吁吁的,他把她的旅行袋放在走廊的台阶上,将自己的医疗箱放在它旁边。他把她的旅行袋放在地上的时候,她听到一声沉闷的撞击声。"里面是什么?"

"只是一些我的'行业工具',我可以自己拎了。谢谢你!"

他帮她打开纱门,大厅里放置着铺着精致刺绣垫子的高背椅子,装饰着绿色植物的雅致灯具,靠墙的桌子一尘不染,闪着亮光。然而,这一切带给她的舒适感,很快就被远处房间的呻吟声和哭喊声带来的焦虑所取代。她闻到樟脑和某种刺鼻的消毒剂的味道。她的心开始剧烈跳动。是因为她听到了哭喊声,所以在感同身受吗?

"那是什么?"她紧紧抓着克劳德的胳膊。

"你是说味道?"

她摇摇头。

"声音。"

"哦。"克劳德说,"刚开始总是会很痛苦。可能是在做按摩,哈泽德医生倾向于自己给病人做按摩。这是山姆。"

一个军人模样的人朝他们走来,头发像钢琴的黑键一样黑,胡子浓密,盖住了他的上嘴唇。他和克劳德握了下手。克劳德向格雷斯介绍他是山姆·哈泽德,他把目光转向她问:"你是谁?"

"格雷斯·哈撒韦。我是丽贝卡·霍姆斯的朋友。我到这里来看她,想陪她几天。"

"没有这个必要。"他扯了一下自己的耳朵,像是在消除格雷斯的戒心,但他的眼睛似乎是无底的黑洞一般要把她吸进去,"她只能在情况好的时候见一下来访者,最多只能见几分钟。她的进度很慢。哦!我不应该跟你讲这些事的。如果哈泽德医生认为你可以知道的话,她会告诉你最新情况的。"

"你并没有说什么敏感的东西,山姆。"克劳德为她辩护,"但是,哈撒韦小姐应该和哈泽德医生见见面,至少也应该去看望她朋友几分钟。威廉中午就会过来接,她那时候就会走。"

"我认为自己可以走了才会走,在此之前我是不会离开的。"格雷斯说。她讨厌他们在她面前讨论她的事,根本就不认为她会有自己的想法。

"好吧。"山姆说。他又扯了下耳朵,思考了一下,就像一个小孩子一样。"那好,我们看一下你包里都装了些什么,可以吗?"他慢吞吞地说。"我们得确认一下,你没有携带食物。这里不允许任何违反节食规定以及妨碍病人们恢复健康的东西。"

格雷斯打开包,山姆开始检查着,将她带的尤克里里拿出来,还有一个口琴。他举着活页乐谱,严肃的脸上露出不解的神情。

"你们这里肯定会有钢琴吧?现在大部分的疗养院都有。"

"恐怕没有。这是治疗病人的严肃的地方。"山姆告诉她,"病人没有时间来搞音乐这些杂事。"他继续在旅行袋里翻找,拿出一幅画打开,这是卡洛琳画的哥伦比亚河。

"她女儿给丽贝卡画的。"

山姆把它拿走,放在靠墙的桌子上。"这会使她情绪悲伤。"他说。

"怎么可能?她爱这个孩子,并且……"

"我们知道怎么做才最好。让你带着这些乐器去见她已经可能不合规定了。哈泽德医生会……"

"这些乐器肯定没有问题。"克劳德说,"我知道音乐可以舒缓情绪。"

格雷斯向他微笑了一下,以示谢意。"米利肯医生说得对。如果你检查完了的话,我很想赶快见到哈泽德医生,既然你们要求我在探视朋友之前必须见她。"

"我还有工作要做,得先走了。"克劳德向格雷斯轻轻摘了下帽子,离开了大厅的会客区,格雷斯觉得可以把它叫作会客区。她在想他的办公室会在哪里。她估计今天会有事找他商量。

"跟我来吧,哈撒韦小姐。这个姓氏很常见啊!我认识芝加哥姓哈撒韦的一家,很有声望的一个家族。你和他们是同一个大家族吗?"

"可能是吧。你之前在西部待过?"格雷斯提着旅行袋跟着他。她回头看了下桌子上卡洛琳的画,发誓走的时候一定会过去取它。跟音乐一样,美术可以给迷失的灵魂注入勇气和力量,卡洛琳的画会对母亲起到这样的作用。

"哈泽德医生是在明尼阿波利斯开始从事医生工作的。"格雷斯在那里的时候,从来并有听说过她。"之后,我们去了西雅图。现在就到这来了。"他们穿过一个很短的狭窄走廊,两边都是关着的门。在走廊尽头的右边,萨姆打开一扇门,上面的玻璃标签上写着"琳达·巴菲尔德·哈泽德医生"。

一个穿着蓝白色条纹制服的护士在山姆进去的时候站起来,格雷斯觉得她在结结巴巴地说早上好的时候,脸红了。"山姆,不。我的意思是哈泽德先生,您夫人去照看病人了。"她坐下去的时候,双手在微微颤抖,山姆扯了下耳朵,扬起一边嘴角笑了一下。

"她当然去了病人那里。这是哈撒韦小姐,她到这里来看丽贝卡·霍尔姆斯。当然,她必须要先见哈泽德医生。你能在我妻子回来之前照顾一下她吗?"

"没问题,山姆!不,哈泽德先生。"

"好的。"他直起身来。刚才懒洋洋地倚在柜台上,让柜台后的那个护士有点坐立不安。他冲她眨了一下眼睛,格雷斯确定自己看到了。"那就请你在这里和约翰逊小姐待一会儿吧。很高兴见到你！我相信我们还会再见面的。"

如果能选择的话，我还是希望不要再见面。

格雷斯看了一下表。她早上八点到的，一直和约翰逊小姐待到十一点，还没能见到哈泽德医生，也没能见到丽贝卡。她站起来，走了几步，又坐下，之后问洗手间在哪里。护士告诉她要到外面去，这让她很吃惊，这里的设施给人一种现代化的感觉，而且这里住着的是病人，房间里当然应该有洗手间，而不是户外厕所。

"你需要将你的包留在这里。"护士说。

格雷斯点点头。她快速从房间出来，去了和厕所相反的方向，来到大厅的会客区。卡洛琳的画还在那里，她把画拿起来。之后，推开一扇通往另一条走廊的门。门打开之后，呻吟和哭喊声听得更清楚了，她不知道自己要不要走进去。最后，她决定还是先不进去了，因为她真的要去厕所了。从周围长满蜀葵的厕所出来之后，她走到一个小木屋前。每个屋子都只有一扇窗户，一扇门通往一条小小的门廊。她往里面望去，看到一张单人床，一个衣柜，还有一个便壶。在门廊上，她敲了敲门，但是没有回应。她想把门推开，但是门锁住了。她回到窗户前，看到两把椅子、一张长条桌子，还有各种各样的医疗器械——注射器还有其他什么东西。没有做饭的炉灶，甚至也没有吃饭的餐具。木头的墙面甚至也没有粉刷，不能给人带来半点温馨的感觉。至少没人被单独留在这里。她从木屋的门廊上走下来，碰到一个很高的女人，方脸，有着老鹰一般的眼睛。

"你在这做什么？这是私人住宅。你如果没有事情……"

"您说得对，对不起！"那个女人眯起眼睛，发现格雷斯在微微颤抖。格雷斯把卡洛琳的画藏在裙摆后面。就在这时候，她做了一个决定。"我刚才在等着见著名的哈泽德医生，但是我……需要出来方便一下。我有这方面的疾病，需要经常去，呃，排泄。"实际上，格雷斯因为说谎，脸都红了，但是她希望自己能够激发哈泽德医生的治疗欲望，而忽略自己的反应，"从厕所出来，我看到了这些小房子，如果我成为这里的病人，是在这些小房子里接受治疗还是在疗养院？不过，我确实不应该如此贸然。"

"你的确不应该。还有，你是病了吗？"

"是的，所以我到这里来见著名的备受推崇的哈泽德医生，希望她能为我看病。还有就是来看看我的朋友，她已经在这接受治疗了。她叫丽贝卡·霍尔姆斯。您是这里的工作人员吗？"你当然是，"您知道丽贝卡吗？"

"你是？……"

"格雷斯·哈撒韦，我从芝加哥来。我没有预约，但是我今天一上午都在哈泽德医生的办公室里，我知道她的工作意义非凡，她肯定特别忙，还有……"

"我就是琳达·哈泽德医生。"她伸出手来，就像男人一样，要跟格雷斯握手。

"您就是！"格雷斯一只手捂住自己的嘴，另一只手仍然紧紧抓着藏在裙摆后面卡洛琳的画，"我真是太荣幸了！真的太荣幸了。"她抓住哈泽德医生的手，像个兴奋的小姑娘一样跟她握手，"我感觉特别惊喜，您能在'荒野山庄'跟我说话，而我是这么的普普通通。我真的不敢相信自己的运气会这么好。"

医生微笑着，把手从格雷斯的手里抽回，她的声音变得柔和起来，说："抱歉让你久等了，哈撒韦小姐。我从来不希望我的病人怀疑，他们在我心中是不是第一位的。我们现在就去我的办公室，亲爱的？"

格雷斯点点头，跟在医生后面，什么也没说。她知道，她找到了对付这个女人的关键：拍马屁，谄媚，还有奉承。她们经过大厅会客区的时候，格雷斯把卡洛琳的画放回桌子上。她可以以后再回来拿，万一她不回宾馆的话，就让克劳德帮忙取走。

因为格雷斯现在是一个"潜在病人"，医生允许她去见丽贝卡，"我想知道她现在的进度如何。这会帮助我判断您的治疗——如果您会接收我的话——是不是真的适合我。"

"当然。我会亲自带你去她的房间。但是，首先我们先讨论一下你的病情。从你刚才的描述来看，是你的膀胱出了问题？"

"哦，是的。我几乎每隔一小时就要去一趟厕所。当然，我之前并不是这样的。"

"嗯，我们随着年龄的增长是会发生变化的。不过，以你的年纪是不该出现这种问题的。我需要你的尿液样本。"

"我可以给您。一小时之内就可以。"格雷斯尽量让自己听起来很兴奋，希望可以使医生消除戒心，认为她的头脑已经混乱，会是一个容易操控的病人，这样一来，她就能发现这里的真实情况，了解那些痛苦的呻吟声和叫喊声到底从何而来，"我是一个音乐教师。我刚到这里的时候见到了您丈夫，他检查过我的包，认为我带的乐器没有问题。或许,我可以给我的朋友演奏一首曲子,提醒她康复之后的生活是多么美好,当然这一切都要仰仗您高超的医术。音乐可以抚慰饱受痛苦的肉体,清洗灵魂上尘世的污染。有句德国谚语就是这么说的。您听说过吗?"

"我没有时间听音乐,也没有时间记谚语。我是英国人,不是德国人。你现在能提供尿液样本吗?"

"哦,当然可以。我现在就可以去厕所。"

哈泽德医生递给她一个玻璃烧杯,告诉她楼里面有一个小卫生间:"走到第一个大厅里,然后左转。"

格雷斯照她说的走,经过病房的时候往里面看了一下,但是几乎什么也没有看到,门上的帘子挡住了视线,不过没有挡住从里面传出的痛苦的声音。她在卫生间里按照医生的要求来做,她注意到卫生间里还有一扇门。她想知道它通向哪里,但是门锁住了。她需要知道医院的布局,这样在必要的情况下,她就能偷偷把丽贝卡带走。她慢慢地走回哈泽德医生的办公室,在痛苦的呻吟中寻找丽贝卡的声音。

"现在,我们去看你的朋友吧!霍尔姆斯夫人,对吧?"格雷斯点点头。

"她正处于一个很艰难的阶段。她情绪波动很大,这很影响她生理上的康复,但是她接受按摩的时候表现很好。现在,她每天得接受四次灌肠治疗,来抵消她比较缓慢的进度。"

一天四次?为什么?这样会死人的。她都没有吃饭,怎么可能有东西……排泄出来?

"丽贝卡做事是和别人不太一样。"格雷斯奉承道,"或许我的音乐能起点作用。"

"我们看看吧。"

她们沿着铺着黑白油毡的地面,走到走廊的尽头,左右两边各有两个房间。哈泽德已经走进左边最里面的房间里,将帘子拉开。格雷斯很欣慰,没有呻吟声从房间里面传来。

"在这里等一下。"哈泽德医生告诉她,自己走了进去。

格雷斯看向她身后的床,瞥见一个瘦骨嶙峋的女人躺在那里。"她……她不可能是丽贝卡·霍尔姆斯。这绝不可能!"

第五章

"她当然不是丽贝卡·霍尔姆斯。我们把她转移到另外一个房间了。"哈泽德医生说,"我需要检查一下从英国来的这个小姑娘。她们姐妹俩是孤儿,真是可怜。我跟你说了,别进来。"她跟躺在床上的女人轻声说:"克莱尔,今天感觉怎么样?准备好做按摩了吗?"

"一点食物。会让……我……有力气一点。"声音几乎是在低吟,但仍然是英国口音。她似乎只剩下一副骨架,眼睛充满血丝。

"是的,但是这也会让你病情加重。克莱尔,你的身体还没到吃更多食物的程度。你必须相信我。你是相信我的,对吗?"那个女人的头几乎都没有办法动。她看起来就像六十岁一样,脸上的皮肤松弛地包裹着骨头,但是,哈泽德医生叫她"小姑娘"。

哈泽德医生让坐在克莱尔旁边的护士让开一点,看了看床头上的病历单。格雷斯和护士对视了一下,护士的眼神立马躲开了。她知道这个英国姑娘要饿死了!克莱尔没有任何眼神交流,只是盯着窗外,好像被外面昏暗的天空俘获了。

格雷斯没能控制住自己，开始唱起了童谣："守护你的天使会把整晚的安静带给你。"

床上骨瘦如柴的人看向格雷斯，好一会儿才找到声音的来源。她充满裂纹的嘴唇上浮现出一丝微笑："我的保姆会唱这首歌。是玛格丽特来了吗？""没有！你的保姆没有在这里。"哈泽德医生盯着格雷斯，"我告诉过你音乐不是正确的治疗方法。你看到了吧！这只会让她痛苦。"

格雷斯认为，她并没有看出音乐让她痛苦——她的确很痛苦，特别憔悴。她快要饿死了。

"我会很快回来给你做按摩的，克莱尔。"哈泽德医生把病历单递给护士，步伐沉重地走过格雷斯身边。"这边来！"

她们进到走廊对面的一间屋里，在离两扇大门最远的地方。一个女人坐在床上，头埋进双手之间，听到哈泽德医生喊"丽贝卡，这个人说她是你的朋友"时忽然坐直，颤抖起来。

丽贝卡盯着格雷斯看。丽贝卡并没有认出她来，这就像一把剑插在她心上一样。"是我，丽贝卡。卡洛琳让我来看你。""格雷斯？格雷斯·海瑟薇？刚才是你在唱歌吗？我还以为是天使的声音。"

"是我，我是格雷斯。"格雷斯跪在她身旁，裙子扫在硬木地板上，发出"沙沙"的声响。她凝视着她的朋友，眨着眼睛不让泪水流下来。轻轻地，她把贴在丽贝卡脸上干枯的头发拨开。

"能见到你真是太好了！你看起来……"她轻抚着她的胳膊，隔着褪色睡衣轻轻碰了下她瘦骨嶙峋的大腿。"你看起来瘦了。"

多么蹩脚的说辞，但是格雷斯不知道怎么形容这个眼神空洞、颧骨突出的女人：苍白的皮肤就像塌陷的沙漠一般，锁骨高耸着，就像横穿沙漠的山脊。丽贝卡微笑道："是的，我减掉了怀孕时增加的体重。哈泽德医生对我进行了有效的治疗，虽然我厌倦了喝番茄汁。只要我还活着，就不会再吃其他东西了。"虽然格雷斯的注意力在丽贝卡身上，但她感觉自己看到了哈泽德医生的肩膀放松下来。她是担心丽贝卡说对自己不利的话吗？哈泽德医生低声说："你的朋友觉得我们也可以帮助她治疗。当然，我们会帮她的，就像我们帮助威廉姆森家的姐妹一样。"她转向格雷斯，"她们是在西雅图开始接受治疗的，在我为病人们准备的公寓里。那对姐妹跑遍了全世界，但是最终选择了我的疗养院来恢复健康。不过，你可以在奥拉勒继续住下去，在那儿接受我们的治疗。"

"哦，不是在那些小木屋里吗？"

"那些房间全都已经被预订了。我认为你最好每天都过来，直到我们看到禁食对你起的效果。如果你需要更多的帮助，那我们当然就让你到疗养院来。还有，我认为你和你的朋友待的时间已经够多了。你不这样认为吗？丽贝卡。"

"哦，求求您了。"丽贝卡把手伸向格雷斯。"我想让她留下。她还没告诉我卡洛琳怎么样了。她也没告诉我，她是怎么到这里来的。"

"以后有的是时间。她可以在接受治疗的时候，每天都过来看你。但是现在，你看你的手已经颤抖了。你的情绪太激动了。你该休息一下，准备接受按摩了。"声音又变得很柔和。

丽贝卡点头同意，格雷斯把她的脚抬起来，帮她转身在床上躺下。她在扶她的时候，丽贝卡的手抓着她的手，眼睛慢慢闭上，喃喃地说："谢谢你。"之后，眼皮颤动了几下，睡着了。

格雷斯由护士陪着回到哈泽德医生的房间。护士告诉她，她需要在这里等一下，直到医生确认她可以被接收的最后消息。她不知道，如果她不能待在疗养院，假装病人会有什么好处。不过，哈泽德医生在西雅图有病人，她必须偶尔到那里去，这样疗养院就不在她的监管范围之内了。约翰逊护士告诉过她，医生至少每两周就要坐两小时的渡轮出去一趟。"你知道米利肯医生的办公室在哪里吗？"

"米利肯医生？"约翰逊护士看起来很迷惑，"哦，你是说药剂公司的代表。他大部分时间都在实验室里，研究哈泽德医生给病人提供的药剂和药品，医生用这些药物来帮助病人减轻痛苦，促进排泄，加速治疗进程。他到这里没有多久。"她小声说，"我很惊讶，哈泽德夫妇会允许他这么做。但是他们需要钱，他的公司付了钱，他们才允许他在这做研究。"米利肯医生付钱来干这些勾当？真是太卑劣了。就是为了复制他们的药剂，再卖给不明真相的病人来牟利。格雷斯对克劳德的印象就像打翻的苏芙蕾蛋糕一样，变得一团糟糕。但是，他那双充满善意的眼睛，又让她清醒了一点。她怎么会有两种截然不同的感觉？她的肚子发出"咕噜"的声音，她希望自己进来的时候能藏一块三明治，但是那肯定会被山姆·哈泽德发现的。护士冲她笑了一下说："禁食在开始的时候是最痛苦的。一定要多喝水。"格雷斯跟她说："不好意思,我还要去下洗手间。"护士对此有点惊讶,提醒她去外面的厕所,因为她还不算正式的病人。回来的时候,格雷斯想,既然她把卡洛琳的画拿到了,那就将它送到丽贝卡的房间吧!她悄悄走到走廊,把写着三号门上的帘子拉开。"丽贝卡?"但是床已经是空的了。房间里没有一点迹象表明三小时前这里还有人住。他们对她做了什么?

格雷斯回到大厅的会客区,之后走到哈泽德医生办公室所在的另外一条走廊里。她想着实验室会在哪里,忽然记起在通往二楼的楼梯旁看到一个指示牌。那里也有病房吗?还是只有实验室和哈泽德夫妇的私人房间?她在楼梯口犹豫了一下,决定明天再去调查情况。她不想哈泽德医生回来之后找不到自己。她轻抚着楼梯光滑的木质栏杆,有一瞬间特别希望克劳德能从楼梯上走下来。她不知道她能跟他透露多少情况,也不知道为什么会想到他。

"你给我父母发了电报?为什么要这么做?"格雷斯觉得受到了冒犯,"让他们知道我病了只会打扰到他们。"

"你是一位单身的姑娘,我们得确定你是自己的监护人。毕竟,我们不想跟法律发生抵触,在没有监护人同意的情况下对你进行治疗。我跟你保证,我丈夫并没有打扰到他们。他只是进行确认,询问你是不是可以自己做医疗方面的决定,还有,有没有足够的经济来源以支付治疗费用。"

"但是,他们还是会担心。我必须要亲自跟他们发电报,让他们放心。"

"当然。还有,我们可以开始治疗了。从现在开始,你只能吃玉米粉，喝蔬菜汤，我们会为你准备好，送到你家去。你住在哪里？"

"奥拉勒宾馆。"

"哦，对。你不得不忍受那里的厨房飘出的味道。但是，这都是为了你的健康着想。我已经检查过你的尿液样本了，你体内确实有一种寄生虫，它使你频繁排泄。"

"是这样？您这么快就发现了。"

"是的。你是不是经常到国外旅行？到墨西哥或者欧洲？"

"我去年去了加拿大的一个省，在维多利亚待了一段时间。"她和丽贝卡还有卡洛琳一起去的，为了帮助她们从失去丈夫和父亲的痛苦中走出来，但是她们根本没有感染疾病，她对这一点很确定。她没有生病，但是哈泽德夫妇需要找到疾病来对她进行治疗，至少他们能发现她的"疾病"！这也就说明，其实丽贝卡是没有病的，这让她稍稍好受一点。将她带走并不会伤害她，让她吃饭会让她恢复健康的。

"不列颠哥伦比亚省，就是这样。威廉姆森姐妹也是去年在那里待过。好了，我们找到了传染病的病因，这很好。我们确信，在我们的治疗下，你很快就能康复。"她"沙沙"地整理着几张纸，露出一个极尽谄媚的笑容。"我们把要求说一下？在你离开之前，我给你测量一下体重，之后你每天都要测量体重。如果你发现自己没办法坚持禁食，我们会安排一名护士到宾馆去协助你，或者，如果有空余的房间，我们会安排你住进来。但是，如果你能监管自己的治疗的话，费用会少很多。明白了吗？"

"嗯,明白了。太感谢您了,您找到了我的病因,治疗方式也这么可行,简直太完美了。"哈泽德医生恢复了鹰一样的目光,说:"你可能需要想一些办法,不让自己去想食物。禁食会让大脑对食物的感觉更敏锐,更会让你的饥饿感更强烈。"

第六章

"我今天没有听见你的音乐,海瑟薇小姐。"克劳德说。

他们在船上和威廉在一起的时候,什么也没有说。现在,他们在走回宾馆的路上,克劳德开始跟她说话。

"哦,我为一个病人唱歌了,她很感谢。哈泽德医生当时也在场。"

他的嘴微微张了一下,思考着。"这让我很惊讶。但是,我很高兴她允许你这么做。"他补充道。

"其实,准确来说,她并不高兴。"格雷斯坦白说,"这勾起了一个姑娘的回忆——如果我没有记错的话,她应该叫克莱尔·威廉姆森——她呼喊了一下,想要找她的保姆,所以哈泽德医生就让我停了。我打算明天给丽贝卡吹口琴,如果我能知道她被带到哪儿去了的话。毕竟,口琴是属于牛仔的乐器,丽贝卡应该会对它有反应。她和她丈夫曾经有一个小牧场,他们会在那里度假,那是在伯特兰去世之前。但是,丽贝卡向往牧场的生活,她深爱着草场的辽阔和牛仔生活的激情。"

"你在牧场教音乐的时候,也很享受在那里的时光。"克劳德说。"是的。那里有属于群山和哲人的音乐。"她又这样了,说了一些他没有问也不需要知道的情况。

"这么说你已经安排好明天回去了?"

"实际上,我每天都会去。"

"我……我真的很惊讶。看起来,你是一个很好的说服者。或许,我们有机会可以一起吃午餐。"

"或者,今天晚上一起吃晚餐。"

他大笑起来。"我很欣赏你,你知道抓住一个男人的心首先要抓住他的胃。那我们六点半见?"

"好的。"格雷斯说,看着克劳德的迷人的笑容,她觉得自己的脸红了。

格雷斯回到房间的时候,意识到她不能跟克劳德一起吃晚餐。她必须表现出在禁食,不然哈泽德医生会认为自己欺骗了她。她让人给厨房送了一张字条,请他们帮忙热一下她带回来的蔬菜汤,在七点的时候,连同一个玉米面包一起给她送过来。她也给克劳德送了一张字条,说她不能跟他一起吃一顿丰盛的晚餐了,不过,她问他是否愿意陪自己在村庄里逛一下,带她去发封电报。如果可以的话,六点在大厅见。

他回了两个字:"好的。"

夜晚的微风中夹杂着肥沃的土壤和雪松的气息。他们听到小孩子们在被叫回家休息之前,尽情玩耍着。一只狗汪汪地叫着,引起了其他狗的吠叫声。电报局前的煤油灯已经点亮了,克劳德直接称呼那里办事员的名字。格雷斯给家里发了封电报,安抚父母说自己很好,只是去医院帮一个生病的朋友咨询一些信息,但是医院的工作人员搞错了。"别担心。我会尽快给家里写信的。"她付了钱。克劳德请她稍等一会儿,他也要发封电报,他告诉她"给我的公司发"。她在等他的时候,看着正在落山的夕阳。她的肚子又叫了。

发完电报,克劳德的胳膊肘轻轻划过她的手臂,拍了拍她的手。他的手指很长,就像钢琴家的手指一样。

"你的公司对你的工作满意吗?"他们经过一个药店的时候,格雷斯问。她想问他在病人痛苦呻吟的时候,他拿了公司的钱去研究药剂和药片,到底是怎么想的,他需要这些信息来干什么。

"他们得到了他们花钱该得到的东西。"他说。

他回答时语气里有一丝厌恶。格雷斯皱了下眉,问他关于疗养院楼上的事情:二楼有没有其他的办公室或者病房,还是只有哈泽德夫妇的住处。"二楼主要是实验室和哈泽德夫妇的住处,但是至少还有三个病房。也许是为治疗快要完成的病人准备的,那几个房间都很安静。厨房在一楼,也许你注意到了,和几个病房挨着。我不知道,只有这么几个病人,疗养院是怎么维持下去的。"

"你知道,他们在西雅图还有病人。"

"我并不清楚。"格雷斯转移了话题。她给了他信息,她也想从他那里获得信息。"我不知道我的朋友进度怎么样,但她比那个英国姑娘看起来好多了。我不知道她是怎么活下来的,你认为呢?"

"似乎是药剂和番茄汁里有足够的营养。维持人体机能所需要的营养比我们摄入的要少得多。"

"你见过那个姑娘吗?克莱尔?"克劳德摇摇头,"没有。"

"如果你见过,你就会怀疑,那些药里是不是真的有足够的营养,还有,她们吃东西之后都会被强迫……排出来。"

"你的朋友。她想要回家吗?"

"我只跟她在一起待了三分钟,而且哈泽德医生一直在那里。她没有说要回家的事。她太瘦弱了,腿比鸡腿还要细。他们把她从三号房间转移到别处去了。我从明天开始,就要设法找到她。"

"但是,他们应该会告诉你她去哪里了,因为他们既然同意让你每天都去。"克劳德说,"哈泽德医生能认识到你去那里看望的价值,我觉得这很难得。"

"是啊!"格雷斯不能告诉他为什么她可以每天都去,"我说服了他们。"她感觉他的胳膊肘靠着她更紧了,她喜欢他靠着她的感觉。他回答她问题时的语气,让她觉得,他可能只是在做这份工作,他本身并不想这样。

"你想让我帮你找一下吗?我可以看一下病人的信息单,找找你朋友在哪里。"

"真的吗?"他们在一家糖果店前停了下来,谢天谢地,糖果店关门了,要不然格雷斯肯定会进去买东西,"那真的太好了!还有卡洛琳的画,那是她女儿的礼物,还在大厅的桌子上,山姆把它从我包里拿出来放在那里了。你能帮我也把它带回宾馆吗?"

"包在我身上。好了,这里有一个小酒吧,每周三晚上都演奏不错的音乐。你想过去听听吗？""不了，谢谢。我得回去了。我要跟家里写信，解释一下电报里说的情况。"

对于她的拒绝，他表现得十分理解。在她房间门口，克劳德跟她道了晚安，又说："很高兴明天早上能和你一起坐船过去。我们一起吃早餐，可以吗？"

"对不起。我房间里有一个苹果，还有燕麦片，我吃那些就够了。我们七点半见吧！一起坐船。晚安……克劳德。"

"晚安，海瑟薇小姐。"他转身离开。格雷斯提高了声音俗话说："既然我们每天都会见面，我觉得你可以叫我格雷斯，如果你愿意的话。"

"格雷斯。"他说，转过身来。她的名字从他嘴里说出，就像一颗焦糖糖果，坚实而甜蜜。她看着他在说"我愿意叫你格雷斯"时的表情，幸福得几乎要昏过去了。

"中午时分，我在楼梯口等你。"克劳德说。他们正走在去疗养院的小径上。"你可以中午就坐船回去，如果你不想一整天都待在那里的话——除非，到中午你还没能找到你的朋友。"

"谢谢你。好的。这样可行。"

他们分开了，格雷斯到哈泽德医生的办公室报到并测量体重："一百〇五磅。比昨天轻了半磅。很不错。"

"我只是按照您说的来做，哈泽德医生。"格雷斯夸张地赞扬道，"我已经感觉好了很多了。"

"嗯。我们需要讨论一下治疗费用的问题。山姆会跟你说的。你们可以十点的时候，在他办公室见面，他的办公室在楼上。"

很好，这样她就有理由在二楼进行调查了。"那我的朋友呢？我可以见她吗？我想为她吹口琴。"

哈泽德医生不屑地说："她昨天晚上没有睡好。我认为口琴并不会对她有什么帮助。"她揪住自己的一根唇毛，猛地一拔，扔到身后的垃圾桶里。她很瘦，但是看起来像钢筋一样结实，"好吧！你给她吹口琴吧。她本来是要在文件上签字的，文件是她坚持让我们起草的，但是昨天你来过之后，她的情况就不好了。或许，音乐能让她的精神不那么紧张，那我们就能按照她的意愿处理她的房子了。"

她的房子？"什么忙我都愿意帮。"格雷斯咽了一下气，"您知道的，我很感激您发现了我体内的寄生虫，我们会把它饿死，这样我就能康复了。"

"的确是这样。见过山姆之后，让他再把你带到这里来，我会带你去见丽贝卡·霍尔姆斯的。"

"那在这之前我能做点什么呢？我可以为您的病人克莱尔唱歌。"

"不。别去找她。她想起她的保姆之后很痛苦。她的姐姐也是，整整折腾了一个晚上。你可以在院子里走走，锻炼有益健康，肉类有害健康。大厅的书架上有书可以看。实际上，我是让哈泽德先生十点的时候去那里找到你。"

该死的！这样她就没有理由到二楼去调查情况了。她决定先不找丽贝卡了，免得引起他们怀疑。她走到大厅，再一次拿起桌子上无人问津的卡洛琳的画。她把画装进旅行袋里，准备一会儿再告诉克劳德她已经拿到它了。然后,她选了一本诗集,朱莉娅·瓦德·豪的《激情的花》,她很惊讶疗养院竟然有这本书。她把书拿出来,看了一下时间,确保自己在十点之前回到这里。她会在接近丽贝卡并弄清这里的真实情况之前,一直扮演好病人的角色。丽贝卡提到了她的房子?

裙子罩在那个女人的身上,显得她就像一个衣架一样。裙子褪色了,也很破旧,袖口的花边和领口天鹅绒的丝带显示出它往昔的高雅得体。这是一件睡裙。她走得摇摇晃晃的,仿佛脚并不听使唤。格雷斯原本坐在一棵树冠很大的雪松下的长椅上,长椅离门廊不远,看到这个女人之后便站了起来。

"您需要帮助吗?"她伸出手扶着那个人,那个人晕倒在长椅上,把格雷斯也一起带着倒下去。

"求求你了!把这封信寄出去。我妹妹,克莱尔,她要死了。我知道她要死了。"她把一封皱巴巴的信塞到格雷斯手里;她的呼吸里有种恶臭,就像鸟笼里的味道。"把它寄出去。今天。求求你了!寄给我们的保姆玛格丽特·康威,她现在在澳大利亚。我需要让亲爱的克莱尔离开这里!"她发红的眼睛泪汪汪的,"是我坚持要来的。现在看看我们。"她盯着自己肥大的裙子,"看看我们的样子!"

"多拉!"一个护士穿过草地向她们跑来,"多拉,你怎么到外面来了。你会感冒的,这是致命的。"她扶着多拉站起来,"你好。"护士转向格雷斯,"你是谁?"

"格雷斯·海瑟薇,新来的病人。"她挥了下手,并不在乎遇见了她。

多拉仰起头看着格雷斯，似乎做这个动作让她很费力。

"我每天都到这来接受治疗。我住在奥拉勒宾馆，每天晚上都回去，取我的信件。"她叽叽喳喳地说着，希望自己的话能让多拉安心。她会帮她寄信的，她会的。

多拉再次倒在护士身上，喃喃地说着什么，呻吟着。

"她打扰到您了吗？"护士在多拉背后柔声说。

"哦，完全没有。我们刚刚在说那是只什么鸟，你一过来，鸟就飞走了。但是，护士说得对，多拉，你也不想感冒吧？"

"不，不要感冒。会死的。"

格雷斯的旅行袋里现在有两件违禁物品，她希望山姆不要再搜她的包了。跟发现多拉写给保姆的求救信相比，发现卡洛琳的画就不算什么了。

十点了，她回到大厅等山姆。他准时到了。"跟我来吧！"他说，指引她上楼梯，"女士优先。"

她不喜欢他跟在自己身后的感觉，他在盯着自己。很奇怪，克劳德在她身后走的时候，她却很开心。走到二楼的时候，他把手放在她的腰上。"这边走，亲爱的。"他将身子伸到她前面，打开办公室的门，然后扶着她进来，他的手就像铁锹一般大。她觉得自己就像一个被检验有没有熟透的西瓜一样。

办公室很大，阳光充足，落地窗上没有窗帘，就像邀请所有人来参观这间屋子里发生的事情，仿佛这个房间对全世界开放。当然，它在二楼，想要往房间里看并不容易。想要从这个房间里出去也很困难，她开始把这里看作一个自己需要逃离的地方。幸好她知道隔壁就是实验室，克劳德会在里面，做着不知道是什么的工作。但是，她不确定自己是不是可以依靠他，因为她并不知道他到底在做什么。

"开始吧！我们的费用很合理，但是如果你不住在这里的话，就没有办法享受最好的治疗效果。"

"哈泽德医生说这里没有多余的房间了，否则我一定会选择住在这里，和她能有更直接的交流。当然，如果有什么问题的话，也能和您面对面地沟通。"

"是的。"他慢悠悠地说，"我们会看一下这周之内会不会有房间。如果有的话，我们肯定安排你住进来。既然这样，你的存款在哪家银行，账号是多少？"他拿起一支笔，准备记下来。

"有其他的付款方式吗？我没有带着我的银行信息。我需要写信问一下。我只是打算来看朋友的，当然，之后我遇到了您能力非凡的夫人，她诊断出了我的寄生虫，便让我留了下来。我对此非常感激，但是我……不记得……银行账户……"

他用笔在纸上轻敲了几下，抬起头来，眼睛就像蜥蜴一样。"那你在这里的账户里，能不能取出足够的现金来，在你等律师走完银行的手续之前？"

"哦，当然可以。您想要多少钱？""开始治疗的话，需要一千美元。"

"一千美元？"他们认为她是金子做的吗？"我，不，我没有带这么多现金。我只带了一百五十美元。"

"只算最开始的费用,也可以。那我们来看一下这些文件吧!其实只是例行程序,我们都是按标准写的。我们在接收下一步的资金注入时,会把治疗费和哈泽德医生的问诊费扣除的。"

资金注入,这个词来形容骗子的掠夺很是不错。格雷斯认真看了文件,把"荒野山庄持有无限取款权"这句话划掉,写上"最高限额一百五十美元"。

"我们需要讨论一下,我之后还会增加什么支付费用。"格雷斯说,"如果账户里的钱被取完了的话。我觉得'无限'是一个很伤感的词语,您不觉得吗?"

山姆皱起眉头,格雷斯冲她眨着眼睛。"我们当然可以讨论合同。"他说,"哦,伤感。我们现在要去看丽贝卡·霍尔姆斯吗?"

"当然。让我看看她的文件夹吧!那些她需要签字的文件。"

格雷斯拿起旅行袋,但是山姆已经走到桌边,将手放在她手上。"我们把它放在这吧!你没有必要一直带着这么重的东西下楼去。你可以今天走的时候再拿,我保证你能在码头拿到它。"

"我没有带食物,如果你担心这个的话,完全没有必要。"

"不是这个。只是带着它太沉了。"

"带上它相当于做锻炼。哈泽德医生说,我需要多锻炼一下。"

山姆从她手里拿过旅行袋,环着她的胳膊,带她走到门口。"我们不想让你劳累。"她去见丽贝卡的时候,怎么才能够阻止山姆翻她的包?还有,她要怎么给丽贝卡吹口琴啊?她只能唱歌了。

他们走到走廊里,格雷斯挣脱了他,双手捂着嘴咯咯地笑起来。"哦,您觉得是否趁我们在这里的时候,让我看一下实验室吗?

如果能了解在治疗中使用的最新技术和设备，就最好不过了。"

"呃……"

"就在这里，是吗？"她讨厌自己听起来像一个神志不清的人，但她这么做的时候，似乎就摆脱了山姆。她跳到他前面去，打开了实验室的门。克劳德回过头来看她，眼睛睁得很大，摇了摇头。她倒吸了一口气。"哦，还是算了。"说着，把门关上。她声音很大地说："我刚才想着，也许米利肯医生会在这里，他能帮我把旅行袋带到码头去呢！我们俩会一起坐渡船。我觉得这也算帮了您的忙，是吧？我并不是真的想看实验室，我知道您这里的工作肯定会做到很极致完美。"她说的话自己都觉得很混乱，她还没有吃哈泽德医生给她开的药剂呢！

"我们回来的时候，我会跟他说的。"山姆·哈泽德说，"我们去见霍尔姆斯夫人吧！"

格雷斯和他一起走着，很希望知道他发现丽贝卡不见了后会怎么解释——因为丽贝卡就在克劳德的实验室里。

第七章

　　格雷斯和山姆下楼时,她决定必须做点什么来分散山姆的注意力,好让克劳德有时间送丽贝卡回房间去。也许他只是想帮忙检查一下丽贝卡的生命体征,或是其他什么。但无论如何他脸上的表情都在告诉格雷斯,他并不想让山姆·哈泽德知道这件事。"哦,你可以带我参观一下这里的屋子吗?如果我之后住进疗养院治疗,我可能会很想待在这里呢!这屋子多么可爱,跟玩偶屋似的。"

　　"当然,这些房子也更贵一些,因为这里能更好地保护隐私。"

　　"这倒不是问题,你知道我只是需要知道银行账号。"她咯咯地笑着,云淡风轻地从后门走了出去。

　　山姆紧随其后,用钥匙打开位于雪松和冷杉深处的小屋。

　　"这儿光线不太好。"格雷斯说道,"即便是在这样的日子里。雨季的时候这里可能会非常沉闷,这样我会日渐消瘦。"

　　"啊,如果白天天空被树梢笼罩着的时候,很容易萌生睡意。随着治疗的继续,人们大部分时间只想在这儿睡觉。如果你愿意的话可以躺下试试床。"

她最不希望的就是气息粗重的山姆在她耳边一直追问床垫的质量怎么样。"哦，没这个必要。毕竟我可能更喜欢医院，似乎就额外费用而言这地方还是有点太空了。"

"当然这儿有一对一的护士，你可以享受二十四小时的看护。"

"是这样啊！"病人会像被关在监狱一样待在这儿，到不了内院，在需要帮助的时候也得不到任何帮助。她必须确定自己没有被发配到这些小屋里。"所以，丽贝卡并没有住在这些小屋里？"

"没有。虽然对她来说费用不是问题。她非常感激医生……"山姆停了一下，"她也更喜欢医院。在那儿更容易接触到哈泽德医生，她能让许多人的病痛得到缓解，让许多人得到慰藉。"

他们走回疗养院。格雷斯注意到有两位她未曾见过的病人在外面晒太阳，他们身边还站着一名看护。一个男人和看起来像他儿子的人在长椅上坐着。格雷斯经过他们时，听到男子尖锐的反驳声。"我很好。他们对我很好，别再担心了，在我已经度过的人生中，真的从来没有哪一刻感觉比现在更好。告诉你母亲别再担心我了，我在这儿很好，6月份我就会回家。"

"你看我们这儿的病人过得多开心。"山姆在她耳边安慰道。

"什么？哦，对啊。我还看到这儿的每一位病人身边都有一名看护，如果我在这儿表现不错，或者身体日渐好转，我是不是也可以帮助一两位病人？"

"你自愿做这些事？"

"我自愿做。当然，如果我在治疗期间身体变得虚弱，没能恢复好，也没有把寄生虫彻底消除，那么，我自己也得需要一个帮手不是吗？但是，我没这么虚弱的时候，还是可以在别人需要的时候搭把手。"

"我会跟我妻子说一下这件事的。"山姆说，"来，这儿就是了，一间带角窗的房间。是不是很漂亮？"

"这屋子的空间足够再放一张床，我可以和丽贝卡一块儿住，我可以帮助她治疗。"

"我刚才说过，我会同哈泽德医生说一声。但现在这儿只是你的朋友在住。"他拉开床帏，丽贝卡躺在床上，如雪般安静，亦如雪般苍白，"我去外面等你，你们俩聊聊。五分钟应该够了吧？然后她需要在一些文件上签字。"

"丽贝卡，你最近好吗？"格雷斯倚在丽贝卡身边轻声说。

丽贝卡的眼睛颤抖着睁开，直直地盯着她。

"丽贝卡，你知道我是谁吗？"

"格雷斯？"

"没错，是我。我来带你回家了。"

"但是我身体还很差。我……我有寄生虫，而且我还很胖！哦，格雷斯，伯特兰看到我这么胖一定很不高兴。"

"如果你像胡德雪山一样高大，伯特兰一定会很爱你，他可不希望你像现在这样日渐消瘦。他爱你，他一点都不想离开，但生活就是这样。这已经发生了，哦，亲爱的，亲爱的丽贝卡……"格雷斯哽咽着，看到自己的朋友这副样子，格雷斯很是心痛，"丽贝卡，你没有寄生虫，我很确信，我没有看到任何症状，并且……"

"时间到了，女士们。"山姆倚在门口说。他走到床边，手里拿着几张文件，"丽贝卡，你现在想给自己的遗嘱加一份附件对吗？我们已经起草好了。你去世以后留给疗养院每年五千美元的遗产，我说的对吗？当然，这是去除你在这儿的疗养费之后的金额。"

"五千美元，这也太荒谬了，她还有个孩子要抚养。"

"已经给孩子留了足够的钱了，格雷斯。"丽贝卡紧紧攥着格雷斯的手，说："我给你也留了点。"

"可是，丽贝卡，你还不到弥留之际，你会好起来的。哈泽德先生，你告诉她。治疗会让你康复，不是把你推向死亡。"

"有时候我们也会无能为力。让她知道她的遗嘱中所提到的事都已经办妥了，这会让霍尔姆斯太太感到很欣慰。"

"拜托你先不要签，让我把它带回家仔细阅读一下，确保……"

丽贝卡叹了口气说："我也希望如此，好吧。"说着她便躺回床上，昏昏欲睡。

"看到了吧？她需要休息。我把这些文件带回家先看看，明早再来帮助她。"

山姆将眼睛眯起来，说："这太不正常了。"

"但她说她希望把这些写进遗嘱，现在她又需要另一个人帮她审查一遍。这不是朋友应该做的吗？做对方的眼睛，有时也为对方发声。"

"好吧，明天早上把这些文件带过来。准备好帮你朋友看一下几天前她想加进遗嘱里的内容，如果她改变主意的话，那真是既浪费时间又非常麻烦。"

"哦，我理解，我真的理解。我会带着钱，那一百五十美元，也把这些文件一并带过来。"

"嗯，这样可以。"说完他转身离开，走向哈泽德医生的办公室。她清晰地听到他的靴子踩在地板上的声音。

"丽贝卡，"她轻声叫道，然后没有回应。她开始唱歌，"耶稣轻声地呼唤着，呼唤着你，呼唤着我……丽贝卡，我现在要走了，但是你并不孤单，请记住。我明天就会过来。亲爱的，坚持住，一定要坚持住。"

格雷斯看到克劳德提着她的旅行袋走向码头，松了一口气。她还望见威廉正划着船过来。

"谢谢！"她说道，"谢谢你把这个带过来。"

"山姆回来之前我就把它拿走了。我敢肯定你见到你的朋友了。"

"确实见到了。我想问，她在你的实验室里做什么？我只希望你没有伤害她。"

他的肩膀耸了一下。"我很感激你是这么想的。但是我最好还是不要告诉你我到底在做什么。请相信我，我绝对不会给任何病人带来伤痛或折磨。"

"我也希望如此。"说着她便打开旅行袋在里面翻找，终于找到克莱尔的姐姐多拉的信。"哦，谢天谢地！"她把信按在胸口。

"今天早些时候，我一个人在外面的时候，一个女人慢慢靠近我，她瘦骨嶙峋，倒在我身上，然后把这封信塞到我手里，喃喃地说她妹妹快要死了，需要她的保姆过来。一定是我看起来既不像是那里的工作人员，也不像是病人，而是像个访客，所以她就认准了我。"

"你本来就是个访客。"

格雷斯没有接他的话。"她看起来很绝望，克劳德。我很同情她，我见过她妹妹，她快不行了。"格雷斯低声说，"我担心丽贝卡也命不久矣。"

克劳德把她拉入怀里，这个举动让她始料未及，但却满心欢喜。"如果我可以帮得上忙的话，她就不会死了。如果我们可以帮得上忙的话，她就不会死了。"

她在克劳德的怀里感到很有安全感，充满了勇气。他的下巴抵在她的帽子上，手轻轻摩挲着她的后背，以示安慰。他的抚摸与山姆早些时候将湿腻腻的手放在她的腰上的时候，感觉很不一样。

"我明天得去趟西雅图，"格雷斯说着，从克劳德充满安全感的温暖怀抱里离开，他的胳膊还环绕着她的双臂。她对这个男人了解多少？他到这里究竟干什么？

"西雅图？为什么？"

"我想看看旧报纸，山姆说他们来自明尼阿波利斯，我想看看那儿有没有什么关于节食治疗法的记录。我得把多拉的信寄到澳大利亚，她的保姆很快会去那儿。"

威廉靠岸了，他们上了小船，在渡口一句话都没说。他们停靠在酒店附近，听到来自西雅图的渡轮的汽笛声。

"哦,"格雷斯说,"我应该现在就走。"

"她可以把信投进船上的邮袋里,这样它就可以随轮船一起到西雅图吗?"克劳德问威廉。

"是这样。但是现在还有时间,我自己把它送到西雅图吧!"

"你立马就走吗?"格雷斯问道,威廉点点头,"但我还是没有得到确切的重要信息,我……"

"跟我一起吃晚餐!格雷斯,我会把你想知道的有关哈泽德过往的事一五一十地说给你听。"

格雷斯不知道该穿什么。她的心跳比平常快了许多。是因为今天早些时候哈泽德医生给她的药,还是没吃什么营养食物,或许是因为期待与克劳德的晚餐?除了没吃晚餐这个原因。为什么我会同意跟克劳德共进晚餐?她给前台服务员打了个电话,询问他是否可以派人给米利肯医生送一张字条,随后她匆忙写下字条,说明自己头疼,晚餐计划有变。她确实头疼,但她也必须看一下贝丽卡遗嘱附录,而且她必须清楚克劳德对哈泽德了解多少,而这只能等到明早才能知道。她正在把给克劳德的字条折起来时,服务员敲门了。

"给——啊。"她倒吸了一口。

"是我。希望没有打搅到你。"山姆·哈泽德说,"我想,我是不是可以帮你一起看一下遗嘱附录,这样可能更快一点。我听到你给服务员打电话了,跟他说我愿意帮你送字条。我可以进来吗?"

第八章

格雷斯把字条揉成一团握在手中。"哦,我真傻啊!我不需要送字条了。在房间里招待客人太不礼貌了,尤其是像您这样令人敬仰的人,哈泽德上校。您一定是名军人,浑身上下透着大将风范,我真应该跟那个把我的房间号告诉您的服务员谈谈。"她眨巴着眼睛不是为了吸引他,而是想暗示他,她本来就思维紊乱。她的大脑飞速运转着。

他走了进来,说:"服务员没有恶意。"

"你是怎么——我的意思是,威廉划渡船,你并不是……"

"我告诉威廉说我可以帮他把信带到渡轮上,因为我马上就要到那边去,如果这是你想问的事。"

他拿着威廉的信?"不,我的意思是,威廉已经划船送我们回来了,你也没同米利肯医生和我一起乘船。"

山姆笑着说:"没有,我有自己的小船。"

我在想他把它放哪里了。

"哦,好吧。"她抬起头来,看到克劳德下楼往大厅走去,心里顿时安慰了许多，"米利肯医生过来了，真是好巧啊！"谢天谢地她没让山姆关门。

山姆戴帽子之前，用手摸了摸帽檐。"米利肯医生。"

"很高兴见到你，山姆。收拾好了吗，哈撒韦小姐？我们今天一块儿吃晚餐。"

山姆看着她说："是吗？吃晚餐……您的治疗，好吧，倘若病人没有日渐消瘦，想必是最好的。如果你想知道的话，我可以告诉你威廉已经启程前往渡轮，不过他确实说你有一封信要寄出去。"

"我在问银行账户，你不记得了吗？"

"啊，对啊，我想起来了。哈撒韦小姐，我不想打扰你，我只是顺便来帮助你理解法律文件。"他从一开始说话就显得很真诚。也许，他会与遇到的每一位女士打情骂俏。有些人就是这样。"我先走了，米利肯先生。明天见，哈撒韦小姐。"他摘了下帽子，向格雷斯和克劳德致意，然后下楼去了。

"刚刚是怎么回事？"克劳德问道。

"我……他……"格雷斯抑制住刚才的紧张心情，说："看起来是丽贝卡想给自己的遗嘱增加一份附件，她觉得自己将不久于人世，哈泽德先生说这是她要求的。她想每年给哈泽德夫妇五千美元。没有上限。只要有钱，就会一直给下去。但这太荒唐了！她为什么要这样做，不顾卡洛琳将来的生活吗？他想跟我'讨论'一下。那个人让我觉得自己被他玩弄于股掌之中。"她摇摇头说，"这简直匪夷所思。"

"如有你愿意的话，可以带上文件，我能帮你看看。"

"我不饿，我真的不饿。"她确实不饿，也许因为她没吃东西，脑海里一直在想食物，但她一点饥饿感都没有。

"格雷斯，那我们一起看文件吧！"

"好，我确实很想知道你对哈泽德了解多少。"

克劳德站在门口，她拿起文件，经过镜子时做了个鬼脸。她穿得很漂亮。他们走下楼梯，格雷斯发现山姆并没有在下面等他们，长舒了一口气。领班将他们带到第一晚用餐时的那张桌子。桌子中间放着一枝蓝色的鸢尾花，鸢尾花中间是黄色的，一支蜡烛在旁边闪烁着。"我来一杯热茶就好了。谢谢！你点餐吧！克劳德。不用管我。"

克劳德点了一块牛排，还有土豆以及一大份新鲜的蔬菜沙拉。"你应该吃点蛋白质食物。晚餐吃麦片、蔬菜汤根本就不行。"

"你怎么知道？"

"人们往往会告诉医生他们本应该保密的事情。这是厨师告诉我的，他担心你生病了。现在我自己也看到了，你节食是有什么原因吗？"

"这样我会更容易理解我的朋友现在正经历着什么——这可能跟哈泽德提供的情况不太一样。"她说话时交叉着手指，"所以你知道了什么？在明尼阿波利斯了解到的吗？"

"琳达·哈泽德在她的一位病人去世之后，因无证行医而接受审判。但陪审团判定她无罪。因为没有人可以证明死者曾要求停止治疗，这一切都是自愿的。她有其他类似的执照，所以也就没有人继续上诉了。"

"但是她对病人施了魔咒。就好像病人是她的人质,他们很依赖她,不想惹她生气。而且如果他们想吃东西的时候,她就会说他们身体还不够好。他们完全把自己托付给这夫妻二人,丽贝卡也是这样,简而言之就是将自己的意志完全交付在他们夫妇手中,任他们摆布。"

"显然,哈泽德先生是个非常有魅力的人。"克劳德用叉子取了点巧克力甜点,"这很好吃。"他的嘴唇顺着银色的叉子滑过,就像指尖划过她的手臂一样,她颤抖了一下。"要不要吃点?"

"你这样太残忍了,米利肯先生。"

"你不需要节食,哈撒韦小姐。你的身材本来就很完美了。"他没有微笑,但却十分笃定地说道。她知道自己脸红了。她盯着餐巾的褶边细小的缝。"我能继续说吗?"格雷斯抬起头,点头表示同意。"山姆因为重婚,经审判被判有罪。"格雷斯倒吸了一口气。"他坐了三年牢,然后两人就来到了西部。琳达负责掌控运营;山姆负责财务,可能还有一些护士的事也归他管,你懂我的意思吧?"

"重婚、杀人!哦,克劳德。"她把手伸向他的胳膊,"他们是骗子,是危险的人。我们该怎么办?"

"我先看看那些文件,然后再做决定。"

克劳德看着这些文件,不时地点点头,发出"嗯"的声音。此时格雷斯小口喝着茶,看着眼前的这个男人,决定必须让他站在自己这一边。他在码头的时候感觉到她需要他的安慰,表现得十分体贴再次打动了她。想起这些,她从头到脚的皮肤都感到刺痛。然而,他知道哈泽德的这些劣迹,但依然选择付给他们钱让自己留在那里为药剂公司服务。她不能让自己为他的样貌、敏捷的思维、不时展现出来的温暖和善良所动摇。如果他以任何方法帮助哈泽德——他确实在帮他们,因为他已经给他们钱了——那么,他就不值得被信赖。而且他也没告诉她,他和丽贝卡在一起是为什么。他说他绝不会做任何伤害她的事,但如果他自己在实验室里配制了药剂,拿丽贝卡做实验该怎么办!那么,他跟哈泽德有什么两样!她怒气冲冲地把餐巾放在桌上。

克劳德抬起头来问:"怎么了?"

"没什么。"

"你觉得你能说服丽贝卡让她晚点再签这些文件吗?"

"晚点?她根本就不应该签。"

"我同意。但是,如果我们尽可能推迟签字,我们就会争取到很多时间。"

他刚刚说我们。"为什么?我只想让她答应跟我回家去。"

克劳德点点头。"但与此同时?"

"我应该怎么劝说她,让她再等等?"

"告诉她等她恢复得更好些。"

"但她现在并没有好转!这正是我想说的。你之前并不认识她。现在她的体重比我现在要轻,而且她比我要高三英寸!我的朋友快要死了。"

"不,她并没有。"

"你为什么会这么说？"

"因为我在喂她吃东西，每天都喂。"

格雷斯盯着他。这难道就是他每天在实验室里和丽贝卡在一起的原因？他也在喂其他的病人食物吗？"什么？可是我不明白……"

"你最好还是不要明白的好。别做任何蠢事，比如说让哈泽德医生在你节食期间为你提供看护。"

她很生气。

"我是认真的。我知道你想帮朋友，但去哈泽德疗养院当病人并非明智之举。我现在还不确定，哈泽德医生配制的红色和紫色的药里面包含什么成分，但我可以告诉你那些定期服用这些药物的病人非常依赖她，分不清现实和虚幻。我可不希望这些发生在你身上。"

"我可不是像看上去那么不堪一击，克劳德·米利肯。"

"或许吧！但这件事可非同小可。你得竭尽全力劝你的朋友离开那个地方。"他停顿了一下，说，"我不希望任何意外的事发生在霍尔姆斯夫人最好的朋友身上。"

格雷斯发觉自己的脸颊发热，她紧紧抓住裙子的高领。她知道自己的脖子又会变得通红，好像刚才想到他在码头上抱着安抚自己时一样。现在，他真真切切地说出对她的担心。至少在她看来他是真心的。哦，她不知道她该怎么想。

格雷斯一直等到克劳德关上门，才偷偷溜到酒店的厨房。"我想要面包。"她说道，"如果可以的话，我还想再要一点米饭。

其实,我想要很多米饭。"

"好的,哈撒韦小姐。我会即刻给您送到楼上。很高兴看到您精神不错。"

"哦,是啊!之前就是胃有点不舒服。但是如果您不介意的话,我就在这儿等着吧,省得再折腾服务员。"

她在离开厨房时,闻到了晚餐散发出来的阵阵香气。服务生端着鲈鱼经过时,她差点晕过去,鲈鱼好香啊!但这只是胃口的召唤,她必须坚决克制。她的身体并不需要那份鲈鱼,她来厨房是因为想到了一个拯救她朋友的计划。如果克劳德·米利肯可以喂丽贝卡吃饭,那么她一样也可以。他们要一起帮助她,好让她有力气离开疗养院。

第九章

她几乎一整晚都没有合眼,脑子里在不断琢磨完善她的计划。不过,天亮前两小时的睡眠让她恢复了体力。她在服用哈泽德医生的药瓶里两片药之前,仔细地看了一遍,想起克劳德的忠告。这两片药是绿色的,并不是克劳德提到的红色或紫色的,可能里面的成分是茶,或者菠菜粉。

4月的清晨,明媚清丽,如歌如诗。她在码头边跟克劳德打了个招呼,声音比预想的要洪亮清脆。"昨晚睡得好吗?米利肯医生?"

"我睡得确实挺好的,你呢?有没有做什么甜蜜的梦?"他怎么知道的。

"我确实做梦了。"

克劳德扶她上了船,随后紧跟着她也上了船。他们在浪花拍打木船和划桨的声音中,默默地向前行进。"我在想山姆会不会乘船回疗养院?"她说出了自己的想法,"他说他自己有船。"

"小姐,前面有一个渡口。"威廉努了努下巴,"芬尼溪是一个私人码头，仅供工作人员们往来。不过，也可以在那里搭上去西雅图的渡轮。"

格雷斯看着克劳德说："你就是工作人员。"

"很明显，跟哈泽德或者那些护士不是一类。"

克劳德的回答让她很高兴。他跟哈泽德之流大不相同，即使是他们自己也能意识到这一点。

到了疗养院，克劳德径自走向实验室，格雷斯则前往哈泽德医生的办公室。哈泽德医生正在等她。"早上好！哈撒韦小姐。很高兴见到你。"

"我也是，"格雷斯说着行了个屈膝礼。天啊！她从卡洛琳那么大以后就没再行过屈膝礼了。

"我们来看一下你的旅行袋吧！"

格雷斯随手将旅行袋交给她。

"是的，一切看起来都没问题。还是希望有机会能让尤克里里派上用场。"

"只要它能有用就好。有时候人们非常烦躁或者感到痛苦时，音乐可以转移注意力，让他们进入一个安详的心境。"

哈泽德医生"哼"了一声："那我们来测一下你的体重吧！"

格雷斯踏上一个白色的大秤。约翰逊护士站在旁边记下体重刻度。"你胖了四盎司。"哈泽德医生咳了一下，"你昨晚吃饭了吗？"

"只是吃了点麦片，喝了点茶。这些是允许的，对吧？"

"是的，但是四盎司……这可不是什么好现象。你应该减掉四盎司而不是增加了四盎司。你吃药了吗？"

格雷斯点点头。

"好，那我们接下来要干什么？"

"我觉得，如果你们这里有房间，我在这儿住着会更好一点，你们可以看着我进行治疗。"

"我让你住在外面是在给你节省费用。"

"我知道，您太善良了。"

"我这儿没有可以外出看护病人的护士。"

"或许，我斗胆问一句。我的朋友霍尔姆斯太太住在这儿的一个大房间，那儿应该可以放下一张单人床，我或许可以敦促她开心地给哈泽德先生提到的遗嘱附件签字。你们之前在一个房间里安排过多个病人吗？"

"有时会有。姐妹会住在一起。但有时一个人的恢复速度远远落后于另一个人，这种没有进展的情况可能会影响另一个人的健康。"

"所以这也就是为什么克莱尔自己单独住一个房间的原因？"

哈泽德医生眯缝起双眼说道："这已经不再是个问题了，克莱尔·威廉姆森昨晚去世了。"

"她……她去世了！"格雷斯感到一阵眩晕，努力重新让自己在体重秤上站好，"她姐姐一定非常伤心。或许我应该陪在她身边，为她弹奏点音乐。这真是太糟糕了。"

"确实太糟糕了，她不想好起来。"

当然，哈泽德夫妇一定认为，如果病人没有好起来都是他们自己的问题。可怜的多拉，她一定要找到她，并告诉她信已经送出去了。如果她能给丽贝卡带点吃的东西过来，也一定可以给多拉带点。

"现在我们还是谈谈你的健康问题吧！哈撒韦小姐。我确实认为你现在应该住在这儿，方便我们对你进行更好的观察。"她扯了下脸旁的头发。"我觉得你最好跟霍尔姆斯太太住在一间房，因为你们有相同的抵抗型寄生虫，你的体重增加完全证实了这一点。这样是最好的。"

"我没有带换洗的衣服。"

"不需要，我们可以帮你把行李箱从旅馆拿过来。"

"或者，我也可以中午的时候和威廉一块回去拿箱子。"

"那好吧！另外，我们也有合适的疗养院病服，灌肠治疗完全不会受到影响。"

"哦，灌肠治疗啊！"

"如果明早你的体重还有增长，我们就要开始治疗了。今天会有按摩，但首先我们要安排你住进霍尔姆斯太太的房间，让你安顿下来。然后你中午先回去，再过来疗养院，就正式成为我们这儿的一位病人。"

她的计划开始实施了。

"丽贝卡，是我，格雷斯。"现在房间里终于只剩她们两个人了，格雷斯换上了护士给的病服，护士以为格雷斯睡着了便离开了房间。

丽贝卡睁开了眼睛，这次她恢复了意识，嘴上挂着虚弱的笑容,整张脸看上去就像撑开的牛皮纸从颧骨覆盖到下巴,眼窝深陷,鼻子收缩,脸色苍白得像是琴键上的白键。"谁能想到我会沦落成现在这副模样?"丽贝卡说道。她看着格雷斯的双眼。

"也不一定非要这样。"格雷斯轻拍着丽贝卡的手。"我给你带了些米饭过来,你的身体吸收不了太多,但米饭相对温和一些。"

"我……我不能吃,哈泽德医生会不高兴的。她已经为我做了这么多。"

"她把我跟你放在同一个房间里就是让我来帮助你。我保证她不会介意的。"

丽贝卡眨了眨眼睛,她的眼角有一块死皮,格雷斯用手指非常小心地将它掸掉。她可以看到她太阳穴上面蓝色静脉的纹路。

"你确定她不会生我的气吗?"

"我确定。来,吃吧。"格雷斯从她的衬裙碎片做成的布袋中拿出米饭和面包,她把它们缝在裙子的下摆。这些东西可能导致她的体重有所增加,但现在这都不重要。这个计划非常完美,她要在这儿待几天,喂丽贝卡吃东西,等她恢复体力了,她就会带她溜出去。

她中午回到旅馆,办理了退房手续,然后提着箱子返回疗养院。威廉全程都阴着脸。

"别担心,"她说,"我不会在那儿待很久。"

"他们都这么说,女士。但是我们把那儿叫作饥饿庄园是有原因的。"

"我在那儿可以得到很好的照顾。上帝知道,我在那儿是在帮朋友做好事。而且，我希望不仅能帮到我的朋友，也能帮助其他人。"

"你和那个医生联手在做这事，对吗？"

"不！哦，不。请不要告诉他，我会安然无恙的。"

"如果他问起您怎么不坐晚上的船回来，我该怎么回答？我可以断定他喜欢上您了。"

"我承认，他人很好。你就跟他说……我……我被人叫走了，让他不用担心。"

威廉嘟囔着，将船靠了岸，搬着她的行李向疗养院走去，山姆·哈泽德在那儿等他们。

"我得检查一下里面有没有吃的。"他说。

格雷斯把钱给了威廉，然后笑笑，凑到他耳边轻声说："我不会有事的。"

现在她和丽贝卡在一块儿，手指上有一点点米饭。她把米饭塞进朋友的嘴里，看着朋友无力地咀嚼着差点哭出来。格雷斯把手轻轻地放在丽贝卡的下巴上，帮她把嘴巴合上，防止米饭掉出来。

"愿上帝保佑你！我的朋友。"格雷斯低声说，"希望你快点好起来。希望你的胃口能支撑你面对生活，面对女儿，能让你想起伯特兰。希望你能感觉到上帝的庇佑。"

咀嚼让丽贝卡感到很疲倦，她努力吃了三次格蕾丝放在手指上的米饭，然后就进入了梦乡。格雷斯将已经打开的袋子里剩下的米饭吃完，然后把装米饭和面包的其他袋子塞进裙子下摆，不让人察觉。面包基本派不上用场，因为吃面包需要费力咀嚼。她就把面包留给自己。当然，她的体重可不能增加，要不然会让医生更加注意她。

护士没有回来，格雷斯穿上一件简单的裙子。她不希望闲逛的时候有人阻拦她。尚能走动的病人可以在花园里坐会儿，他们都没有穿病服。如果有人问起来，她就说在找她的看护，或者假装她就是一名看护。她在找多拉。多拉的妹妹去世了，她想安慰她，并告诉她寄给保姆的信已经送出去了。她打开了一扇门，她的愿望实现了：一名护士坐在床边读书，但格雷斯看到那件优雅的睡衣像多拉·威廉姆森苍白的脸一样黯然失色。

"我是新来的护士，"她说道，"他们说你可能想要休息一下。她妹妹去世了，她现在情绪怎么样？"

"我们还没告诉她。哈泽德医生怕她知道的话会受到打击，从而会延缓她的康复进程。"

"我明白了，如果可以的话我就坐在这儿守着。"

护士点点头，拿着书离开了。这一次格雷斯没有带着乐器，但是她有天生的美妙歌喉，她开始轻轻地唱歌，这次她唱的是一首圣歌，也常常被用作祈祷文。"你是我异象"，格雷斯唱道，歌词同时也抚慰了她自己的心灵。她观察多拉的眼睛有没有动，手指有没有抓着床单，有没有任何迹象可以表明她还活着，她是否能听到陌生人唱的这首歌。当她听到一点点的响动，便站起来倚靠在多拉的床边，在曲子里加了一些新词："你寄了一封信，想寻求帮助，我听到了你的呼唤，信已经寄出去了。现在我们等待着对灵魂的抚慰,我祈祷你能好起来,感谢上帝。"

多拉的眼睛没有睁开但却动了一下。格雷斯抚摸着她的手,这时,哈泽德医生忽然大叫着将她拉开,喊道:"你在干什么?"

"哈泽德医生,我只是想安慰一下多拉,那个护士……"

"她去休息了。她跟我说了,你告诉她是我叫你来的。"

"我从没说过那样的话。"格雷斯把手放在胸口,说道,"我只是说她可能想休息一下。我只是想帮忙罢了!"

"你按我说的做就是在帮我忙了。她马上就回来了,现在你跟我走,到了给你按摩的时间了。"

格雷斯回头观察多拉是否在听到自己唱的歌后有所反应。她只看到一滴眼泪从眼角滑落,眼睛仍然紧闭着,面对哈泽德封闭起来的悲惨的世界。

"啊!啊!你一定要这么用力捶打吗?"

哈泽德医生像在揉一团面一样揉捏格雷斯的身体,从肩膀到小腿,再从小腿到肩膀用力地按,还大喊着:"消灭!消灭!"每一次,她都用手掌的侧面击打格雷斯。

"啊,您一定把我弄瘀青了。"

"如果你吃了我给你的药就不会瘀青。"

"我吃了。啊!您轻一点,很疼。"

"寄生虫具有抵抗性,必须从身体上击打出去,消灭!"哈泽德医生现在揉捏着她的肩膀和后背,稍稍休息了一下又开始击打,就像是用力拍打羽毛枕似的。

"好了。"

格雷斯慢慢地坐起来,她身上的每一个细胞都很疼,她要冷静下来。丽贝卡和其他病人这么瘦是怎么坚持下来的?

"现在该给丽贝卡按摩了,我一会儿再下来。"

"等一下。"

"你说什么?哈撒韦小姐,你是在挑战我吗?"

"我是说可以稍等一会儿吗?如果她现在身体不疼的话,她可能更希望讨论一下遗嘱附件——哦,我知道你这么做是为了消除我们身体里的病毒。"格雷斯向皱着眉的哈泽德医生解释着,"或许可以把灌肠治疗稍微延后一点?"她不确定克劳德是不是已经喂丽贝卡吃了一星期甚至更久的饭,她现在在增加米饭的量,如果进行灌肠治疗的话,哈泽德医生一定会对排泄物起疑。

"她今天早上已经进行过灌肠治疗了。"哈泽德医生犹豫着说,"那我们就把按摩推迟到明天,你可以确认一下遗嘱附件的内容是不是出自她本人的意愿。"

格雷斯费力地回到丽贝卡的房间,看到丽贝卡坐起来了。"格雷斯。"她挥舞的手就像一片缓缓坠落的树叶,慢慢落回大腿上,"我做梦梦到你在这儿,梦到你喂我吃米饭,我常常梦到吃的东西。"

"你还梦到过什么?家?卡洛琳?"

她忍住眼泪,说:"我确实梦到过。"

"看,我从卡洛琳那儿给你带了点东西过来,我们不能把它挂起来,因为哈泽德夫妇说会影响你的情绪,让你产生不好的回忆。"格雷斯打开一张纸,哈泽德医生只检查有没有偷带吃的,所以没注意到这个。

"这是哥伦比亚河。哦!格雷斯……"她的声音颤抖着,"我真的很想回家,但是我不知道自己还能不能好起来,哈泽德医生说我不会好起来了。"

"你需要多吃点东西。"

"但哈泽德医生……"

格雷斯把手指放在丽贝卡的嘴唇上。"嘘……"她走到放裙子的地方,将裙子上的一段缝线拆掉,拿出另一包米饭,"那不仅仅是个梦,丽贝卡。现在是时候让你变得强壮一点,这样我们就能离开这儿了。"

第十章

丽贝卡睡去之后不久,山姆·哈泽德就来了。

"不要吵醒她,她真的需要休息,"格雷斯说,"我来这里帮她是不是很棒?"

"遗嘱附件签了吗?"

"还没,我觉得您应该需要一个证人。但是像我这样又老又瘦的人可做不到,特别是我生病的时候。"

"是的,你说得对。对了,你住的地方怎么样?"

"很不错。别介意,我在弹尤克里里。为我自己弹的,你应该能懂。"

"小声点,别打扰了其他病人。"

"我喜欢这窗子外的景色。那条路通向哪里?是不是通向另一个我看不见的小屋?"

他来到她身边,看着窗外,双手轻轻放在她的肩上。"我们来看看,这条路会将你带到员工的船上,如果去远足会很不错。当然,哈泽德医生和我都认为远足对健康有所裨益,让人神清气爽。空气中带着雪松和冷杉的味道，脚下踩着的是厚实的土壤。"他一边说，一边轻轻捏着她的肩膀。

"如果真有你说的那么棒，之后我肯定会去一趟。"

"我乐意为你带路。"

"可以吗？那太棒了。不过我要先接受灌肠，之后再看还想不想去。"

"哈泽德医生今天可能没时间。"山姆说，"她还要进行尸检并做防腐处理。不过明天怎么样？比如上午十点。对了，这些红色药丸是哈泽德医生为你开的，我得看着你吃下去。因为在这个疗养院里，吃药需要有人在一旁监督。这是个不错的规定。"

她们今晚必须离开。她很清楚，如果等到明早，只会给丽贝卡带来更多痛苦。她知道这条路会通向一艘小船。她为丽贝卡祈祷，希望她能够恢复健康，可以自行走动。如果丽贝卡需要，她会在一旁搀着她。哈泽德医生正忙于处理尸体，而山姆期待着明早的"远足"。格雷斯厌恶地抖了抖肩膀。如果是你信任和喜欢的人碰你，感觉和一般人碰你完全不同。她确实在乎克劳德，或许应该告诉克劳德自己在哪里，告诉他自己假扮成哈泽德医生的病患之一。如果丽贝卡被带到实验室时，告诉他自己的情况，那么克劳德就能很快找到她。或许她应该亲自去告诉他。

不！她在想什么。她感到心跳加速，血脉贲张。她的胃在不停地动，喝了更多水之后，水在胃中开始翻滚，感觉整个胃都是空的。为了吃药，山姆让她喝了四大杯水，而且坚持让她把绿色药丸也服下。这药丸里面是什么，她并不知道。不过她并不在意，她在意的是山姆叫醒了丽贝卡，强行让她服下了红色的药丸。看上去丽贝卡就像是大农场的马，正在接受兽医的检查。她差点将药吐出来，喝了水之后又全部吞下去了。她靠在床上，看上去非常疲惫。

"或许，这能够让她在遗书的事情上做个决定。"他说。格雷斯怀疑丽贝卡甚至都不会记得这件事。

"霍尔姆斯太太？你该去实验室了。"面前是一个围着围裙，戴着帽子，身穿蓝色条纹制服的金发护士。

或许我应该来一套这样的制服？这样就能把丽贝卡从这里带走。哪里能找到这样的衣服呢？

"好吧。"丽贝卡在护士的帮助下起身坐到轮椅上。不过该怎么上楼呢？她得会走才行。

格雷斯跟着她走了出来，不过护士挡住她说："现在只有丽贝卡能进去。如果哈泽德医生向米利肯医生推荐了你，到时候肯定会轮到你的。"

推荐？需要怎样的推荐？她说的是推荐还是转移？是不是说丽贝卡换到了另一个房间？思绪就向蜂鸟一样来去都很迅速。她觉得胸中有一只蜂鸟，心跳随之加速，然后又恢复正常。

她想到制服，如果能找到厨房，相信员工室一定也在附近。于是，她走到大厅，试着去寻找食物的香味，但是一无所获。当然，那里不会有食物的味道。噢！那是洗手间的门，虽然她想过去看看，但是时间不够。他们应该把厨房锁上了，这样就不会有病人进去偷食物。她又走了回去，想去看看之前那个洗手间的侧厅。

这在哈泽德医生办公室附近，不是吗？她走过去，找到了门，不过哈泽德医生办公室的门也开着。她悄悄走进洗手间，虚掩着门，以便能听到大厅里发生的一切。

"我们会一直保存着遗体，直到姐姐也去世，然后将两人同时埋葬。等到两个人都死了再去考虑遗产的问题，不然只会引起不必要的麻烦。"

"没错。不过我们或许可以加速这个进程。"

"如果需要这么做，也得等我从西雅图回来之后再做决定。有两个新病人住进来，我要准备一下。"

他俩经过那道门，格雷斯就躲在门后。她觉得两人一定能听到她的心跳声。

格雷斯没有去检查这扇门，或是去寻找护士制服，而是急忙回到那天早上找到多拉的那个房间。

"多拉！多拉！我们得把你带走，就在今晚，你赶紧好起来啊！就是今晚！"

"我不能离开克莱尔。保姆会来救我们的。你见到克莱尔了吗？"她眼含哀伤，像是在乞求帮助。但是她很虚弱，也很困惑，没有接受逃走的请求。

"不是今天见到的。"她应该告诉她真相吗？不行，只要克莱尔还活在她脑海中，多拉就能紧紧抓住自己的生命，因为她还有希望。格雷斯想先把丽贝卡带走，然后借助政府的力量将多拉救出，最后将哈泽德一伙人绳之以法。这是她要做的所有事情，包括将一个虚弱的女人带上小船。

4月的夜晚星光点点，空气中的寒意像沾湿的围巾一般包围着他们。格雷斯推着轮椅缓缓走过大厅，"嘎吱"作响的轮子让她满面愁容。当！格雷斯吓得灵魂都要出窍了。钟声！每一声的音量感觉放大了数倍，每一声都蕴藏着潜在的威胁。

整个大厅只有虚弱的呻吟声夹在大钟的"嘀嗒"声中。丽贝卡的头懒洋洋地靠在一侧。见过克劳德之后她更累了，不是吗？或许是因为爬楼梯，所以累了，格雷斯没有发现她曾在芝加哥看到过的那种电梯。格雷斯给她喂了一点米饭，自己也吃了两口。当她起身站起来的时候，发现头像蛋奶酥一样变得轻飘飘的。是药丸的作用？还是缺少鸡蛋和肉类蛋白导致身体虚弱？再走几步她们就能出去了。她走到轮椅前面，抓住门把手准备开门。斜坡在右边，而通往小船的路在左边。她需要推着她穿过中砾石，直接到达那条路上。如果路又滑又窄，她就需要让丽贝卡起身，然后由她一路扶着走。希望她能够坚持住，一直挺到那艘船所在的位置。

夜空本该有月亮，但是头顶的树将格雷斯极其需要的月光狠狠斩断。就在这时，她还发现这个轮椅对于逃亡来说是个障碍。她俩还没走多远，格雷斯双手搭在丽贝卡肩上小声说："你得站起来，能做到吗？我来帮你。"

"这么做可以吗？"

"你可以的，来试试。你的卡洛琳正等着你，那边还有你所有的朋友，他们爱你，希望你回去，因为你是那么可爱。来！现在试试。"

丽贝卡站了起来,摇晃了一会儿,又坐了回去。格雷斯又将她拉了起来。现在是和死亡赛跑,格雷斯只能搀着她的朋友,带着丽贝卡一步步缓慢向前挪步。她看到了水域,但是当她们绕过一块露出水面的石头后,水域又不见了。她们推开贴着手臂的蕨类植物,每一次用力,她的心脏就像是遭受一次重击,不断喘着气。

"你确定哈泽德医生不会介意吗?"

"我确定。"格雷斯说。天哪!她是多么希望安慰自己的朋友。

"我不这么想。"一个男人的声音,是山姆!格雷斯的心都跳到了嗓子眼了。"山姆!你在做什……"

"趁着夜色来散步,是吗?"

"是,我……"

"你们哪儿都去不了,你这个多管闲事的小姑娘。去哪儿都要和我在一起,你们两个都是。"

格雷斯转身就跑,希望能够有人救她。但山姆一把抓住了她的手臂,另一手抓住了丽贝卡。山姆拦腰将瘦弱的丽贝卡举了起来。

"你们得跟我去专门为那些失控病人准备的,一个特别的小房间。"

他将两人往回拉,高大强壮的山姆和两个女人形成了鲜明的对比。回到疗养院,他通过一扇没人知道的门将两人推到洗手间内。他用身体压着格雷斯,身上混合着汗味与酒精的气味。她无法动弹。

"即便我很想留在这里,小姑娘,但是我还有工作要做。"他将格雷斯甩到一边,格雷斯跌坐在丽贝卡身旁。丽贝卡则是瘫坐在浴缸边。他用钥匙开了门,在格雷斯整理好凌乱的折叠纱衬裙之前,就一把将她拉了起来，丢到一个黑乎乎的屋子里。

丽贝卡也被扔了进去。门重重关上，并上了锁。

她不应该只身一人去做这件事。她应该事先确认船在那里，还有山姆的动向。她应该告诉克劳德这件事，还有给威廉留一封信，写点什么？写一点东西，比如备选计划。山姆会对她们做什么？他是不是去通知哈泽德医生了？随后，丽贝卡好像醒了。虽然格雷斯没法看到她朋友的双眼，但能够听到她变得急促的呼吸声。

"这里好黑，还很小，我们在哪里？谁跟我在一起？"

"是我，格雷斯，我和你在一起。你不是一个人。"

"这里太小了，我没法呼吸。"

这里黑得就像是在牛肚子里面。她饿坏了，饿到能够一个人吃下一整片牛肚。她笑出了声，这样太不恰当了。

"格雷斯，我们在哪儿？到底是怎么回事？哈泽德医生在哪儿，格雷斯？"她开始挠格雷斯的手臂，一只手握拳抵在格雷斯的胸部。"到底是怎么回事？我死了吗？这里好黑。"

"没事的，我们俩还在一起，或许上帝知道我们在哪里！"

"上帝在哪儿？为什么他不把灯打开？这里黑得我无法忍受。我……"她抓了抓格雷斯的头发。

"好，我们先看看这屋子到底有多大。或许还有另一个门。"格雷斯开始敲墙，计算走到角落的步数。不过，她刚到达第一个墙角的时候，丽贝卡就突然扑向她，掐着她的脖子。

"让我出去！让我出去！"

格雷斯知道她需要让自己的朋友平静下来，但是她说的话没有什么作用。她知道自己该干什么：她开始唱歌，同时紧紧握住丽贝卡的手。她抱着自己的朋友，手臂绕着她的肩部，轻声哼唱，不过，她随后便意识到这么做很傻。为什么不大声一点？为什么不大声一点吵醒这个疗养院的人？除了山姆·哈泽德，也许还有别人会发现她们，或许会是早起做果汁以及土豆的厨师。之前那个护士至少还让她们出去，只是询问了她们在那里干什么。她会怀疑她们在里面干什么？这里面空空如也，连可以用来撞门的扫帚都没有。谁都有可能找到她们。如果格雷斯能够逃脱找到克劳德，那她们就安全了。她还要告诉克劳德，哈泽德一家计划在必要时加速多拉·威廉姆森的死亡进程。到那时候，他必须放下手中的任何事情，因为这些病人的生命是第一位的。

丽贝卡平静了之后，她唱得更响了。随后丽贝卡也加入其中。不久，她听到门外有钥匙转动的声音，门打开之后出现了山姆·哈泽德的脸，洗手间唯一的电灯就在他身后发着光。

"闭嘴！"他大叫一声，"你们想吵醒整个医院的人吗？"

"是的！"

她的那一声"是的"和克劳德的"是的"恰好重合。他那大提琴般的声音，像是从天堂而来，带给格雷斯希望与喜悦。山姆回过头看着他。

"你在这干什么，米利肯？这是谁？巡警？"

"警察估计会问同样的问题。就我所知，世界上没有什么治疗方法会把无辜的病人放进漆黑的屋里，恐吓他们。"

"他们是不受控制的病人。"

"那让我来控制她们,但不是在这里。来吧!女士们。警官,我觉得你能够以绑架的罪名逮捕这个人。"

这个穿着制服的人抓住了山姆·哈泽德。

"你不能带走她们,他们还有费用没有付清。哈泽德医生早上就会回来。我们到时候可以再讨论是否释放她们这件事。"

"她们是我带走的。"

"你不过是一个小药剂师。"山姆冷笑了一声。

"我也是一个物理学家,同时还是私家侦探,进入荒野山庄只是为了收集证据。这是两个目击证人,我觉得我们已经拥有了充分证据。而这位先生,你被逮捕了!"

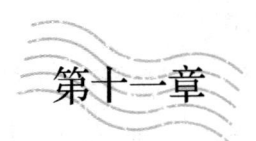

第十一章

"谢天谢地!你还知道要唱得大声一点,不然我们永远都找不到你们。"

"克劳德,我不知道该说什么来感谢你,真的。"他们两人一左一右搀着丽贝卡走向威廉的小船。

"哈泽德医生会不高兴吧?"丽贝卡气喘吁吁地说道。

"是的,丽贝卡,但不是因为你所做的事而不高兴。你现在只管在宾馆里好好休息。等你康复了,我们就回家。"

格雷斯希望能够在月光下看到克劳德的脸,只是当时是接近黎明最黑暗的时候,她能够感觉到克劳德的手指,而丽贝卡隔在他们之间。那是一双强有力的手,一双充满爱的手。

威廉在那里等着,前后摆动着身子。"你找到他们了,伙计,真有一套。"

"哈撒韦小姐帮了大忙。"

"那当然了,先生。毫无疑问。来,让这位女士先进来吧!哈撒韦小姐先上,让我们来搀着……"

"霍尔姆斯夫人,"格雷斯告诉他,"她是我最好的朋友。""好,上来了,真是轻得像库克家的饼干。"

"确实如此!"格雷斯说,"但不会一直那么瘦。"

"照顾好他们,威廉。我完事之后回来。"

"你不跟我们一起吗?"

"我要回去看着多拉·威廉姆森以及其他人,直到将所有人都安置妥当。"当格雷斯上船的时候,克劳德上前吻了她的额头。

"当然,你肯定会这么做。"格雷斯说,"在这段受苦受难忍饥挨饿的生命旅途中,你就像我们急需的营养补品。我会尽快回来帮忙的。"

正午的阳光透过树林,在宾馆正门口映出欢快的影子。格雷斯和克劳德正在那里喝着咖啡。丽贝卡在屋内睡得很香,等她康复后就会和格雷斯一直住这个房间了。克劳德为了保证病人们的生命安全,制定了一套新的规章制度,之后他便赶了回来。而另一边,警察已经将哈泽德夫妇俩逮捕了。

"你怎么知道要来找我?"格雷斯问道。

"那天我见你晚上没有画十字,第二天早上也是。我就去问威廉。他回答得很含糊,只说你已经离开宾馆走了。我回来时,发现你确实离开了。我不能相信你竟然连一声招呼都没打就走了。"他看上去就像一个小男孩,说话的时候眼睛不自觉地往下看,"或许是男人的骄傲在作怪,我觉得你不会不辞而别。我们之间的感情似乎发生了变化,格雷斯·哈撒韦。"他抬起格雷斯的下巴,"我就是无法接受这个事实,我不希望在寻找真爱的旅途中一直独自一人。"

"不会的,我也在这趟旅程中,脚趾带着铃铛,嘴上唱着歌。"

他附身亲吻格雷斯,而她也欣然接受了克劳德的爱,回吻了他。

"我之前就有感觉,"克劳德将她的双手握在手中,"你只是想假装一个访客,但是不知怎么搞的,你那美丽而又糊涂的脑袋决定要成为一名病人,以此来接近丽贝卡。"他抱住格雷斯的脖子,在她耳旁轻声说道,"我知道,如果他们给你吃了那些药剂,你的考虑会不够周全。威廉最终还是向我坦白了,即便那时已经午夜了,我也等不及要去找你。我不能等到天亮再出发,我要知道你是否安全。或许听上去有些疯狂,但显然我是幸运的。"

她沉醉在克劳德那温热的呼吸当中,感受他在自己太阳穴旁随着眼睛摆动的眼睫毛。这比一个人吃了一整个巧克力蛋糕更让人满足。

"爱情总能让人迷醉。"格雷斯说。

"当然了。"克劳德回应道,然后再次亲吻了她。

格雷斯心中溢满幸福。

后 记

"你读了多拉给保姆的那封信吗?"格雷斯问坐在边上的克劳德。两人正乘坐邮轮回到凯特萨普郡。在那里,克劳德代表加州一位受害者家属进行了汇报,后者的母亲就死在哈泽德医生手中。

"我读了,随后用电报以及书信的形式将消息发到澳大利亚。这样他们就能认出多拉的笔迹,看出这是多拉写的亲笔信。不过,同时也会意识到一些非常不幸的事情已经发生了。我多么希望在克莱尔去世之前就能介入此事。"

"为什么你不告诉我,你是一个私家侦探,正在为一名受到哈泽德医生伤害的人服务?你估计都想不到,我曾经对你有多少不好的看法。"

"我可以想象。"

"感谢上帝!多拉·威廉姆森的保姆到了,她和英国领事将提起诉讼。我们能做的就是尽力确保琳达·哈泽德以及她丈夫将被绳之以法。"

克劳德将手搭在格雷斯身上。在丽贝卡恢复到能够行动之前,

✉ 书信奇缘

他们还将在宾馆待上几周。克劳德将和她们一起走,一个私家侦探在哪里都能找到工作,因为维持公正需要的是智慧。

"丽贝卡,我们总算回到家了。"

卡洛琳穿过草坪,奔向自己的母亲,用她细小的手臂抱住母亲的腿。哥伦比亚河两岸盛开的紫丁香花散发着香味,以自己的方式庆祝生命的美好。

"你回来了,妈妈!你终于回来了。格雷斯阿姨把你带回来的。"

"我不过是帮了个忙。"格雷斯说,"你们的祈祷也起到了作用。"

"这是格雷斯的朋友,"丽贝卡说,"也是我的朋友,他叫克劳德·米利肯,既是医生也是侦探。"

克劳德蹲下来看着卡洛琳的眼睛问:"这就是那位画出《美丽小河》的艺术家吗?"卡洛琳点点头:"那幅画和我见到的河一样美。"

"谢谢你,克劳德先生。你也帮了我妈妈吗?"

"是的,"她的母亲回答道,"我们应该永远都对他们心存感激,是不是,卡洛琳?"

"当然了,妈妈。谢谢你!格雷斯阿姨,很高兴你能回我的信。"

格雷斯抚摸着卡洛琳的头发,然后望向克劳德。"我也很高兴你能写那封信。不然,或许我永远也不会找到内心最真实的乐章。"

格雷斯不会再回到那个农场,而是和克劳德一起前往旧金山。

后记

那是她一直向往的城市。在那里有一个葡萄藤架，还可以眺望黛色的远景，这样格雷斯能让眼睛放松放松。这一次，她将留在那里，追逐自己的梦想。等到孩子们都来了，她将教他们音乐。或许这会很忙，但从中能够获得满足。这是满足灵魂渴望最真实的一种方式。

✉ 书信奇缘

亲爱的读者：

　　荒野山庄，也就是当地人口中的饥饿山庄，由哈泽德一家管理，位于华盛顿州的奥拉勒。这个故事发生的时间是 1911 年。一对英国姐妹跟着很多人一起进行哈泽德医生所谓的禁食治疗法，为的是想治愈身体的所有疾病，其中很多病是子虚乌有被捏造出来的。多拉·威廉姆森坚持活了下来，但妹妹克莱尔却被迫害致死。然而，当时并没有私家侦探在调查这家疗养院，这对英国姐妹所受的煎熬如下所述：治疗带来了极大的痛苦与伤害，克莱尔在保姆前往澳大利亚之前就去世了。这个保姆是个孤儿，从她们小时候起就照顾她们。玛格丽特·康威在接到多拉的信后，一周内就赶到了西雅图。没人知道是谁将多拉的这封救命的信带走邮出，不过这个人应该和格雷斯一样希望解救受苦的人。小说里，我改了一下疗养院的位置，那并不是从宾馆划船可以到达的地方，而是需要通过一条细长的小路进入茂密的森林。不过在芬尼溪那边有一个码头，是哈泽德一家用来秘密运送病人的。我想加深这种孤立感，让格雷斯和她的米利肯医生有更多独处的时间。

　　哈泽德一家强迫那些富有且奄奄一息的病人在遗嘱上签字，琳达·哈泽德甚至在克莱尔死后将其牙齿取下拿去贩卖。她还有

后记

很多帮凶。

  英国领事在1911年至1912年间起诉琳达·巴菲尔德·哈泽德，这是历史上第一次由外国政府在美国法庭上提起诉讼。琳达·哈泽德被判杀人罪，她在位于华盛顿州的瓦拉瓦拉监狱服刑3年。不过，这并没有阻止她的计划。刑满释放之后，她利用人们渴望健康的急切心情，认为通过节食日渐消瘦之后可以治愈疾病，用自己发明的禁食治疗法进行治疗，但并没有任何效果，直到琳1938年去世。

  1935年，疗养院被一场大火烧毁。如果想了解更多关于西部地区这段特殊时光的信息，可以关注接下来的各个精彩活动，拿上格雷格·奥尔森这本备受赞誉的书：《饥饿山庄》（三河出版社，纽约，1997）。

  大家珍重！

你们的朋友
简·柯克帕特里克

出品人:许崇宁
责任编辑:许崇宁
특约编辑:王丽丽
装帧设计:李双燕
印制总监:杨 援
发行总监:田峰峥

投稿信箱:cmsdbj@163.com

发 行:北京创美汇品图书有限公司
发行热线:010-59799930

创美工厂
微信公众号

创美工厂
抖音账号